ALEXANDER OSANG

WINTERSCHWIMMER

atb aufbau taschenbuch

ALEXANDER OSANG, geboren 1962 in Berlin, studierte in Leipzig und arbeitete nach der Wende als Chefreporter der Berliner Zeitung. Für seine Reportagen erhielt er mehrfach den Egon-Erwin-Kisch-Preis und den Theodor-Wolff-Preis. Seit 1999 berichtet er als Reporter für den SPIEGEL acht Jahre lang aus New York. Er lebt heute in Tel Aviv. Alexander Osang veröffentlichte vier Romane, sein erster »die nachrichten« (2000) wurde verfilmt.

In Alexander Osangs Weihnachtsgeschichten haben die Protagonisten ihre besten Jahre hinter sich, wenn sie überhaupt je beste Jahre hatten. Da ist der Immobilienmakler, der am Weihnachtsabend seine eigene Wohnung vermittelt. Oder die bekannte Fernsehmoderatorin, die sich beim Saunieren ausschließt und, nur mit einer Mülltüte bekleidet, hofft, dass ihr jemand die Tür öffnet. Und da ist ein Geschäftsführer, der verzweifelt versucht, sein Jackett aus dem Altkleidercontainer zu fischen, denn die Kette, das Weihnachtsgeschenk für seine Frau, steckt noch in der Tasche. Mit seinen Geschichten fängt Alexander Osang Fallende und Gefallene ein. Weihnachten zeichnet er nie als pompöses oder grundgutes Fest. Er versteht es als eine Zeit der Inventur, da man überprüft, was eigentlich noch im Regal des Lebens steht. Oft steht, ganz hinten, etwas Bemerkenswertes.

»Kino im Kopf, das ist die Kunst, die der Reporter Alexander Osang meisterhaft beherrscht, als wärs das Einfachste auf der Welt.« Hessischer Rundfunk

ALEXANDER OSANG

WINTER-SCHWIMMER

Weihnachtsgeschichten

atb aufbau taschenbuch

Jederzeit bequem zwischen Buch und digitalem Lesen wechseln. Anleitung siehe Seite 240

MIX
Papier aus verantwortungsvollen Quellen
FSC® C083411

ISBN 978-3-7466-3491-3

Aufbau Taschenbuch ist eine Marke der Aufbau Verlag GmbH & Co. KG

1. Auflage 2018

Die Originalausgabe erschien 2017 bei Aufbau,
einer Marke der Aufbau Verlag GmbH & Co. KG
Umschlaggestaltung www.buerosued.de, München
unter Verwendung eines Bildes von © Getty Images / Peter Boel Nielsen
Satz LVD GmbH, Berlin
Druck und Binden CPI books GmbH, Leck, Germany
Printed in Germany

www.aufbau-verlag.de

INHALT

EIN LÄCHELN KOSTET NICHTS

Es hatte damit angefangen, dass sie ihn an jemanden erinnerte, dachte Schneider später, als er obdachlos war. An ihn.

Sie wartete vorm Hauseingang, eine Mappe unterm Arm, sie trat von einem Bein aufs andere, denn es war kalt, und vor ein paar Minuten hatte es begonnen zu schneien, feuchter, schwerer Schnee. Sie hatte ein Telefon in der Hand, auf dem sie etwas kontrollierte, bevor sie ein paar Schritte zurücktrat und an der Fassade hinaufsah. Ihr Atem dampfte im gelben Licht der Laterne.

Schneider sah sie im Moment, in dem er in die Liselotte-Herrmann-Straße einbog. Sie stand ganz allein auf dem Bürgersteig, ihr Telefon in der Hand, die Akte im Arm und wartete auf jemanden. Sie hatte den Mantelkragen hochgeschlagen, trug aber keine Mütze, weil das zu vermummt, zu abgewandt, zu negativ gewirkt hätte, wie Schneider von Marchlewski gelernt hatte, dem Chef von IMmobilien. Das IM stand für Ingo Marchlewski, natürlich eine idiotische Idee, aber so war Marchlewski.

Der nasse Schnee fiel der Frau direkt auf die Haare. Sie wartete, aber sie war nicht ungeduldig. Dafür bin ich doch da. Kommen Sie doch erstmal rein. Das war ihre Haltung. Das war seine Haltung.

Er kam aus der Marienstraße in Mitte, wo er zwei Nachmittagstermine für ein ausgebautes Dachgeschoss gehabt hatte. Er hatte keinen Parkplatz in seiner Straße gefunden, weder diesseits noch jenseits der Bötzow, auch nichts in der Hufeland oder Pasteur, und so hatte er am Friedrichshain zwischen diesen seltsamen Kleinlastern geparkt und war nun auch schon ziemlich durchgeweicht, als er in seine Straße bog und die Frau sah, die dort direkt vor seiner Haustür wartete.

Er dachte einen Moment darüber nach, welche Wohnung im Haus frei geworden war, aber er hatte die Übersicht verloren, pausenlos zogen Leute ein und aus, die meisten waren jünger als er, ihre Gesichter verschwammen. Einen Makler hatte er noch nie gesehen, aber es wunderte ihn nicht, dass sie einen brauchten, bei der Fluktuation.

Zwischen den beiden Interessenten hatte ein Stunde gelegen, die er in dem leeren Dachgeschoss in der Marienstraße verbracht hatte. Er hatte sich auf den Boden neben den Heizkörpern gesetzt – ein Minus, diese Heizkörper, viel zu plump, vor allem wenn man sie mit Fußbodenheizungen verglich – und beobachtete, wie das matte, graue Tageslicht wegsickerte, während in gleichmäßigen Abständen die S-Bahn vorbeidonnerte, ein weiteres Argument gegen die Wohnung. Am Ende, kurz bevor der zweite Interessent erschien, war es stockdunkel in der Wohnung gewesen. Tageslicht war ohnehin kein Argument hier oben, es gab keine großen Fensterflächen, nur Gauben. Das Bauamt war in dieser Gegend besonders konservativ, obwohl sie ein paar hundert Meter weiter diese Regierungsklötze genehmigt hatten, die aussahen, als hätte sie der Kanzler nach drei, vier Schnäpsen auf der Rückseite der Rechnung vom Borchardts entworfen. Es war niederschmetternd, eine Stunde lang in einer schwer verkaufbaren leeren Dachgeschosswohnung zu warten, Rigips bis zum Abwinken, an einem Dezembertag mitten in einer weltweiten Finanzkrise.

Schneider lief vorsichtig über den Bürgersteig, weil der feuchte Schnee unter seinen Ledersohlen wie Schmierseife wirkte und dies einer jener Tage war, an denen man am Ende auch noch hinfiel.

Als er in das Licht der Laterne tauchte, die ihr am nächsten stand, bemerkte ihn die Frau und lächelte ihn an. Er lächelte zurück. Ein Lächeln kostete nichts. Das waren Ingo Marchlewskis Worte, Punkt vier auf der Folie mit den zehn Punkten des erfolgreichen Immobilienmaklers. Viertens: Lächle! Ein Lächeln kostet nichts.

Einmal im Monat sagten sie die zehn Punkte bei einer Morgenkonferenz in Marchlewskis Büro im Nikolaiviertel auf wie die Zehn Gebote. Punkt eins war: Beraten, nicht bedrängen! Punkt zehn: Ein Kunde, der nach fünf Besichtigungen unschlüssig ist, will die Wohnung nicht! Das widersprach sich natürlich alles gegenseitig, aber das würde Marchlewski nie verstehen.

Die Frau sah gut aus, aber man erkannte, dass sie sich zur Freundlichkeit zwang. So wirkte sie nicht freundlich, sondern tapfer, und niemand kaufte etwas von tapferen Immobilienmaklern. Tapfer war wie wacker war wie nett. Keiner wusste das besser als er, Schneider. Das tapfere Schneiderlein.

Der erste Termin heute Nachmittag war ein Paar aus dem Rheinland gewesen, das eigentlich gar nicht nach Berlin ziehen wollte. Er arbeitete im Bundestag, sicher ein Abgeordneter, Hinterbank. Er hatte diesen Abgeordnetenmantel an, Glockenform, kurzer umgeschlagener Kragen, ein Frauenkragen eher. Er tat so, als müsse Schneider ihn kennen, was nicht der Fall war. Der Mann führte seiner Frau die Wohnung vor, um später behaupten zu können, er habe nichts unversucht gelassen. Er war auf der Suche nach Fehlern. Die Decken waren ihm zu niedrig, er mochte das Eichenparkett und die Eckbadewanne nicht, er fand die Wohnung schlecht geschnitten.

»Das nennen Sie Terrasse?«, hatte er auf dem Balkon gefragt. »Und wieso sieht man eigentlich den Fernsehturm nicht?«

Die Frau hing an ihm wie eine Klette, ihr Blick war leer. Sie hasste Berlin, wahrscheinlich hatte er hier eine Geliebte. Er hatte dieses Seehofergesicht, ein Tröstergesicht, ein Beichtvatergesicht, manche Frauen standen auf so was. Sie war Ende 40, schätzte Schneider, und obwohl ihr Pastorenmann sicher zehn Jahre älter war, trug sie diese Verzweiflungsgarderobe, enge, schwarze Steghosen, hohe Stiefel und einen silbrigen taillierten Steppanorak mit Pelzrand an der Kapuze.

»Wohin willst du denn hier deinen Schrank stellen?«, hatte der Mann im »Elternschlafzimmer« gefragt.

»Meinen Schrank?«, hatte sie zurückgefragt.

»Bei all den Dachschrägen«, hatte der Mann gesagt und Schneider vorwurfsvoll angesehen.

Er hatte versucht, die negative Energie seiner Ehe irgendwie auf Schneider umzuleiten.

Schneider kannte das, Paare, die sich auf seine Kosten wieder näherkamen. Das zweite Bad hatte er ihnen gar nicht mehr gezeigt. Am Ende standen sie im Hausflur, eine S-Bahn schnurrte vorbei, und die beiden sahen ihn entgeistert an. In solchen Momenten erinnerten ihn die Richtlinien von Ingo Marchlewski an die zehn Punkte der ökonomischen Strategie der Einheitspartei. Die immer bessere Verknüpfung der Vorzüge des Sozialismus mit den Errungenschaften der wissenschaftlich-technischen Revolution.

Er wusste nicht, was das bedeuten sollte, aber es klang genauso unmöglich wie der Verkauf einer Dachgeschosswohnung mit einer Deckenhöhe von 2,70 Meter für 500 000 Euro an ein Paar, das sich nicht mehr liebte. Vielleicht hatten sie heute Abend wenigstens Sex, Schleimigem-Immobilienmakler-gerade-nochmal-von-der-Schippe-gesprungen-Sex in der Junggesellenbude, wo der CDU-Abgeordnete während der Woche seine Assistentin vögelte, dachte Schneider. Über die Feiertage ging's dann zurück nach Leverkusen oder Gummersbach, oder wo immer sie herkamen.

Die Frau nickte ihm zu, als er den Haustürschlüssel zückte. Sie war ziemlich durchgefroren und ein bisschen zu jung für eine Immobilienmaklerin.

»Guten Abend«, sagte Schneider. »Kann ich Ihnen helfen?«

»Vielleicht«, sagte sie.

»Wohnen Sie hier?«

»Ja«, sagte er.

»Ich suche eine Wohnung. Eine Freundin von mir, die hier im Bötzowkiez wohnt, hat mir eine Liste gemacht von Wohnungen, die nicht bewohnt aussehen«, sagte die Frau.

Sie hatte einen süddeutschen Akzent und war offensichtlich keine Immobilienmaklerin oder eine sehr unkonventionelle Immobilienmaklerin, eine Art Schwarztaxiimmobilienmaklerin, dachte Schneider. Sie hatte Kiez gesagt. Er hasste das Wort Kiez. Das käme ganz vorn auf seine Zehn-Punkte-Liste: Versuche nie, Lokalkolorit aufzutragen, das du nicht hast!

Sage nie Prenzlberg!

Neulich hatte Manuela Hirsch in der Monatskonferenz erklärt, dass NOTO immer besser laufe. Er hatte sich nicht getraut zu fragen, was NOTO ist, und erst später erfahren, dass es »Nördlich der Torstraße« bedeutete. NOTO. Er lebt seit 44 Jahren in Berlin, er war in der Greifswalder Straße zur Schule gegangen, niemand hatte dort Prenzlberg gesagt. Auf den Postkarten, die ihm seine Mutter adressierte, damit er sie aus dem Betriebsferienlager nach Hause schicken konnte, hatte noch NO 55 gestanden und nicht NOTO. Manchmal hatte er das Gefühl, sie zogen ihm seine Stadt direkt unterm Arsch weg.

»Und hier sollen Wohnungen leer stehen?«, fragte er. »Im Hinterhaus?«

»Nein, vorne«, sagte sie. Sie trat wieder ein paar Schritte zurück in den Schneeregen, und er folgte ihr. Sie sahen an der hellblauen, schlichten Fassade seines Hauses hinauf. Es war kurz vor acht, aber nicht mal in der Hälfte der Fenster brannte Licht. Viele der Neuankömmlinge waren sicher über Weihnachten nach Hause gefahren, nach Süden. Er hatte irgendwo gelesen, dass die meisten aus Baden-Württemberg kamen. Ihm war das eigentlich egal, auch wenn er es seltsam fand, wie die Männer seines Viertels, die immer ein bisschen nachlässig gekleidet und verschlafen wirkten und mit ihren laut sprechenden Kleinkindern redeten, als seien es Erwachsene, sich am Sonnabendmorgen beim vietnamesischen Lebensmittelladen die Süddeutsche Zeitung holten. Unter ihm war vor drei Monaten eine Regisseurin eingezogen, hatte ihm der Hausmeister gesagt, ein freundlicher Türke, der in Neukölln wohnte. Er hatte die Regisseurin nie gesehen oder gehört, und auch heute brannte kein Licht in ihren Fenstern. Vielleicht meinte die Frau ihre Wohnung, dachte Schneider.

»Da, ganz oben rechts«, sagte sie. »Da, wo die lappigen grauen Gardinen hängen.«

»Lapprig?«, fragte Schneider.

»Genau, die sehen aus, als seien sie ein Jahr lang nicht gewaschen worden«, sagt die Frau.

»Ach so«, sagte Schneider, der wusste, dass die Gardinen dort oben weitaus länger nicht gewaschen worden waren als ein Jahr. Es waren seine Gardinen. Sie waren noch nie gewaschen worden. Wie oft wusch man eigentlich Gardinen?, fragte er sich im Stillen. Und laut: »Woher weiß ihre Freundin, dass dort niemand wohnt?«

»So was sieht man«, sagte die Frau.

»Ach«, sagte Schneider.

»Ja, man spürt es. Kein Leben. So wie eine Pflanze,

die ein Jahr nicht mehr gegossen wurde«, sagte die Frau.

»Kein Leben«, sagte Schneider. Er sah an der schmucklosen Fassade hinauf zu seiner Wohnung, der Schnee fiel ihm direkt in die Augen, aus allen Richtungen schwebte er auf ihn zu, kleine weiße Planeten, ein Meteoritenhagel, und er mittendrin. Er trieb durchs All. Genau in diesem Moment platzte die Blase, dachte er später.

»Kannten Sie den Mieter?«, fragte die Frau.

»Oh ja«, sagte Schneider und wischte sich den Schnee aus dem Gesicht.

»Er ist verreist.«

»Verreist?«, sagte die Frau enttäuscht.

»Eine lange Reise«, sagte Schneider.

Die Frau sah ihn ratlos an, aber er wusste auch nicht genau, wo die Reise hinging. Die Worte flossen aus ihm heraus, es war, als höre er sich selbst zu.

»Ich habe sogar seinen Schlüssel. Ich bin sein Makler, gewissermaßen, wenn Sie wollen, kann ich Ihnen die Wohnung zeigen.«

»Wann kommt er denn zurück?«, fragte die Frau.

»Im Moment ist nicht mal klar, ob er überhaupt jemals zurückkehrt«, sagte Schneider.

Es war die Wahrheit, soweit er das einschätzen konnte.

»Kommen Sie.«

Er schloss die Tür auf, die Frau folgte ihm zögerlich in den dunklen Hausflur. Man konnte ihnen ihre Entschiedenheit nur nehmen, indem man noch entschiedener war, dachte Schneider, den die neuen Frauen in seinem Viertel beunruhigten. Sie stampften über Kinderspielplätze und durch Kaufhallen, als seien das Filmpremieren oder Aktionärsversammlungen. Er hatte nie den Eindruck, dass eine von ihnen die Richtung oder den Schwung verlieren könnte oder etwa nachgab. Sie kämpften um ihren Platz in der Kaufhallenschlange oder auf der Parkbank, als gehe es um ihr Leben. Es war ein prinzipieller Kampf. Aber nun hatte er sie mit ihren eigenen Waffen geschlagen. Sie hatte sich so gut vorbereitet, mit ihren Mappen und Plänen und elektronischen Notizen, die sie auf die Fährte der Menschen führen sollten, die dem Viertel nicht mehr gewachsen waren, und jetzt ließ er sie ohne jeden Widerstand ein. Das verwirrte die Frau, sie hatte einfach nicht mit jemandem gerechnet, der schneller war als sie. Ingo Marchlewski hätte es gefreut.

Drittens: Sei dem Kunden immer einen Schritt voraus!

Der zweite Besichtigungstermin Marienstraße war ein junges Paar gewesen, das sich die Wohnung nicht leisten konnte. Sucher nannten sie diese Leute in der Agentur. Sucher sahen sich Wohnungen an und stellten sich vor, in ihnen zu leben. Sie bauten sich aus den vielen Besichtigungen ihr Traumschloss zusammen. Meist hatten sie ein paar Innenarchitektur-Coffeetable-Bücher zu Hause, die schönsten Wohnungen in Paris, New York Interiors, Lofts aus aller Welt, und kauften am Bahnhof ab und zu eine Architekturzeitschrift. Sie berauschten sich an den Möglichkeiten und vergaßen mit der Zeit immer mehr, dass sie es auf Kosten der Makler taten.

Das Paar heute Nachmittag war seit ein, zwei Jahren unterwegs, schätzte er. Sie waren Mitte dreißig, er hörte und sah nicht, woher sie kamen, sie ließen Referenzen fallen. Sie hatten Townhäuser am Friedrichshain und am Hausvogteiplatz gesehen, die Gummifabrik in Weißensee, die Schokoladenfabrik in Mitte, die Zigarettenfabrik in Pankow, den Wasserturm in Neukölln, Penthäuser hier und da. Vor allem der Mann konnte sich kaum zurückhalten: Er prahlte mit all den frei stehenden Natursteinbadewannen, in denen er nie sitzen würde, Lehmputz, Zementfliesen, Regenduschen, schwellenloser Übergang zur Terrasse, das ganze Programm. Sie waren schon weiter, hieß das, das Dachgeschoss in der Marienstraße warf sie zurück, es war eine Zumutung. Sie verabschiedeten ihn am Ende wie einen Vertreter, einen dieser Topfverkäufer, die für Kunden kochten, um ihre dreißigteiligen Sets loszuwerden. Aber er blieb freundlich, weil ein Lächeln nichts kostete und es nicht darauf ankam, ob ihn die beiden für einen Topfverkäufer hielten oder nicht. Irgendwann würde auch ihr Selbstbetrug auffliegen.

Am Ende platzte die Blase immer. Das las er seit Monaten in den Zeitungen.

Es hatte mit Menschen wie ihnen angefangen, mit Suchern, die sich Häuser kauften und sie mit Dingen vollstellten, die sie sich nicht leisten konnten, ihre Schulden wanderten um die Welt, wurden Aktien und Versicherungen, und dann hatte Andreas Schneider irgendwie den Faden verloren, und er hatte den Verdacht, dass es dem Rest der Menschheit ganz ähnlich ging. Die Politiker schnürten irgendwelche Rettungspakete mit Summen, die jenseits seiner Vorstellungskraft lagen, die Journalisten hielten, je nachdem, kleinere oder größere Rettungssummen dagegen, riefen neue Zeitalter aus, neue Weltordnungen, sahen in dunkle, bodenlose Löcher beziehungsweise in schwarze Seen, unter deren spiegelglatter Oberfläche sich Krokodile tummelten, sein Sparkassenberater sagte ihm, dass er so etwas auch noch nicht erlebt habe, der Rest wünschte sich Helmut Schmidt zurück.

Es gab weitere Thesen, Punkte, Folien für den Weltuntergang. Ganz obendrüber stand: Alles hängt mit allem zusammen.

Andreas Schneider fühlte, dass die Welle, die über die Erde fegte, ihn am Hosenbein zupfte. Er bewegte sich, während er das dunkle Treppenhaus hinaufstieg, in einem globalen Zusammenhang. Die Frau folgte ihm schweigend.

Er schloss die Tür auf. Sie stand ein bisschen verlegen in seinem kurzen Flur herum, in dem es nur einen Garderobenständer von Ikea gab, an dem ein Sommermantel hing, den er sich gekauft hatte, weil der seiner Vorstellung von Maklergarderobe am nächsten kam. An der Wand hing ein Schwarz-Weiß-Foto, das ihn mit seinem Vater auf der Fußgängerbrücke zeigte, die zwischen Greifswalder Straße und Zentralviehhof über die S-Bahn geführt hatte, als er ein Kind war. Ein winziger Junge an der Hand eines Mannes in einem fliegenden Mantel auf einer Brücke. »Die schwarze Brücke«, hatten sie sie genannt. Er hatte das Bild groß abziehen lassen und hier aufgehängt, weil er sich wohlfühlte, wenn er es ansah, behütet, verankert in der Welt. Es war das einzig Persönliche in der Wohnung, in der er nun seit 18 Jahren lebte.

Im Wohnzimmer standen ein Schreibtisch, ein Stuhl, ein Sofa, ein Fernseher und ein Bücherregal, im Schlafzimmer ein Bett und ein Kleiderschrank. Es sah aufgeräumt und leblos aus, sie hatte recht. Er hatte keine Grünpflanzen, aber darauf kam es nicht an. Die Wohnung wirkte, als habe er damit gerechnet, sie heute zu übergeben, besenrein. Im Kühlschrank stand ein Bier, soweit er sich erinnerte. Er aß meistens unterwegs, zwischen zwei Besichtigungen.

»Möbliert«, sagte sie.

»Wenn man es denn so nennen will«, sagte er.

Sie lächelte.

»Das können Sie natürlich alles verändern. Ich würde zwischen den Jahren kommen und die Schränke leeren. Es ist sowieso nicht viel drin«, sagte er. »Sehen Sie sich ruhig um.«

Er ging ins Bad und packte seine Waschtasche. Als er rauskam, sah er, wie die Frau sich mit einer tänzerischen Bewegung durchs Wohnzimmer drehte. Sie lächelte, die abgezogenen Dielen knarzten leicht unter ihren Füßen. Sie würde sich hier wohlfühlen, dachte er, vielleicht käme sie mit der Regisseurin unter ihr in Kontakt, vielleicht wurden sie Freundinnen.

»Und?«, fragte er.

»Man sieht den Funkturm«, sagte sie.

»Ja«, sagte er. »Die Miete ist 470 Euro, warm. Ich lass Ihnen die Schlüssel hier, denken Sie über Weihnachten nach, ob Sie die Wohnung wollen. Danach besprechen wir das Organisatorische.«

Sie strahlte ihn an. Es war ihr Weihnachtsgeschenk. Eine Wohnung im Bötzowkiez. Einen Moment lang dachte er, sie würde ihm um den Hals fallen, aber sie hüpfte nur ein bisschen, federte in den Knien. Er überlegte, ob er sich das Bier aus dem Kühlschrank holen sollte, aber dann ließ er es stehen. Er zog seine Wohnungstür hinter sich zu, holte sich einen Schlafsack aus dem Keller und verließ das Haus. Er sah nochmal hoch, sie machte sich an den Gardinen zu schaffen. Sie hatte vergessen, dass er ihr gesagt hatte, er wohne in diesem Haus. In drei, vier Wochen wüsste sie nicht mehr, wie der Mann ausgesehen hatte, von dem sie die Wohnung übernahm. Das gefiel Schneider, denn mit den Maklern war es wie mit den Schiedsrichtern: Die guten sah man nicht. Schneider hatte sich aus seinem alten Viertel herausgemakelt und war nicht mal unglücklich.

Er lief an dem vorerst letzten der vielen Kinderspielplätze vorbei zum Park, wo sein Auto stand. Der Spielplatz sah eher aus wie die Kulisse für ein Kindertheaterstück, in der Mitte stand ein großes Holzschiff, eine Arche. Sie hatten monatelang daran gebastelt, und die Bauarbeiter hatten ausgesehen wie Bühnentechniker oder Pink-Floyd-Roadies. Er fragte sich, was aus den Kindern werden würde, die hier spielten. Aber das war nicht sein Problem. Er hatte keine Kinder, und er wohnte auch nicht mehr hier. Das war nicht sein Leben. Er fühlte sich dem türkischen Hausmeister aus Neukölln näher als seinen Nachbarn.

Er lief durch den Schnee davon, er rannte jetzt fast. In dem seltsamen Kleintransporter, der neben seinem Auto am Volkspark Friedrichshain parkte, rumpelte es.

Es war ein uralter Laster mit einem Kasten hintendrauf, der aussah, als stamme er aus den Beständen irgendeiner untergegangenen Weltkriegsarmee. Aus den kleinen vergitterten Fenstern des Kastens schimmerte Licht, er hörte Stimmen und das Klappern von Porzellan. Als Schneider sein Auto aufschloss, klappte eine Tür am Rücken des Kastens auf, weißer Dampf quoll heraus, und in dem Dampf erschien der Kopf eines jungen Mannes mit kurzgeschorenen Haaren. Der Junge sah auf den Boden, der mit wenig Schnee bedeckt war, und dann in den Himmel, aus dem immer noch Schnee fiel. Die Luft roch süßlich.

»Schnee«, sagte der Bursche.

»Ja«, sagte Schneider.

»Frohe Weihnachten«, sagte der Junge, kicherte und klappte die Tür wieder zu.

»Frohe Weihnachten«, sagte Schneider und stieg in seinen Wagen.

Er hatte einen C-Klasse-Mercedes, Punkt 7 auf Marchlewskis Liste: Fahre ein Auto, das dem Klienten Vertrauen einflößt, ohne ihn einzuschüchtern! Er fuhr erstmal los. Es ging immer noch weiter, dachte Schneider, der jetzt fast euphorisch war. Man konnte auch in einem Bauwagen wohnen oder in Neukölln. Und so, wie er vorhin seinen eigenen Worten gelauscht hatte, sah er nun seinem Auto dabei zu, wie es ihn nach Berlin-Mitte brachte, in die Marienstraße.

Er würde in eine Wohnung ziehen, die ihm nicht gehörte, die andererseits aber auch niemand mehr brauchte. Damit markierte er den Anfang und das Ende der Finanzkrise in einer Bewegung. Er, Andreas

Schneider, war die Lösung und das Problem zugleich. Er war das Konjunkturprogramm, dachte er, von dem auch niemand genau wusste, ob es half oder alles nur noch schlimmer machte.

Er schloss die Wohnung auf. Es war seine erste Wohnung mit Bidet. Er würde es ausprobieren, heute vielleicht oder morgen. Er würde sich einen Baum kaufen, dachte er, vielleicht sogar eine Gans. Einen Ofen hatte er. Ein Baum musste sein.

Neu anfangen, dachte er.

Genau in dem Moment nahm die Frau, die ihn vor zwei Stunden noch an sich selbst erinnert hatte, das Schwarz-Weiß-Foto von der Wand. Sie fand es niederschmetternd, es erinnerte sie an die Nachkriegsgeschichten ihrer Großeltern. Zuerst wollte sie das Bild in die kleine Kammer neben der Küche stellen, aber dann brachte sie es doch gleich runter zu den Mülltonnen im Hof. Manche Dinge musste man gleich erledigen.

WEISSENSEER WÖLFE

Thomas Liebig stieg auf den kleinen Austritt, der an seinem Wohnzimmer klebte, um die Temperatur an diesem Wintertag zu fühlen, obwohl er sich bereits für eine Jacke entschieden hatte. Die halblange, dunkelgrüne Wachsjacke mit dem Filzfutter würde es sein. In dem schwarzen, glockenförmigen Mantel, in dem er sich am wohlsten fühlte, konnte man schlecht sägen. Er steckte den Kopf in die nasskalte Dezemberluft, hob sich auf die Zehenspitzen und drückte sich so weit über das Geländer, dass er einen Blick auf den Weißen See werfen konnte. Ihr Haus stand in der zweiten Reihe, sodass man den See nur im Winter erkennen konnte, wenn die Blätter gefallen waren. Im Sommer wusste man von hier nur, dass er da war.

Liebig atmete ein, atmete aus, sah auf den See. Ach ja. Er schloss die Augen.

»Morgen, Nachbar«, rief jemand in den Frieden, der sich in seinem Kopf ausbreitete. Liebig fühlte nur, dass die Stimme von oben kam. Er öffnete die Augen, drehte den Kopf ein Stück nach oben links, was nicht einfach war in der gewundenen Position, in der er sich, auf den Zehenspitzen halb über dem Geländer hängend, bereits befand. Liebig fühlte sich wie eine dieser dünnen, hüpfenden Echsen aus Jurassic Park, aber nur so erkannte er, anderthalb Geschosse über sich, den Kopf von Dr. Schramm, einem Hautarzt aus Mitte, der im letzten Herbst für die SPD ins Abgeordnetenhaus gezogen war.

Die ganze Berliner Allee war mit Schramms Plakaten beflaggt gewesen. Liebig hatte sich jedes Mal gefreut, seinen Nachbarn dort oben an den Laternenpfählen zu sehen, weil es ihn in die Nähe von etwas rückte, was wichtig war, für ihn, für die Gesellschaft und für Weißensee. Er hatte Schramm gewählt und ihm eine kleine Glückwunschkarte geschrieben, von Nachbar zu Nachbar, und in seinen Briefkasten geworfen.

»Grüß Sie, Dr. Schramm«, rief Thomas Liebig nach oben.

Schramm bewohnte eines der Häuser, die direkt am Seeweg standen. Es hatte weniger Etagen als das Haus, in dem Liebig lebte, und war dennoch höher. Schramm wohnte ganz oben. Er hatte eine Terrasse, die das Haus umlief, und auf der stand er. Von hier unten wirkte es, als schaue er direkt aus dem Himmel, wie Gott.

»Bei dem Wetter möchte man am liebsten gleich wieder ins Bett«, sagte Dr. Schramm.

»Ganz genau«, rief Liebig in den Himmel, obwohl er die Bemerkung nicht hundertprozentig verstanden hatte, schließlich war es bereits halb eins. »Wir müssen allerdings raus, nach Brandenburg.«

»Die Datsche winterfest machen, was?«, rief Schramm.

»Nein, nein, wir schlagen uns einen Weihnachtsbaum«, sagte Liebig, der aus dem Augenwinkel erkannte, dass an Dr. Schramms Terrassengeländer bereits ein zusammengeschnürter Baum lag, ein dunkelgrüner, voller, kraftstrotzender Prachtbaum, der sicher drei Meter hoch war. »Sie haben es ja bereits hinter sich, wie ich sehe«, sagte Liebig und nickte zum Baumpaket.

»Exakt«, sagte Dr. Schramm. »Ich hab meinen Baum auf dem Markt an der Weißenseer Spitze geschlagen. Kann ich mir eigentlich gar nicht mehr leisten, politisch.«

Liebig brauchte ein wenig, bis er die Ironie verstand, dann brach er in ein lautes, meckerndes Lachen aus, das über den Weißen See wehte.

»Aber im Ernst, geben Sie mir doch bei Gelegenheit mal die Adresse von diesem Weihnachtsbaumschlagen, das ist ja wirklich vernünftiger, insgesamt. Vielleicht können wir ja im nächsten Jahr gemeinsam aufbrechen, Nachbar«, sagte Dr. Schramm. Liebig wäre am liebsten sofort nach drinnen gerannt, um die genaue Anschrift des Waldstückes herauszusuchen, an dem er sich heute Nachmittag mit den anderen treffen würde. Er hätte gern gesagt, dass es sich um ein Weihnachtsbaumschlagen für Geschäftskunden der Berliner Volksbank handelte, zu denen er gehörte, seit er vor 21 Jahren die Steinmetzfirma in der Lehderstraße von seinem Vater übernommen hatte.

Er hätte Dr. Schramm sogar anbieten können, heute mitzukommen, weil Marcus, sein Großer, sich weigerte, an einem organisierten Weihnachtsbaumschlagen teilzunehmen, aber Dr. Schramm verschwand plötzlich von seinem Terrassengeländer. Wahrscheinlich war er von seiner Frau nach drinnen gerufen worden. Liebig verharrte noch etwa zwei Minuten in seiner Echsenposition und schaute nach oben in den quecksilbernen Berliner Winterhimmel, aus dem Dr. Schramm geschaut hatte. Dann sackte er wieder auf normale Größe, ging nach innen und schloss die Balkontür.

»Hast du da draußen Loriot getroffen?«, fragte Andrea, seine Frau.

»Bitte?«, fragte er.

»So wie du gelacht hast, muss dir doch jemand einen erstklassigen Witz erzählt haben.«

»Loriot ist tot, Andrea«, sagte Liebig.

»Dann kann es nur Dr. Schramm gewesen sein«, sagte seine Frau und schüttelte den Kopf, geringschätzig, wie er fand.

»Hahahahaha«, machte Andrea, was wohl als Parodie auf sein Lachen gedacht war. Aus ihrem Mund klang es wie das Lachen eines Hofnarren.

Andrea hatte seine Begeisterung für den Wahlsieg Schramms nie richtig teilen können. Er hatte ihr nichts von der Glückwunschkarte erzählt, sie hätte es nicht verstanden. Sie verstand ja auch nicht, warum er sich freute, als er in einem Essay der »Zeit« zum Berliner Wahlkampf gelesen hatte, dass Weißensee jetzt zu einem Anziehungspunkt des neuen Berliner Bürgertums wurde. Sie verstand nicht mal, dass er die »Zeit« abonniert hatte, als Steinmetz. Dabei war er ja kein gelernter Steinmetz, er hatte Außenhandel studiert und den Betrieb nur übernommen, weil es seinem Vater schlecht ging. Für Andrea war Dr. Schramm nur jemand, der ihr den Blick auf den Weißen See versperrte.

Dass der See ohne Männer wie Schramm immer noch ein stinkendes Dreckloch wäre, ließ sie nicht gelten. Schramm betone Weißensee auf der falschen Silbe, wie die Leute, die sich diese Fernsehserie ausgedacht hatten, sagte Andrea. So was machte sie wahnsinnig. Andrea nannte die Berliner Allee immer noch Klement-Gottwald-Allee.

»Er hat sich nach dem Weihnachtsbaumschlagen erkundigt«, sagte Liebig.

»Ach was«, sagte Andrea.

»Ja, er hat angedeutet, dass er im nächsten Jahr vielleicht mitkommen würde. Mit uns.«

»Mit uns? Der kennt doch nicht mal deinen Namen, Thomas.«

»Doch, doch«, sagte Liebig, obwohl er sich beim besten Willen nicht erinnern konnte, wie ihn Dr. Schramm angesprochen hatte. Aber er musste ja seinen Namen kennen, schon von der Glückwunschkarte.

Liebig freute sich, dass er mit dem Wagen gestern noch in der Wäsche gewesen war, als sie auf die kleine Lichtung im Wandlitzer Forst fuhren, auf der die Autos der anderen Weißenseer Geschäftskunden der Berliner Volksbank parkten, die am Weihnachtsbaumschlagen teilnahmen. Die Wagen glänzten im matten Winterlicht, als seien sie für den Anlass angeschafft worden. Es waren zumeist dunkle, unauffällige, aber kostspielige Sonntagswagen. Eine Flotte der Weißenseer Geschäftswelt. Nur Kacmarek, der in der Roelckestraße einen Papiergroßhandel betrieb, war mit einem Kleinbus vorgefahren, der mit seiner Firmenanschrift bedruckt war.

Liebig parkte seinen anderthalb Jahre alten dunkelblauen Passat-Kombi neben einem schwarzen Audi A6.

Am Rande des Parkplatzes war ein Zelt in den Farben der Berliner Volksbank aufgebaut. Davor brannte ein Lagerfeuer, an dem ein paar Männer mit dampfenden Bechern standen und redeten. Sie trugen halblange dunkle Winterjacken wie er. Liebig spürte, wie sich die Anspannung, die auf der Fahrt hierher im Wageninneren entstanden war, auflöste. Andrea hatte nie Lust gehabt, an dieser politisch korrekten Kleinbürgeraktion, wie sie das nannte, teilzunehmen und damit bei Friedrich, seinem elfjährigen Sohn, der mit Kopfhörern auf dem Rücksitz hockte, offene Türen eingerannt.

Im Stau in der 20er Zone in Malchow war die Stimmung so schlecht gewesen, dass sich Thomas Liebig fühlte, als entführe er seine Familie. Jetzt aber freute er sich auf die Männer dort draußen, die wie er dafür sorgten, dass Weißensee immer näher an die Stadt heranrückte. Er war ein Bürger, und das war gut so. Es hieß Berliner Allee, dachte er, nicht Klement-Gottwald-Allee.

»Da wären wir«, sagte Thomas Liebig und legte seiner Frau die rechte Hand auf den linken Oberschenkel.

»Man sieht schon von hier, worüber die reden«, sagte Andrea und ruckelte mit ihrem Oberschenkel, als wolle sie seine Hand abschütteln.

»Worüber denn, Schatz?«, fragte Liebig und patschte mit seiner Hand noch zweimal auf ihren Oberschenkel, bevor er sie zurückzog.

»Wie ungerecht der Bundespräsident gerade von den Medien behandelt wird«, sagte sie.

»Das finde ich aber auch«, sagte Liebig.

»Genau das meine ich«, sagte Andrea, und ließ ihre Sitzgurtschnalle aufschnippen.

»Wann fahren wir wieder zurück?«, fragte Friedrich.

Jeder Teilnehmer bekam eine nagelneue Säge, ein Paar Handschuhe, ein Bandmaß sowie ein Kuvert, in dem ein Dankesschreiben der Berliner Volksbank lag, sowie eine kleine himmelblaue Plastikkarte, die zum Besuch von vier Konzerten der Berliner Philharmonie im nächsten Jahr berechtigte.

»Mit Partner«, sagte Thomas Liebig und lächelte seine Frau an.

»Ein Klavier, ein Klavier!«, sagte Andrea, die bereits beim zweiten Becher Glühwein angelangt war.

»Was?«, fragte Liebig.

»Ich kann es kaum erwarten, mit all den Weißenseer Fleischersgattinnen im Foyer der Philharmonie herumzustehen. Kaufst du mir dafür ein neues Kleid, mein kleiner Mäzen?«

»Ich bin kein Mäzen, die Volksbank hat die Karten spendiert.«

»Das ist doch alles dasselbe«, sagte Andrea.

»Außerdem werden gar nicht so viele Fleischersgattinnen da sein«, sagte Liebig. »Im selbstständigen Fleischereigewerbe haben wir nämlich einen ziemlich bedauerlichen Rückgang.«

»Wir?«, fragte Andrea, leerte den Becher und knüllte ihn in ihrer Hand zusammen wie ein Papiertaschentuch.

»Wir«, sagte Liebig und fügte, weil er spürte, wie ihn das befriedigte, ein weiteres »Wir« hinzu.

Kurz nach halb vier stellte sich der stellvertretende Regionalchef der Berliner Volksbank vor das weiße Band, mit dem die Schonung eingezäunt war, in der die unbehandelten, natürlichen Weihnachtsbäume wuchsen, und hielt eine kleine Rede, die überraschend schnell die weltweite Finanzkrise erreichte. Er würdigte die Erfolge des vergangenen Jahres, wollte ihnen, seinen Kunden, aber nicht verschweigen, wie er sich ausdrückte, dass ein äußerst schwieriges Jahr vor ihnen liege. Ein Jahr voller Herausforderungen.

Irgendetwas in Thomas Liebig sperrte sich gegen diese dunklen Aussichten. Er wollte das nicht hören, nicht hier, kurz vor Weihnachten, in einem Wandlitzer Wald. Er spürte, wie er verkrampfte. Er bemerkte, dass der Redner doch einen erstaunlich süddeutschen Akzent hatte für einen Regionalleiter der Berliner Volksbank. Ein Gedanke, wie er normalerweise eher im Kopf seiner Frau entstand. Er sah zu Andrea, die mit dem Glühweinbecher in der Hand träumend in den Wald schaute, in dem er gleich verschwinden würde, um einen Baum zu schlagen.

Liebig umklammerte die Säge stärker, als es erforderlich gewesen wäre. Während der Regionalleiter von Abschwung und Kampfkraft, Vertrauen, Entschlossenheit und immer wieder vom Markt redete, schien sich das weiße Band hinter ihm in eine Art Startzone zu verwandeln. Liebig spürte einen metallenen Druck im Magen, wie er ihn früher auf Schulsportfesten und vor wichtigen Prüfungen gespürt hatte. Er fühlte, wie er sich von den Männern, die ähnlich praktische und nicht billige Jacken trugen wie er, entfernte. Er schien sich aus der

Bürgergemeinschaft zu lösen und kämpfte dagegen an. Thomas Liebig dachte an Dr. Schramm und den Weißen See und das kleine himmelblaue Konzertabonnement in der Innentasche seiner Jacke. Er dachte an Weihnachten, an die Christmesse in der katholischen Kirche in der Behaimstraße, die sie seit ein paar Jahren am Heiligen Abend besuchten, obwohl sie beide Heiden waren und Andrea nie vergaß, darauf hinzuweisen.

Als der Regionalleiter das weiße Band durchschnitt und allen Beteiligten viel Spaß wünschte, ahnte Liebig, dass der Spaß nun vorbei war.

Die ersten Männer begannen sich in Richtung Schonung zu bewegen. Liebig sah sich nach Andrea um. Sie schüttelte den Kopf, und erstaunlicherweise wollte er sie gar nicht überreden, ihn in den Wald zu begleiten. Es war leichter ohne sie. Er griff sich die Hand seines Sohnes und lief los.

»Aua«, sagte Friedrich. »Du zerquetschst mir die Hand, Papa.« Liebig lockerte seinen Griff und bemühte sich um einen gemäßigten Schritt. Es war nicht einfach, weil sie links und rechts von Männern in praktischen dunkelgrünen Jacken überholt wurden. Jägerjacken, dachte Liebig noch, dann schlug der Wald über ihnen zusammen.

Schon nach etwa zehn Metern traf er auf den Papiergroßhändler Kacmarek aus der Roelckestraße, der gemeinsam mit seiner Frau eine große, ebenmäßige Nordmanntanne umarmte, als führten die drei eine Art Volkstanz auf. Mein Freund, der Baum, dachte Liebig. Kacmarek lachte ihn an. Es war ein Haifischlachen. Liebig nickte.

Ein paar Meter liefen sie noch der raschelnden Schneise hinterher, die die Geschäftskunden der Berliner Volksbank, die vor ihnen gestartet waren, in den Wald schlugen, dann beschloss Liebig, die Richtung zu wechseln. Er schlug sich nach links in die Schonung, wo der Weg am unwirtlichsten war und vermutlich die wenigsten Konkurrenten warteten. So dachte er inzwischen von seinen Mitbürgern. Die Äste peitschten ihm ins Gesicht, und er spürte, wie sich der Junge an seiner Hand sträubte, ihm zu folgen.

»Wir müssen weg von den anderen, Friedrich«, sagte Liebig.

»Warum denn?«

»Weil wir sonst keinen Baum finden«, sagte Liebig.

»Hier sind doch überall Bäume«, sagte Friedrich.

»Aber guck sie dir doch mal an, das sind doch alles Krücken«, sagte Liebig, selbst ein wenig erstaunt, woher dieses Wort kam. Er taxierte die Bäume in ihrer unmittelbaren Umgebung. Keiner hatte nur annähernd die Form der zauberhaften Kerze, die auf Dr. Schramms Terrasse lagerte. Eine dunkelgrüne, kraftstrotzende Puppe, die sich am Heiligen Abend entfalten würde wie ein wunderschöner Schmetterling. Die hier waren alle zu dick oder zu dünn, zu klein oder zu groß. Die Stämme waren ungleichmäßig gewachsen und schlugen meist an irgendeiner Stelle absurde Kurven.

»Was ist denn mit dem da?«, fragte Friedrich und zeigte auf einen Baum, der auf den ersten Blick wirklich ansehnlich wirkte. Liebig zückte die Säge und umrundete den Baum, der in seinem Rücken allerdings ein riesiges Loch hatte. Man hätte ihn natürlich mit dem Loch an die Wand stellen können, aber so weit war Liebig noch nicht.

Vielmehr hatte er in zehn Meter Entfernung einen Baum entdeckt, der ganz am Rande der Schonung stand, wo der hohe Kiefernwald begann. Der Baum sah tadellos aus. Liebig startete. Als er auf zwei Meter heran war, bemerkte er in der grünen Nadelwand neben sich eine leichte Unruhe, es knisterte und raschelte, so als nähere sich ein großes Tier. Liebig machte zwei große Schritte, ließ die Hand seines Sohnes los und streckte sich nach dem Stamm seines Wunschbaumes, als das Tier aus dem Unterholz brach, ihn mit der Schulter tackelte und in den Baum flog. Liebig stolperte in eine kleine Krüppelkiefer und verlor für einen Moment die Orientierung.

»'tschuldigung«, sagte eine Stimme über ihm, dort, wo der Traumbaum stand. Und dann: »Guck mal, Ilona, ich glaube, ich habe unseren Baum gefunden.«

Liebig erkannte einen Mann in einer Jägerjacke, der neben seinem Baum kniete wie neben einem erlegten Hirsch. Hinter ihm trat eine Frau in einem beigen Anorak aus dem Wald. Liebig rappelte sich auf.

»Sind Sie nicht der Steinmetz aus der Lehderstraße?«, fragte die Frau. Liebig nickte mürrisch.

»Sie haben damals den Stein für meinen Vater gemacht. Herbert Smollack, verstorben im August 2005«, sagte die Frau. Ihr Mann vermaß den Baum mit dem Zollstock der Berliner Volksbank, nickte und setzte die Säge an. Liebig erinnerte sich dunkel an eine Familie Smollack, die ein mittelgroßes Fuhrunternehmen in der Rennbahnstraße betrieb, hatte momentan aber weder Lust noch Zeit, näher darauf einzugehen. Er hatte vielmehr das rasende Bedürfnis, Smollacks Schwiegersohn in den Hals zu beißen. Sehr seltsam.

»Hältst du mal, Ilona«, rief der Grobian, der ihn aus dem Weg geräumt hatte, vom Fuß des Baumes. Liebig sah, dass die Äste fast bis auf den Boden wuchsen und an einigen Stellen schon ziemlich kahl waren.

»Den hätten wir sowieso nicht genommen«, sagte er zu Friedrich, der unsicher neben ihm stand. Er nahm die Hand seines Sohnes und ging tiefer in den Wald.

»Frohes Fest«, sagte Ilona, Tochter des verstorbenen Fuhrunternehmers Smollack aus der Rennbahnstraße, aber Liebig antwortete nicht mehr. Man musste nicht mit Leuten reden, die man verachtete. Dass war kleinbürgerlicher Unsinn. Andrea hatte recht.

Es wurde langsam dunkel und irgendwann begann es zu regnen. Ein eisiger schwarzer Regen, der ihm in den Jackenkragen kroch, aber Thomas Liebig spürte das kaum. Er taxierte Bäume, manchmal gefiel ihm einer, er blieb etwas länger stehen, und er spürte, wie sich Friedrich wünschte, dass es endlich ihr Baum sein würde, aber am Ende gab es immer einen Makel. Dicke Stämme, verwachsene Spitzen, kahle Stellen. Ein ganzer Wald und kein Baum. Er lief weiter.

Manchmal begegneten sie anderen Jägern, nickten sich kurz zu und zerstreuten sich dann wieder. Sie stießen sich ab wie Magnete. Zunehmend aber kamen ihm nun Männer entgegen, die bereits einen Baum gefunden hatten. Sie sahen erschöpft aus und nicht immer zufrieden, aber sie hatten nicht mehr das Fiebrige im Blick, wie jene, die noch suchten, dachte Thomas Liebig. Sie waren Rehe, keine Wölfe mehr. Friedrich war ganz still und weich. Er zitterte, aber er maulte nicht. Liebig glaubte, dass er den Tränen nahe war. Der Junge tat ihm leid. Er war sich nicht ganz sicher, wie lange er solche Gefühle überhaupt noch haben würde, weswegen er seinen Sohn bat, mit dem nächsten Baumträger zurück zum Zelt der Berliner Volksbank zu gehen.

»Wirklich, Papa?«, fragte Friedrich mit brechender Stimme.

»Ja, mein Junge. Sag Mama, dass ich auch gleich komme.«

Friedrich sah seinen Vater traurig an, dann folgte er dem Mann, der eine dickbäuchige, aber sehr kurze Tanne aus dem Wald trug und sich als Pächter von vier Getränke-Hoffmann-Märkten vorgestellt hatte. Sie hatten ihre Karten getauscht, was Liebig vorgekommen war wie ein Ritual aus tiefer Vergangenheit. Thomas Liebig nickte seinem Sohn aufmunternd zu. Dann warf er die Visitenkarte des Getränkemarktfritzen weg. Dessen Baum hatte ausgesehen wie ein Nadelball, niemals würde er mit so einer lächerlichen Beute zurückkommen. Er dachte wirklich »Beute«.

Liebig sah in den schwarzen Wald, er spürte, dass dort draußen sein Baum wartete. Aber er wusste, dass er nicht der Einzige war, der ihn suchte. Sie waren unterwegs, die Weißenseer Wölfe. Von Zeit zu Zeit sah er einen Schatten durch die grüne Nadelwand huschen. Er hörte es rascheln und knacken, und einmal hörte er in der Ferne eine Säge ächzen, gefolgt vom Seufzen eines fallenden Baumes. Ein Wolf weniger, dachte Liebig ohne Bedauern.

Einmal noch dachte Liebig an Dr. Schramm. In gewisser Weise enttäuschte es ihn, dass ein Mann, den er gewählt hatte, seinen Weihnachtsbaum auf einem Markt an der Prenzlauer Allee kaufte. So ein Mann gab dem Baum doch keine Chance. Er war kein wirklicher Weißenseer Wolf, dachte Liebig, dem einfiel, wie er den Indianerfilm »Weiße Wölfe« als Junge im Toni am Antonplatz gesehen hatte. Damals, als die Berliner Allee noch Klement-Gottwald-Allee hieß. Von oben aus dem Rang hatten die Jugendlichen gern runter ins Parkett gespuckt. Man musste aufpassen, wo man sich hinsetzte, Dr. Schramm. Weiße Wölfe, so war's. Vielleicht würde er Dr. Schramm demnächst noch eine Karte schreiben, auf der er ihm diese Gedanken mitteilte. Keine schlechte Idee.

Als es ganz dunkel war, begann Liebig die Beschaffenheit der Bäume zu ertasten. Dabei störten die Handschuhe. Er warf sie weg und kroch in den Baum, befühlte Stamm und Äste, ließ die Nadeln durch seine Finger gleiten. Später zog er auch noch die Jacke aus, um den Baum mit dem ganzen Körper fühlen zu können. Die Jacke war sowieso nass, er hängte sie auf eine kleine, aber gut gewachsene Tanne, mit der er viel Zeit verbracht hatte.

Es hörte auf zu regnen, der Himmel riss auf, und Liebig sah die Umrisse der Bäume wieder. Er stellte sich auf die Zehenspitzen, ganz still, und sah sich um. In einer kleinen Lichtung entdeckte er im Mondlicht einen unwirklich schönen Baum. Schwarz wie ein Scherenschnittweihnachtsbaum aus einem Kinderbuch. Es waren dreißig Meter bis zu dem Wunderbaum, vielleicht vierzig, und Liebig fühlte, dass er nicht allein war. Er spürte den Atem des anderen Wolfes. Thomas Liebig spannte die Muskeln, dann rannte er los. Einen Augenblick später startete der andere. Liebig hörte das Knacken und Wischen der brechenden und peitschenden Äste. Wenn er sich nicht täuschte, liefen sie parallel. Liebig fühlte sich gut, leicht, alle bürgerlichen Konventionen waren von ihm abgefallen wie Bleigewichte. Er wusste, dass er gewinnen würde, und schlug auch als Erster an. Aus den Augenwinkeln glaubte er einen kollabierenden Schatten zu erkennen, der sich krümmte, aufrappelte und dann in den Wald zurückzog.

Liebig hielt den Baum einen Moment fest, eine Minute, vielleicht auch zwei standen sie da wie ein Liebespaar. Dann zog Thomas Liebig die Säge und fällte seinen Baum.

Es war ein erstaunlich kurzer Weg zurück, es dauerte höchstens zehn Minuten, unterwegs pflückte Liebig noch seine Jacke von der Zwergentanne und wickelte sie um seinen Baum. Es war erst kurz nach acht, als er wieder im Basislager eintraf. Der Parkplatz war fast leer, am Lagerfeuer stand einsam und mit sorgenvollem Blick der stellvertretende Regionalleiter der Berliner Volksbank. Er hatte eigentlich überhaupt keine Angst vor der Krise, bemerkte Liebig, als er den fröstelnden Bankmanager am verglühenden Lagerfeuer sah. Er war Steinmetz von Beruf, gestorben wurde immer. Das waren alles nicht seine Probleme. Vielleicht sollte er mal die Bank wechseln.

»Schön, dass Sie wieder da sind«, sagte der Mann und sah fragend auf Liebigs Oberkörper, der nur von seinem durchnässten Pullover bedeckt war. »Ich habe mir schon ein bisschen Sorgen gemacht.«

»Ach«, sagte Thomas Liebig. »Wer fehlt denn noch?«

»Michael Welke«, sagte der Bankmanager mit einem Blick auf die durchgeweichte Liste mit seinen Weißenseer Geschäftskunden. »Ein Spediteur aus der Berliner Allee. Dahinten steht sein Auto. Der BMW.«

»Halten Sie mal bitte kurz«, sagte Liebig und drückte dem Manager seinen Baum vorsichtig in die Hand. Er lief hinüber zu dem schwarzen BMW-Kombi, streichelte dessen Motorhaube, zog eine Visitenkarte aus seiner Brieftasche und klemmte sie unter einen Scheibenwischer. So viel Bürgerlichkeit musste sein.

Dann nahm er dem Volksbankmann seinen Baum ab und brachte ihn zu seinem Auto.

Andrea Liebig saß auf dem Rücksitz ihres Passat, dessen Heizung leise vor sich hin blubberte. Auf ihrem Schoß schlief ihr Sohn Friedrich. Sie war wohl selbst ein bisschen weggedämmert von all dem Glühwein, den sie an diesem Nachmittag getrunken hatte, um das nervende Geschnatter der Geschäftskundengattinnen ertragen zu können. Als sie wieder aufwachte, sah sie ihren durchnässten, jackenlosen Mann mit einer zotteligen, schiefen Tanne aus der Dunkelheit auf sich zukommen wie eine Erscheinung.

Der Baum sah furchtbar aus, aber der Mann gefiel ihr.

DIE SCHNEEKÖNIGIN

Als Anka Bendig die Champagnerflasche aus dem Kühlschrank der Schlossküche zog, empfand sie zum ersten Mal in diesem jubiläumssatten Jahr ein wenig von der Dankbarkeit, die von ihr als Deutscher erwartet wurde. Sie hatte keinen Menschen vor Augen, dem sie die Hand hätte schütteln wollen. Es gab da keinen Politiker oder Volkshelden oder Bürgerrechtler. Sie spürte eher eine diffuse Dankbarkeit der Geschichte gegenüber, die es gut mit ihr gemeint hatte.

Anka Bendig war 15 Jahre alt gewesen, als die Mauer fiel. Sie hatte damals mit ihren Eltern in einer Zweieinhalbzimmerwohnung in einem 30er-Jahre-Haus am S-Bahnhof Rummelsburg gewohnt. Aus ihrem Fenster hatte sie um diese Jahreszeit auf einen riesigen Kohlenberg geschaut, der bis zum Frühling langsam in dem vergitterten Heizhaus verschwand, das das Zentrum des Hofes bildete. Die Erinnerungen an diese Zeit waren rußigschwarz, sie wurden mit jedem Jahr dunkler und dunkler.

In ihrer Talkshowredaktion erzählte sie immer, sie sei auf einem Kohlenhof aufgewachsen. Das machte die Entwicklung, die sie genommen hatte, klarer, dachte sie. Steiler. Daran war nichts Schlechtes, auch wenn ihre Mutter das sicher anders gesehen hätte.

Ihr Kinderzimmer war nicht viel größer gewesen als der Kühlschrank, aus dem sie die Champagnerflasche zog, dachte Anka Bendig. Hinterm Fenster lag kein Kohlenhaufen, sondern ein verschneiter Schlosspark. Es ging ihr gut, es ging ihr besser als ihrer Mutter.

Anka Bendig klemmte sich die Flasche unter den Arm und warf einen kurzen Blick auf die Keramiktöpfe, in denen das Reh eingelegt war, das sie morgen, zum ersten Feiertag, essen würden. Es war in den Wäldern des Fläming erlegt worden, wie ihnen der Schlossverwalter erzählt hatte, ein Herr Werner oder Herr Walter oder Wolters, irgendetwas mit einem W vorn. Ein Mann mit einem dieser brandenburgischen Gesichter, in denen sich die Härte der alten Zeit mit der Unterwürfigkeit der neuen mischte. Ein Untertanengesicht, hatte Almuth gesagt, und sie, Anka Bendig, hatte daraufhin die Nase kraus gezogen, weil das ihre Rolle war, immer noch, nach all der Zeit. Wahrscheinlich würde es ihre Rolle bleiben bis in alle Ewigkeit.

Sie war das Mädchen vom Kohlenhof. Aschenputtel.

Ein Prinz war nicht zu sehen. Thomas, ihr Freund, saß oben in der Gästesuite des Schlosses und spielte FIFA 2010 von Nintendo, das er sich zu Weihnachten geschenkt und bereits ausgewickelt hatte. Als sie losgegangen war, führte er gerade mit Holland 3:1 gegen die Ukraine. Er hatte geglüht. Die letzten beiden Worte, die sie gehört hatte, bevor sie die Tür zuzog, waren »van Persie« gewesen, irgendein holländischer Spieler wahrscheinlich. Vielleicht könnte sie ihm das vorhalten, später. Sie wusste, dass er heute Nacht mit Sex rechnete. Sie hatte es in seinem Blick gesehen, als er das Schlafzimmer der Suite begutachtete. Sie durfte nicht daran denken.

Anka Bendig warf die Kühlschranktür mit dem Ellenbogen zu, nahm drei Sektgläser aus dem Hängeschrank und schaute durch die raumhohen Küchenfenster in den Schlosspark. Sie sah ihr Spiegelbild, eine Frau in einem weißen Bademantel und mit hochgesteckten Haaren, die eine Flasche Champagner unterm Arm trug und drei Sektgläser in der Hand hielt. Das gefiel ihr, sie drehte sich hin und her, der Bademantel hob sich ein wenig, nicht sehr, denn es war ein schwerer Bademantel, in die Brusttasche waren die Initialen des Schlosses gestickt. Sie stellte sich vor, wie sie vor zwanzig Jahren über dieses Bild gestaunt hätte, sie, in der Zukunft, barfuß tanzend auf Schlossfliesen, unter denen eine Fußbodenheizung glühte.

Sie beschloss, dem Mädchen, das sie damals gewesen war, noch ein paar weitere beeindruckende Bilder in die Vergangenheit zu schicken, und ging, begleitet von einer unsichtbaren Kamera, nicht direkt in die Sauna, sondern drehte noch eine Runde durch das Kaminzimmer, in dem seit Stunden ein Feuer flackerte, das immer wieder von Herrn W., dem Schlossverwalter, angefacht wurde, durch den Speisesaal und die Bibliothek, in der lederne Bücherrücken bis unter die Decke wuchsen, flanierte barfuß über die erwärmten Steine der Flure, an deren Wänden Porträts der Schlossherren aus den letzten tausend Jahren hingen, wächserne Gesichter in Kostümen, die aussahen, als würden sie am Hals kratzen. Dazwischen brannten, im Abstand von zehn Metern, Fackeln. Kurz vorm Turm, in dessen Fuß die

Eigentümergemeinschaft eine runde Bar gebaut hatte, rannte sie beinahe in den Verwalter W., der vor ihr auftauchte wie ein Geist.

»Huch«, rief sie.

Der Mann lächelte und schüttelte leicht den Kopf, was sie ärgerte. Sie erwartete eine Entschuldigung. Es war nicht so, dass sie hier Vorfahrt hatte, natürlich nicht, aber sie war eine Frau, sie war zwanzig Jahre jünger als der Mann, und auch wenn sie das nie so gesagt hätte, war er hier an diesem Weihnachtswochenende für sie da und nicht sie für ihn. Sie war Gast der Schlossbesitzer, zu denen ihre Freundin Almuth gehörte, er war deren Hausverwalter. Ihr Diener, wenn man so wollte.

»Zur Sauna müssen Sie in die andere Richtung«, sagte er.

»Ich weiß«, sagte sie.

»Na dann«, sagte der Mann. »Ich werde mich langsam zurückziehen. Heiligabend, nicht wahr. Wenn es Probleme gibt, weiß Frau Siemens ja, wo sie mich finden kann.«

»Wohnen Sie auch im Schloss?«, fragte Anka Bendig, weil ihr der Mann dann doch irgendwie leidtat. Er hätte ihr Vater sein können, der auch nie gelernt hatte, sich zu entschuldigen. Heiligabend, nicht wahr. Oder einer dieser alt gewordenen ostdeutschen Schauspieler, die sie manchmal in der Talkshow hatten. Rotgesichtige Männer ohne Hals, die nicht mehr redeten, sondern schnappten.

Sie war sich sicher, dass ihrem Vater die alte graue Filzjacke des Hausverwalters gefallen hätte. Eine Jacke wie ein Zaun. Sie war froh, dass ihr Vater seit drei Jahren im Vorruhestand war. Sie wollte ihn nicht zufällig in so einer Jacke auf einem Hotelflur treffen oder in der Bucht eines Parkhauses, wo er sich ein paar Euros dazuverdiente.

»Im Schloss?!«, sagte der Mann und schnaufte kopfschüttelnd wie ein altes Pferd. »Ich wohne am Ende des Dorfes im Kutscherhaus.«

»Kutscherhaus«, sagte sie.

»Kutscherhaus«, sagte er, und einen Moment lang dachte sie daran, nochmal Kutscherhaus zu sagen. Man hätte ein ganzes Gespräch mit diesem einen Wort bestreiten können. Ein Gespräch, in dem alles gesagt wurde, was zwischen ihnen stand. Sie hätte das Wort Kutscherhaus immer spöttischer und leichter betont und er immer ernsthafter, wütend am Ende.

»Frohe Weihnachten dann«, sagte sie.

»Frohes Fest«, sagte er.

Sie ging noch ein paar Schritte weiter weg von der Sauna, um dem Mann nicht den Eindruck zu geben, sie habe sich verlaufen und sei von ihm wieder zurück auf den rechten Weg geführt worden. Außerdem wollte sie nicht in die gleiche Richtung laufen wie der Kutscher. Als sie die Schlosstür zufallen hörte, drehte sie sich um und stieg die Stufen hinunter zur Sauna.

Almuth saß mit Doris im Ruheraum. Doris war eine der Frauen, mit denen sie das kleine Schloss vor fünfzehn Jahren für einen symbolischen Preis gekauft hatte. Sie blätterten in Architekturzeitschriften. Almuth liebte Architekturzeitschriften, aber es sah nicht so aus, als fände sie irgendwelche Anregungen. Ihre Wohnung in Mitte und auch die hier im Schloss wirkten leer. Seit drei Jahren, so lange wie sie Almuth kannte, suchte die nach einer passenden Wohnzimmerlampe, im Schloss gab es vor allem blanke Glühbirnen an der Decke. Almuth fühlte sich wohl im Ungefähren, und so sah auch Johannes aus, ihr Freund. Ein vorläufiger Gefährte. Wenn sie nicht aufpasste, lief sie in dieselbe Richtung, dachte Anka Bendig.

Seit zwei Jahren war sie jetzt mit Thomas zusammen, dem vorläufigsten Mann, den sie sich vorstellen konnte. Ein Mann, der aussah und war, als habe ihn sich IKEA ausgedacht. Ingmar wäre der passendere Name für Thomas gewesen. Ingmar, der Mann, der nach anderthalb Jahren auseinanderfällt.

»Ah, der Champagner ist da«, rief Almuth, als sei Anka nicht ihre Freundin, sondern die Kellnerin.

Das war der Preis, den sie für ihre Kohlenhoflegende zahlte, dachte Anka Bendig. Sie öffnete die Flasche, schenkte ein und reichte den beiden Frauen, die sich leicht auf ihren Liegen aufrichteten, die Gläser.

»Auf Weihnachten«, sagte Doris, die bestimmt zehn Jahre älter war als sie, aber keines dieser verspannten, ungesunden Fernsehfrauengesichter hatte, die ab Mitte 40, je nach Charakter, ins Frettchen- beziehungsweise ins Ochsenfroschhafte kippten.

»Auf Weihnachten«, sagte Anka Bendig und ging ein bisschen in die Hocke, um mit den beiden Frauen, die ihr liegend die Gläser entgegenstreckten, anstoßen zu können. Ihre Liege stand abseits an der Wand, zwischen ihr und den Frauen gab es einen Kaminofen.

Sie nahm sich eine »Brigitte« vom Zeitschriftenstapel und las in einem Artikel, wie selbstzerstörerisch es sei, immer das Beste zu wollen. Um glücklich zu werden, solle man sich mit dem begnügen, was gut genug für einen sei, hieß es da.

Gut genug.

Sie dachte kurz an Thomas, trank ihr Glas aus. Dann gingen sie in die Sauna. Almuth und Doris redeten über eine Wohnung im zweiten Stock, für die sich ein Hautarzt aus Torgau interessierte, Anka Bendigs Gedanken hingen noch an den Thesen des Brigitte-Artikels fest. Man sollte sich immer wieder mal sagen, womit man in seinem Leben zufrieden war. Sie war nicht unzufrieden. Das Immobiliengesäusel der Frauen, die geräumige Sauna, der Champagner, der dort draußen neben dem Kamin wartete. Ihr Leben war nicht schlecht, aber war es gut genug?

Almuth erzählte die Geschichte von dem alt gewordenen Indianerdarsteller, der sich auf der Sendertoilette eingeschlossen hatte und von ihr, Anka Bendig, befreit worden war. Sie lächelte, Almuth wollte sie einbeziehen, was gut war oder schlecht, je nachdem.

»Anka, die Squaw«, rief Almuth, und in diesem Moment betrat, wie in einer Boulevardkomödie, ein Bär die Sauna. Er trug ein Handtuch um die Lenden und stellte sich mit Carl Lukas von der Heym vor. Anka Bendig hatte nie einen Mann gesehen, der so behaart war. Sie fand, dass Name und Körperbehaarung des Mannes nicht zusammenpassten.

»Kennt ihr euch?«, fragte Almuth.

Anka Bendig schüttelte den Kopf.

»Ich bin Doris' bessere Hälfte«, sagte Carl Lukas und

zog sich mit einer torerohaften Bewegung das Handtuch von der Hüfte.

Anka Bendig bemühte sich, ihm ins Gesicht zu schauen, was nicht einfach war, weil Carl Lukas an ihr vorbei in den oberen Bereich der Sauna kletterte, wo seine Frau Platz genommen hatte. Für einen Moment wurde es dunkel, und sie wusste nicht genau, ob sie instinktiv die Augen geschlossen oder Carl Lukas eine Art Sonnenfinsternis verursacht hatte. Sie hörte ein Rascheln in ihrem Rücken, ein Seufzen. Dann kletterte Carl Lukas zurück, um Aufguss in den Saunaofen zu schütten, der direkt neben ihr stand. Anka Bendig schloss die Augen, sie glaubte sich daran zu erinnern, dass Doris' Mann Anwalt war. Der Advokat des Teufels, dachte sie.

Eine Minute später erschien Johannes, Almuths Freund, der in dem Architektenbüro arbeitete, das das Schloss rekonstruiert hatte.

Die Gespräche summten wieder um die Wohnung, die zum Verkauf stand, den Hautarzt aus Torgau, irgendwelche Lärchendielen im dritten Stock, die nicht so breit waren, wie sie sein sollten, und die Konsequenzen, die eine rot-rote Regierung in Brandenburg für den geplanten Einbau eines Schloss-Fahrstuhles haben konnte.

Anka Bendig fühlte sich wie das fünfte Rad am Wagen. Mit Thomas war nicht zu rechnen, und sie bezweifelte, dass sie sich mit ihm besser gefühlt hätte. Thomas war immer zu aufgekratzt in der Nähe von Männern, die ihn einschüchterten. Nackt war das sicher noch schlimmer.

»Die sollen froh sein, dass wir das Schloss gerettet haben, das sie 40 Jahre verrotten ließen«, sagte Doris, und Anka Bendig spürte die Worte wie kleine Pfeile im Rücken. Sicher, sie war ein Teenager gewesen, als die Mauer fiel, aber es waren ihre Landsleute, die die Schlösser gestürmt und geschleift hatten, die Leute vom Kohlenhof sozusagen. Sie schnaufte, so als sei ihr langsam zu heiß, und schlüpfte aus der Sauna.

Es kam ihr vor wie eine Flucht, und das gefiel ihr nicht. Sie tauchte einen Fuß in das schwarzgeflieste Kühlbad, zog ihn aber wieder heraus. Sie hatte keine Lust, das Bad mit Carl Lukas von der Heym zu teilen, dem zottigen Urtier.

Die kleine Tür in den Schlosspark ließ sich öffnen, Anka Bendig lief ein paar Schritte in die Winternacht und warf sich dann rücklings in eine Schneewehe. Sie ruderte mit den Armen, der Schnee war feucht, aber der Blick in den sternenklaren Brandenburger Himmel beruhigte sie. Sie spürte, dass sie durch diesen Ausflug den anderen etwas voraushaben würde, wenigstens eine Geschichte, und das gefiel ihr. Ihre Flucht hatte sich, so gesehen, in einen Angriff verwandelt. Sie war hart im Nehmen, natürlicher, sinnlicher auch, all das war Teil der Kohlenhoflegende. Das Bad im Schnee war ja die russische Methode, nicht die sowjetische, nicht die von Chruschtschow oder die der rot-roten Regierung von Brandenburg, sondern die von Dostojewski und Puschkin und Katharina der Großen, von leidenschaftlichen Menschen. Ja, so ging es, dachte Anka Bendig, stand auf und klopfte sich im weißen Licht des Halbmondes den feuchten Schnee von den Gliedern, um als Siegerin zu den Schlossbesitzern zurückzukehren.

Leider bekam sie die Tür nicht auf.

Sie ruckelte am Knauf, aber die Tür war fest.

»Almuth«, rief Anka Bendig halblaut, weil sie niemanden auf sich aufmerksam machen wollte, so nackt, wie sie war. Aber die Tür war dick, eine alte brandenburgische Schlosstür. Sicher würden sie sie gleich vermissen, dachte Anka Bendig, das Siegergefühl in ihrer Brust hatte sich aufgelöst. Sie wartete fünf Minuten, dann rief sie ein bisschen lauter und trommelte mit den Fäusten gegen die Tür. Sie lauschte, aber von drinnen war kein Geräusch zu hören. Womöglich nahmen sie an, sie sei bereits auf ihr Zimmer gegangen. Ihr Glas stand doch noch da, ihr Bademantel lag auf der Liege. Aber es war die Liege hinterm Kaminofen, die Liege in der Ecke, da fiel ein zurückgelassener Bademantel nicht so auf.

»Hallo«, rief Anka Bendig. Sie dachte an Reinhold Messner, der vor zwei Jahren Gast in ihrer Talkshow gewesen war. Messner hatte sich mehrere Zehen abgefroren und den Yeti gesehen. Bei Yeti fiel ihr Carl Lukas ein, im Augenblick beneidete sie ihn um seinen Pelz. Sie umrundete das Schloss, dicht an der Schlossmauer entlanglaufend.

Vom Parkplatz neben dem Haupteingang starrte sie ein älteres Ehepaar an. Die beiden standen wie versteinert neben einem Opel Corsa. Anka Bendig winkte, sie hätte gern einen Moment im Corsa gesessen, um sich aufzuwärmen, nur auf der Rückbank. Die Frau zerrte ihren Mann weg, sie schob ihn regelrecht ins Auto und hüpfte dann auf die Beifahrerseite, ohne

Anka Bendig aus den Augen zu lassen, die immer noch winkte. Der alte Mann startete den Wagen und holperte vom Parkplatz, die Frau sah vorwurfsvoll aus dem Autofenster. Anka Bendig hörte auf zu winken.

Am Rande des Parkplatzes stand eine Mülltonne, in der sie ein paar Müllsäcke fand. Sie schüttete den Inhalt des größten Sackes auf die Straße, riss ein kleines Loch in den Boden und zog ihn an. Der Sack wärmte nicht, und er stank erbärmlich, aber sie fühlte sich ein bisschen besser so. Sie raschelte mit kleinen Schritten zum Haupteingang des Schlosses, eine Eisentür, die man aus dem Auto mit einer Fernbedienung öffnen konnte, wie sie von ihrer Anreise wusste, die Jahre zurückzuliegen schien.

Neben dem Eisentor gab es eine Wechselsprechanlage mit einer kleinen Kamera. Sie drückte Almuths Klingel, aber da meldete sich niemand, sie war sicher noch in der Sauna, Doris' Nachnamen kannte sie nicht, auch die war sicher in der Sauna, sie drückte nacheinander alle Knöpfe, und irgendwann meldete sich die Stimme einer älteren Frau.

»Von Brockentorf«, sagte die Stimme.

»Ja, guten Tag, Bendig«, sagte Anka Bendig. »Ich bin eine Freundin von Almuth Siemens.«

»Ach«, sagte die Stimme. Anka Bendig sah in die Kamera. Eine verfrorene Person in einem blauen Müllsack.

»Ich habe mich ausgesperrt«, sagte Anka Bendig. »Leider.« Es knackte in der Wechselsprechanlage. »Hallo«, sagte Anka Bendig, aber Frau von Brockentorf schwieg. Anka Bendig drückte mit beiden Händen alle Klingelknöpfe, aber es kam keine Antwort.

Thomas spielte wahrscheinlich FIFA 2010 mit Kopfhörern, oder er ging nicht an die Wechselsprechanlage, weil er in diesem Kaff ja sowieso niemanden kannte. Das war seine Haltung, dachte sie ohne Wut. Er erwartete niemanden. Er erwartete nichts. Es war vorbei. Wenn sie hier draußen erfror, waren die letzten Worte ihres Geliebten »van Persie« gewesen. Einen Moment stand sie noch vor der Wechselsprechanlage. Was für ein Dialog.

»Ich geh dann in die Sauna, Schatz.«

»Van Persie.«

Sie spürte ihre Füße nicht mehr. Wenn sie das überlebte, würde sie sich von Thomas trennen, heute noch, in der Heiligen Nacht. Es fing an zu regnen, ein fieser Schneeregen, sie brach ins Dorf auf, zu ihren Landsleuten, die die Kommunisten gewählt hatten. Wenn die Schlossherren ihr nicht halfen, dann vielleicht die, die ihnen das Schloss wieder wegnehmen wollten. An der Mülltonne wickelte sie sich noch zwei kleinere Mülltüten um die Füße. So ging es.

Genaugenommen war das Dorf der ehemalige Schlosshof, ein Dutzend geduckte Häuser am Ende einer schmalen Straße, die von kleinen, beschnittenen Weiden gesäumt war. Anka Bendig lief in ihren Lumpen über die Straße wie über den Kreuzweg, der Schneeregen pladderte auf ihr Müllkleid, die Weiden beobachteten sie wie krüpplige schwarze Monster. In den ersten drei Häusern brannte kein Licht.

Anka Bendig fragte sich, wohin die Dorfbewohner in der Heiligen Nacht verreisten. Alle reisten irgendwohin, niemand blieb zu Hause wie früher. Der Prenzlauer Berg war praktisch leer, weil die ganzen Süddeutschen und Rheinländer ihre Eltern besuchten. Sie hätte endlich einen Parkplatz bekommen, aber sie musste ja unbedingt auf ein Brandenburger Schloss. Aus dem Wohnzimmerfenster des vierten Hauses flackerte Fernsehlicht hinter einer gelben Gardine. Sie klingelte, es polterte, dann war Stille, dann polterte es wieder. Die Tür öffnete sich, soweit es die Kette zuließ, und ein alter Mann schaute sie an. Es roch nach Alkohol und Schweißfüßen.

»Entschuldigung, dass ich Sie störe«, sagte Anka Bendig.

»Ach du Scheiße«, sagte der Mann und schloss die Tür.

Im nächsten Haus öffneten zwei Kinder die Tür und starrten sie an. Ein Junge und ein Mädchen, knapp zehn.

»Sind eure Eltern da?«, fragte Anka Bendig.

»Mama«, rief der Junge.

»Wat denn?«, rief eine Stimme aus dem Haus.

»Hier is ne Vogelscheusche«, rief das Mädchen.

Anka Bendig lächelte leicht. Eine dicke Frau in einem Perlonkittel tauchte hinter den Kindern auf. Sie hielt die Hände vom Körper gespreizt, als habe sie gerade an irgendetwas Fettigem oder Klebrigem gearbeitet. Sie sah Anka Bendig an, dann schob sie ihre Kinder mit dem Ellenbogen weg und schloss die Tür, ebenfalls mit dem Ellenbogen. Anka Bendig hörte die dicke Frau hinter der Tür rufen: »Sa' ma. Spinnt ihr oder wat!«

Der Schneeregen fiel jetzt dichter. Er lief ihr in den Ausschnitt des Müllsackes, die Tüte vom rechten Fuß lockerte sich. Sie würde bald abfallen. Anka Bendig dachte an Bethlehem, sie war Maria. Nicht schwanger zwar und ohne Josef, der saß im Schloss und spielte Computerfußball. In Bethlehem war das Wetter besser gewesen, dachte sie, aber sonst stimmte es. Es war die Heilige Nacht, und die Dorfbevölkerung wies sie ab. Ein Stall würde genügen, ein Stall.

Die nächsten beiden Häuser waren verlassen.

Im achten Haus öffnete eine winzige alte Frau. Sie blinzelte sie an und sagte: »Ach Gottchen. Warten Se. Warten Se.« Sie verschwand und kehrte mit einem kleinen Plastesack wieder, der mit Nüssen gefüllt war. Sie drückte Anka Bendig den Sack in die Hand, sagte »Frohe Weihnachten, mein Kind« und schloss die Tür.

Das neunte Haus war leer, im zehnten wohnte der Schlossverwalter.

Am Klingelschild stand Dieter Lehnart. Nichts mit W. Aber darauf kam es nun auch nichts mehr an.

»Entschuldigung, dass ich Sie am Heiligen Abend störe. Ich bin Anka Bendig, ich bin Gast im Schloss«, sagte sie. »Wir haben vorhin miteinander geredet.«

»Jaja«, sagt er.

»Ich hab mich ausgesperrt«, sagte sie.

Er schüttelte den Kopf wie vorhin auf dem Schlossflur, aber jetzt ärgerte es sie nicht. Sie hatte wirklich die Richtung verloren. Sie sah Härte in seinem Gesicht, aber keine Unterwürfigkeit. Vielleicht war sie nicht der Mensch, der diesen Zug in ihm provozierte. Sie war nicht Almuth, sie war Aschenputtel, am Ende konnten sie alle nicht aus ihrer Haut. Er öffnete die Tür ein Stück und ließ sie herein.

»Warten Sie hier in der Diele«, sagte er.

Sie stand wie angewurzelt da, es war nicht besonders warm im Flur, aber es schneite nicht. Es roch leicht nach Zigaretten und nach Würstchen, was sie nicht unangenehm fand. Der Mann kam mit zwei Handtüchern, einem Trainingsanzug, einem Bademantel und einer Tüte.

»Das hat meiner Frau gehört, vielleicht passt es. Ihre, äh, Sachen können Sie ja dann hier reintun«, sagte er. »Ich nehme an, Sie wollen ins Bad.«

Sie nickte.

»Ich ruf inzwischen im Schloss an«, sagte er.

»Warten Sie damit noch einen Moment, bitte«, sagte sie, warum, wusste sie nicht.

Das kleine Fenster im Bad war beschlagen, nachdem sie geduscht hatte. Sie zog den Bademantel an, der leicht nach Seife roch und ein bisschen kratzte. Den Trainingsanzug legte sie auf einen Hocker. Ihr Gesicht im Spiegel sah seltsam unverändert aus. Auf der Konsole standen Rasiercreme, ein Pinsel und eine halbleere Flasche Tosca, die wahrscheinlich seiner Frau gehört hatte, deren Bademantel sie trug. Sie wollte die Geschichte der Frau nicht hören, und sie wusste, dass er sie nicht erzählen würde. Sie sah sich noch einmal den Müllsack an, ihr Weihnachtskleid, dann tat sie ihn zusammen mit ihren Fußlappen in die Tüte.

Der Verwalter saß am Wohnzimmertisch. Es gab einen Baum, was sie wunderte, weil sie sich nicht vorstellen konnte, wie dieser schmucklose Mann einen Baum schmückte. Im Regal standen ein paar Lexika, ein Atlas und ein Dutzend Frauenromane und Gläser und ein Hochzeitsbild. An der Wand hingen die Reproduktion eines Gauguin-Tahiti-Bildes und ein Flachbildfernseher, der eindeutig zu groß für den Raum war.

»Einen Schnaps?«, fragte der Verwalter.

»Gern«, sagte sie.

Er ging an die Anrichte, holte eine Flasche Weinbrand heraus und goss zwei rauchfarbene Cognacschwenker halb voll. Sie setzte sich zu ihm an den Tisch. Sie prosteten sich zu und tranken. Der Schnaps brannte im Hals, das war nicht unangenehm. Der Verwalter kramte ein ledernes Zigarettenetui aus der Tasche seiner Strickjacke und bot ihr eine Zigarette an. Auch die nahm sie, obwohl sie seit sechs Jahren nicht mehr rauchte. Das Nikotin schoss ihr sofort in den Kopf, ihr wurde schwindlig, aber nach ein paar Zügen ging es. Sie nippten an ihren Gläsern, rauchten und schwiegen. Die Zeit stand still.

Deswegen fuhr man zu seinen Eltern, dachte sie, damit die Zeit stehen bleibt.

»Warum haben Sie denn nicht am Schlosstor geklingelt?«, fragte der Verwalter irgendwann.

»Hab ich ja«, sagte sie.

Er schüttelte den Kopf, lächelnd.

Kurz nachdem sie die zweite Zigarette ausgedrückt hatte, sah sie die Lichter der Taschenlampen durch den Schneeregen schneiden. Sie suchten sie. Sie hörte einen Hund und Stimmen. Sie hätte nun aufstehen können und zu ihnen gehen, endlich. Aber sie blieb sitzen. Einen Moment noch, dachte sie. Sie fühlte sich gerade gut. Gut genug.

TOD EINES FERNREISENDEN

Martin Barnow hatte gerade drei der letzten Weihnachtsbäume des Weihnachtsbaummarktes Leipziger Straße zum Vergleich an ein bewegliches Zaunelement gelehnt, als seine Schwester Simone aus Malchow anrief, um ihm mitzuteilen, dass ihr Vater gestorben war.

Barnow hatte das Handy am Ohr und sah auf die drei zerzausten Bäume. Eigentlich brauchte er keinen Weihnachtsbaum mehr, seit Britta ausgezogen war, aber er mochte die Routine, das Gefühl, sich im Kreis zu drehen in immergleichem Tempo. Die Bäume am Zaun erinnerten ihn an sich selbst. Am meisten der rechte, der unten vielversprechend begann, aber nach oben hin immer mehr die Form verlor. Sein Oberkörper war dünn, als hätte man ihn ausgeweidet, um andere Bäume mit seinen Ästen aufzufüllen, und die Spitze knickte vom Stamm ab wie ein Bajonett.

Seine Schwester, am Telefon, klang seltsam gefasst. Ihr Vater war bei seiner Urlaubsreise in Thailand verunglückt.

»In einem dieser kleinen Suzuki-Jeeps, einem Cabrio«, sagte Simone fast wütend. Sie steckte seit achtzehn Jahren in Malchow bei Berlin fest. Ihr Mann hieß Jens-Uwe und arbeitete in der Finanzierungsabteilung der Kreissparkasse Bernau, aber sie nannte ihn »Juve«.

»Ha«, sagte Barnow und lächelte die dicke Weihnachtsbaumverkäuferin in der blauen Wattejacke an, die jedes Jahr hier an der Leipziger Straße stand, soweit er sich erinnerte. Er fragte sich, was die Frau eigentlich den Rest des Jahres machte, vermutlich zog sie die Bäume in einer Baumschule irgendwo in Brandenburg auf. Waren die vier Wochen am Spittelmarkt der Höhepunkt oder der Tiefpunkt ihres Arbeitslebens? Konnte man um einen Baum trauern wie um ein Kaninchen oder einen Vater?

Er empfand überhaupt nichts.

Wahrscheinlich war es zu zugig an der Leipziger Straße, um einen Tod in Thailand nachempfinden zu können. Er versuchte sich seinen Vater in einem offenen lila Suzuki-Jeep vorzustellen, warum lila, wusste er nicht. Er nickte der Weihnachtsbaumverkäuferin zu und zeigte auf den rechten Baum.

»Ha?«, fragte seine Schwester. »Was soll das heißen. Ha? Ist das alles, was dir einfällt?«

»Wann ist er denn gestorben?«, fragte Barnow.

»Gestern, nach deren Zeit.«

»Ach«, sagte Barnow und überlegte, ob es in Thailand jetzt früher oder später war als in Berlin, wobei ihm etwas schwindlig wurde wie immer, wenn er Dinge umrechnete.

»Ja. Wir müssen ihn da unten identifizieren und dann überführen«, sagte seine Schwester.

»Wir?«, fragte Barnow, er wunderte sich, wie selbstverständlich Simone *da unten* sagte. Er befand sich am Spittelmarkt, Simone in Malchow, aber sie sah sich im Zentrum der Welt, immer schon. Er fühlte sich eher an deren Rand. Die dicke Frau nahm den Baum vom Zaunelement und trug ihn zu der Trommel, die ihn in ein feines Kunststoffnetz wickeln würde.

»Einer von uns«, sagte seine Schwester. »Sie bezahlen einen Flug.«

»Wer bezahlt den Flug?«

»Die Reiseversicherung.«

Barnow verstand, dass auch Versicherungen Risiken trugen, vielleicht zum ersten Mal in seinem Leben. Vermutlich hatten die Versicherungsfritzen Simone angerufen, weil sein Vater ihren Namen und ihre Telefonnummer in dem Formular angegeben hatte als Person, die im Notfall zu benachrichtigen wäre. Es gab Martin Barnow einen kleinen Stich, immer noch, nach all den Jahren. Simone war das Lieblingskind seines Vaters gewesen. Dann kam Mario, sein jüngerer Bruder, das Sorgenkind, und am Ende er, Martin, der mittlere, der zwischen seinen Geschwistern verblasste. Er hatte als Einziger von ihnen die braunen Augen seiner Mutter, was es seinem Vater noch schwerer gemacht hatte, ihn zu lieben.

»Können Sie ihn unten ein bisschen dünner machen, am Stamm?«, bat er die Frau vom Baummarkt.

»Was?«, fragte seine Schwester.

»Ach nichts. Ich steh auf dem Weihnachtsbaummarkt«, sagte Barnow.

»Für wen kaufst du einen Weihnachtsbaum?«, fragte seine Schwester.

»Frag ich mich auch«, sagte Barnow und überlegte, wen er im Notfall benachrichtigen lassen würde. Seine Mutter war vor drei Jahren gestorben, seine Freundin vor zwei Monaten ausgezogen, und jetzt war auch sein Vater tot. Blieb seine Schwester oder seine Sekretärin, Frau Gebhardt. Helga Gebhardt.

»Wie auch immer«, sagte seine Schwester, die in ihrem Einfamilienhaus in Malchow eine Entscheidung getroffen zu haben schien. Wie auch immer. Die Frau in der Wattejacke schabte mit einer kleinen elektrischen Säge, die aussah wie ein Tranchiermesser, am Stamm seines Baumes herum.

»Ich glaube nicht, dass wir Mario da runterschicken sollten, und das glaubst du ja wohl auch nicht, Martin. Und ich, ich kann es den Kindern schlecht erklären, es ist Weihnachten, außerdem hat Juve den Kopf total voll, weil Merkel, diese Idiotin, die Eigenheimzulage gestrichen hat«, sagte seine Schwester.

»Eigenheimzulage?«, fragte Barnow.

»Ja, die Leute rennen Juve die Bude ein«, sagte Simone.

»Das ist doch gut«, sagte Barnow.

»Und was ist nächstes Jahr? Du hast doch keine Ahnung, Martin.«

»Ich soll also am Heiligabend nach Thailand fliegen, weil du und Jens-Uwe CDU gewählt habt«, sagte Barnow.

»Hör auf, Martin. Ich dachte, es ist eine willkommene Abwechslung für dich, jetzt, wo Britta weg ist«, sagte seine Schwester.

»Willkommene Abwechslung?«, fragte Barnow. »Papa identifizieren?« Er wollte nicht wegfliegen, er wollte weiter um Britta trauern. Er wollte Rotwein trinken, Conor Oberst hören und Ryan Adams, er wollte den Englischen Patienten sehen, Titanic und vielleicht den neuen King Kong in einer leeren Mittagsvorstellung, er wollte Geschichten von unerfüllter Liebe. Er wollte in die Kirche, in die Kälte, er wollte nicht nach Thailand.

»Es ist alles, was wir noch für ihn tun können«, sagte seine Schwester.

»Wir?«, sagte Barnow nochmal, aber es war kaum noch zu hören. Er hatte wieder die Fragen gestellt, seine Schwester gab die Antworten.

Die dicke Frau mit der Wattejacke hatte seinen Baum fertig. Sie lächelte, wahrscheinlich war er ihr letzter Kunde, und sie konnte endlich zurückfahren in ihren Brandenburger Forst, wo alles wieder von vorn losging. Der Kreislauf des Lebens. Ein beruhigendes Gefühl.

Barnow bezahlte den Baum und rief seinen kleinen Bruder Mario in Friedrichshain an.

»Thailand, Scheiße, Mann. Ooch keen schlechter Tod«, sagte Mario. Im Hintergrund hörte man die Clash und ein schreiendes Kind. Marios neue Freundin hatte eine dreijährige Tochter, und Mario war ein 33-jähriger Punk. In zehn Jahren würde er ein 43-jähriger Punk sein, und weiter wollte Barnow nicht denken. Die Clash sangen White Riot. Ein Weihnachtslied für Friedrichshain.

»Wat hat er denn in Thailand jemacht? Scuba Diving oda Ficken oda wat?«, rief Mario, lachte und schrie dann plötzlich: »Mann, halt do ma die Klappe jetz, Mausi, dein Opa is tot.«

Barnow klappte sein Handy zu, schulterte den Baum und ging nach Hause. Vorm Fahrstuhl seines renovierten Hochhauses traf er einen der alten Mieter, über die sich Britta so aufgeregt hatte, zum Schluss, als ihr die schöne Aussicht auf den Gendarmenmarkt nicht mehr genügte. Sie habe das Gefühl, sie lebten in einem Altersheim für DDR-Funktionäre, hatte sie gesagt. Ganz am Ende hatte sie sogar kleine gitterartige Bitterkeitsfalten an ihren Mundwinkeln entdeckt wie bei den Funktionärsfrauen, die auf Schienen neben ihren steif gefrorenen Männern herfuhren. So ähnlich hatte sie sich ausgedrückt. Sie erkannte sich und Barnow bereits in den Paaren wieder, stand in ihrem Abschiedsbrief. Den Eispaaren. Außerdem machten sie die niedrigen Neubaudecken depressiv. Der Mann trug ein Kunstpelzschiffchen auf dem Kopf, er hatte die Ohren runtergeklappt.

»Frohes Fest«, rief er, es klang wie ein Befehl, wahrscheinlich war er mal Offizier gewesen.

»Danke«, sagte Barnow. »Ihnen auch.«

»Die Gattin?«, schrie der Mann zwischen erstem und zweitem Stock.

»Die Gattin?«, fragte Barnow zurück.

»Die Gattin?«, fragte der Mann nochmal.

»Die Gattin ist ausgezogen«, sagte Barnow. »Außerdem ist mein Vater gestern gestorben. Ich bin jetzt Vollwaise. 36 Jahre alt, nicht mal halb so alt wie Sie, und schon Vollwaise.«

Der Mann tippelte verlegen in seiner Fahrstuhlecke hin und her und nahm schließlich, vielleicht um Anteilnahme zu demonstrieren, sein Kunstpelzschiffchen vom Kopf. Er hatte dichte weiße, sehr kurz geschnittene Haare, hinter den Ohren gut ausrasiert, Radkästen, hatten sie das bei der Armee genannt. Er war am Boden, klein, zerstört, alt, aber Martin Barnow hatte noch nicht genug. Er führte das Gespräch, das er mit seiner Schwester nicht hatte führen können.

»Und gucken Sie sich meinen Baum an«, sagte er.

Der Mann floh in der 5. Etage aus dem Fahrstuhl. Barnow fuhr mit seinem Baum in die 13. Etage, lief mit ihm die paar Schritte zu seiner Wohnungstür, trug ihn über die Schwelle wie eine Braut und von da ins Wohnzimmer. Er stellte ihn ans Fenster, wo er ein bisschen Licht hatte. Auf dem Anrufbeantworter war eine Nachricht. Simone hatte die Reisedaten hinterlassen. Barnow stellte sich neben seinen Baum ans Fenster, sah über Berlin und hörte seiner Schwester zu.

»Ich habe dir einen Lufthansaflug von Berlin nach München um sieben Uhr heute Abend reserviert, Tegel. Elektronisches Ticket. Um zehn Uhr dreißig fliegst du von München mit Thai Air nach Bangkok und morgen Nachmittag um zwei von Bangkok nach Phuket. Da steht eine Frau von der LVM-Versicherung auf dem Flughafen und bringt dich zu Papa. Irgendwo auf dem Weg wirst du jemand vom Konsulat treffen. Ach, und du kannst Business Class zum Preis von Economy fliegen, Martin. Wahrscheinlich weil am Heiligabend keiner nach Thailand will. Frohe Weihnachten.«

Dann klickte der Anrufbeantworter und ließ ihn in der Stille zurück.

Barnow sah auf das milchig-graue Berlin, das notdürftig von ein paar Lichterketten erhellt wurde, und dachte, dass Business Class nach Bangkok eigentlich gar nicht schlecht klang. Niemand würde ihn vermissen. Vielleicht würde er Britta eine Karte schreiben aus einem neuen Leben. Er schmückte den Baum, dann suchte er seinen Pass, einen schwarzen Anzug und seine Badehose.

Mitten in der Heiligen Nacht wachte Barnow auf und sah, wie die Tür zum Cockpit der 747 auf- und zuschwang. Er sah Armaturen, die schmalen Rücken der thailändischen Piloten und vor ihnen die schwarze Nacht über China. Dinge, die ihn normalerweise beunruhigt hätten, aber jetzt war ihm das seltsam egal. Er hatte drei kleine Flaschen Rotwein zu seinem »weihnachtlichen Entencurry« getrunken und nach dem Essen noch zwei Cognac, er war benommen und verloren, er war ein Waisenkind irgendwo über Asien.

Er surfte durch die achtzig Spielfilmprogramme, bis er die Flugkarte auf seinem kleinen Videobildschirm sah, sie flogen über das Schwarze Meer, sie waren noch nicht in Asien, China würden sie gar nicht erreichen, was Barnow überraschte, er hatte gewisse Vorstellungen von Asien, obwohl er noch nie da gewesen war, und China spielte in diesen Vorstellungen eine zentrale Rolle. Er saß im Buckel eines Jumbojets, in der zweiten Etage, die er sich immer ausgemalt hatte wie das Schlaraffenland, zu dem nur wenige ausgesuchte Menschen Zugang hatten. Aber die Leute, die neben ihm saßen, erinnerten ihn eher an pensionierte Arbeiter aus dem Ruhrgebiet. Vermutlich flogen sie alle zum Economypreis. Es waren fast ausschließlich Männer. Manche hatten zierliche asiatische Frauen dabei. Andere sahen aus, als seien sie auf dem Weg zu einer zierlichen asiatischen Frau. Barnow fragte sich, ob sein Vater hier oben in diesem Buckel gesessen hatte vor zehn Tagen und worauf er gehofft hatte, damals.

Er wusste, dass sein Vater die Reise genommen hatte, weil sie so billig war. Vielleicht hatte er nur nach einem weiteren günstigen Angebot gesucht, wie er es in den letzten fünfzehn Jahren getan hatte. Es war seine Methode gewesen, sich mit dem System zu messen.

Martin Barnow hätte gern noch einen dritten Cognac getrunken, er sah sich nach den schlanken Thai-Air-Stewardessen um, aber sie waren verschwunden. Er schaute ein Stück von »Santa Clause II« an, um wenigstens ein bisschen Routine zu haben, und schlief dann ein.

In Phuket, am ersten Feiertag mittags, warteten zwei asiatische Frauen mit einem schwarz umrandeten Schild, auf dem »Barnow – Martini« stand und die Buchstaben LVM.

»Guten Tag«, sagte Barnow. Eine der Frauen sagte etwas Längeres in einer fremdländischen Sprache, die andere hörte zu und erklärte schließlich: »Helzliche Beielei, Mister Martini.« Offenbar war sie seine Dolmetscherin.

»Danke«, sagte Barnow.

»Fahren zu toten Mann«, sagte die Dolmetscherin und lief los.

»Gute Idee«, sagte Barnow.

Er lief in die Hitze wie gegen eine Wand. Er hatte sich beim Aufenthalt in Bangkok seinen schwarzen Anzug angezogen und eine Krawatte umgebunden Er fühlte sich in einer offiziellen Mission, vielleicht weil seine Schwester den Konsulatsbeamten erwähnt hatte. Er ging mit den beiden Frauen zu einem Minivan, der sich zunächst durch ziemlich dichten Verkehr quälte und dann auf eine breitere, schnellere Straße abbog, die zwischen Feldern entlangführte und schließlich in einen tropischen Wald stieß, ab und zu sah man das Meer aufblitzen, einzeln stehende, dichtbewachsene Felsen wuchsen aus den Palmenwäldern, die Frauen redeten die meiste Zeit miteinander, sehr angeregt, manchmal schienen sie zu streiten. Gelegentlich übersetzte die Dolmetscherin etwas von ihrem Gespräch ins Deutsche, aber es ergab keinen Sinn in Barnows Kopf.

Einmal sagte sie: »Du wirst an Blandzeremonie von Frau partizipielen bei Wunsch.«

Barnow nickte freundlich.

Nach zweieinhalb Stunden kamen sie in einer Stadt an, sie fuhren über staubige Straßen zu einem dreistöckigen Gebäude, vor dem Krankenwagen standen. Vor dem Eingang wartete ein junger Mann in einem kurzärmligen Hemd und einer schmalen Aktentasche unterm Arm, der deutsch aussah, wahrscheinlich weil er eines dieser komplizierten Brillengestelle trug, die deutsche Männer so mochten. Barnow bereute jetzt wirklich, den schwarzen Anzug angezogen zu haben.

»Dr. Mario Kurzbach«, sagte der Mann. »Herr Barnow?« Barnow nickte.

»Herzliches Beileid im Namen des gesamten Konsulats. Tut mir leid, dass ich Sie nicht am Flughafen abholen konnte. Wir sind ein bisschen dünn besetzt, jetzt über die Feiertage, und wir haben natürlich alle Hände voll zu tun mit dem Jahrestag«, sagte Kurzbach.

»Jahrestag?«, fragte Barnow.

»Tsunamikatastrophe«, sagte Kurzbach und blinzelte.

»Richtig«, sagte Barnow, der sich für einen Moment wie ein Störenfried fühlte. All die unschuldigen Menschen, die die Welle in den Tod gespült hatte, und er belästigte die gestressten Behörden mit seinem vergnügungssüchtigen Vater, der sich in einem offenen lila Jeep totgefahren hatte.

»Wo ist mein Vater jetzt eigentlich? Hier irgendwo in der Nähe?«, fragte er.

»Genau, genau. Er liegt hier im Krankenhaus, im, äh, Kühlraum«, sagte Kurzbach. »Er ist auf dem Weg von Phuket nach Krabi, den Sie ja jetzt auch gerade gekommen sein dürften, verunglückt. Die genaue Unfallursache konnte nicht geklärt werden, er ist von der Fahrbahn abgekommen. Es war kein Alkohol im Spiel, glücklicherweise. Aber, ich weiß nicht, ob Sie die Damen von der Versicherung schon informiert haben.« Kurzbach sah die Dolmetscherin und die Versicherungsfrau an, die lächelten. »Offenbar nicht. Also Ihr Vater war nicht allein in dem Wagen. Er hatte eine, äh, Begleiterin«, sagte Kurzbach. »Eine einheimische Begleiterin, wenn Sie verstehen, was ich meine.«

»Nein«, sagte Barnow.

»Gut«, sagte Kurzbach. »Jedenfalls hat auch sie den Unfall nicht überlebt. Sie wird heute Abend bestattet. Familienmitglieder der Frau sind im Moment gerade im Krankenhaus. Ich weiß nicht, ob Sie der Familie begegnen wollen. Sie müssen selbstverständlich nicht.«

Barnow dachte an seine Mutter, er schwieg. Er

merkte, wie er zu schwitzen begann in seinem schwarzen Anzug, der ihm nun wieder angemessen schien. Ein Panzer gegen die ordinäre Welt.

»Ich würde gern meinen Vater sehen«, sagte Barnow.

»Selbstverständlich«, sagte Kurzbach.

Gemeinsam mit einem Mann im weißen Kittel liefen sie über lange Flure, durch die ein leichter erfrischender Wind wehte, stiegen Treppen hinab, es wurde kühler. Irgendwann hörte Barnow Stimmen, er sah eine Gruppe von Menschen, die um einen Tisch standen. Auf dem Tisch lag eine Frau. Sie sah nicht besonders hübsch aus, auch nicht jung, was ihn freute. Sie war vielleicht Ende vierzig, zwanzig Jahre jünger als sein Vater, sicher, aber irgendwie vorstellbar an dessen Seite. Vielleicht hatte er sie per Anhalter mitgenommen, dachte Barnow. Ein eher weihnachtlicher Gedanke.

Barnow verneigte sich im Vorbeigehen vor der Gruppe und folgte dem Mann im weißen Kittel zu der Wand mit den Kühlfächern, in der sein Vater aufbewahrt wurde.

Karlheinz Barnow sah unversehrt aus, blass auch und entspannt. Er sah aus wie ein Kind. Ungefährlich, weich. Jetzt endlich konnte Martin Barnow weinen, es packte ihn wie ein Schluckauf, er zitterte und schluchzte, und irgendwann sagte er zu Kurzbach: »Ja, das ist mein Vater.«

»Verstehe«, sagte Kurzbach und wippte kurz auf den Zehenspitzen.

Der Mann im weißen Kittel schob das Kühlfach wieder in die Wand. Barnow wischte sich die Tränen aus dem Gesicht. Kurzbach sprach in beruhigenden Worten über den Rücktransport, er sei nur eine Formsache, sie könnten sogar im selben Flugzeug nach Deutschland fliegen. Dann stand plötzlich eine Frau aus der Familie der toten Beifahrerin vor ihnen. Sie redete in singenden langen Sätzen auf Barnow ein.

»Sie sagt, sie sei die Schwester der Frau, die neben Ihrem Vater im Auto saß. Es tue ihr sehr leid um den Verlust Ihres Vaters, er sei allem Anschein nach ein sehr anständiger Mann gewesen. Sie würde sich freuen, wenn Sie heute Abend an der Bestattung ihrer Schwester teilnehmen könnten«, sagte Kurzbach.

Kurzbach verneigte sich vor der Frau, und auch Barnow verneigte sich.

Die Frau zog sich zurück, und Kurzbach sagte: »Ich sag Ihnen ganz ehrlich, Herr Barnow, das klingt doch sehr gut. Sehr, sehr gut.«

Am Abend des ersten Weihnachtsfeiertages, nachdem er zusammen mit Dr. Kurzbach und der örtlichen Repräsentantin der LVM-Versicherung den Papierkram für die Heimreise seines Vaters erledigt hatte, stand Martin Barnow auf dem Begräbnisplatz eines buddhistischen Klosters in Krabi und sah zu, wie die Frau, die seinen Vater in den Tod begleitet hatte, verbrannte. Er stand in seinem schwarzen Anzug zwischen bunt gekleideten Menschen, es war ein warmer Abend, nichts Schweres, Endgültiges lag über der Beerdigung, er fühlte sich besser danach.

Im Hotel, nach zwei Whiskys und einem großen Tiger-Bier, rief er Britta an. Es klingelte zweimal, dann hörte Barnow ein paar Fetzen klassischer Musik, Weihnachtsoratorium, schätzte er, er hörte ein Stöhnen, dann wurde er aus der Leitung gedrückt, vermutlich hatte sie seine Handynummer auf dem Display erkannt. Beim zweiten Versuch hatte er gleich ihre Mailbox.

»Frohe Weihnachten, Britta. Hier ist Martin. Ich bin in Thailand, mein Vater ist hier gestorben, und ich soll ihn zurück nach Deutschland holen. Klingt wie die Geschichte meines Lebens, ich weiß. Aber komischerweise ist es gar nicht so schlimm, wie ich dachte. Also, frohe Weihnachten.«

Weil er nicht einschlafen konnte, sah er sich im Fernsehen noch ein paar der Sondersendungen zum Jahrestag der Tsunamiwelle an. Sie hatten amerikanisches, italienisches, französisches, englisches und sogar deutsches Fernsehen auf dem Zimmer. Es gab viele Vorher-und-nachher-Bilder und Urlauber, die inzwischen zu Hause in ihren Wohnzimmern saßen und nach Superlativen suchten. Sie wirkten lustlos, uninspiriert, fand Barnow, jetzt schon.

Auf dem kleinen Wecker auf seinem Nachttisch sah er, dass der zweite Weihnachtsfeiertag bereits begonnen hatte.

Er trank noch ein Tiger-Bier aus der Minibar, er blätterte in den Unterlagen des Konsulates und der Versicherung. Übermorgen würde sein Vater nach Hause fliegen. Mit Lufthansa. Er selbst würde mit Thai Air hinterherfliegen. Die Leiche würde drei Stunden vor ihm in Berlin sein. In den Versicherungsunterlagen fand Barnow die Kopie des Antrages, den sein Vater in seinen steifen kleinen Druckbuchstaben ausgefüllt hatte. Im Feld für die im Notfall zu benachrichtigenden Personen standen sowohl Simones als auch sein

Name. Sein Name stand oben. Zum zweiten Mal an diesem Tag weinte Martin Barnow um seinen Vater, darüber schlief er ein.

Am nächsten Morgen schwamm Barnow ein paar Bahnen im Hotelpool und lief dann durch die Stadt. Er kaufte Ansichtskarten und ließ sich von einem winzigen blauen Taxikarren zu dem Kloster fahren, wo er gestern Abend gewesen war, es war der einzige Ort in der Stadt, den er kannte.

Er ging durch die offene Pforte, lief an dem Platz mit dem hohen weißen Ofen vorbei über schattige Wege, es gab viele Katzen und Hunde hier und auch Hühner, es war kühler und stiller als draußen in der richtigen Welt, und die Mönche auf den Pfaden bewegten sich ohne Hast. Vor einem Häuschen, ein Bungalow eher als eine Kapelle, traf er einen Mönch, den er von gestern Abend kannte. Der Mönch grüßte ihn und sprach ein paar Worte in einem dicken Englisch. Barnow verstand praktisch nichts, aber er fühlte sich wohl. Durch den Spalt in der Tür sah er einen Altar, der aussah wie die Fan-Ecke eines 14-jährigen Mädchens. Rote Kerzen, Spiegel und Bilder. Nach einer Weile vibrierte leider das Handy in seiner Hose, und Barnow verabschiedete sich von dem Mönch.

Er hoffte, dass Britta ihn angerufen hatte, aber es war nur seine Schwester.

Er lief bis zu dem Platz mit dem weißen Ofen, an dessen Rand ein paar Tische und Stühle für Besucher aufgestellt waren, setzte sich und rief in Malchow an. Seine Schwester hatte bereits mit Dr. Kurzbach gesprochen und wusste, wann der Sarg in Berlin eintraf.

»Wir beerdigen ihn neben Mutti in Weißensee, da fahr ich ja auf dem Weg in die Stadt sowieso immer dran vorbei«, sagte sie. »Ich hab schon bei dem freundlichen Steinmetz von damals die Buchstaben bestellt.«

Im Hintergrund hörte er den Fernseher laufen und davor die Stimme von Jens-Uwe, der seinen beiden Söhnen die Weltlage erklärte. Barnow verstand die Wörter »Litauen«, »Motivation« und »aufrollen«.

»Ich habe eine zweispaltige, sechs Zentimeter hohe Anzeige in der ›Berliner Zeitung‹ gekauft«, sagte seine Schwester. »Unterschrieben von mir, Juve, den Jungs, dir und Mario. Ich weiß nicht, ob wir seine Freundin mit reinnehmen sollten. Wie lange sind die jetzt zusammen, anderthalb Jahre? Vielleicht lieber nicht. Außerdem ist Ratte ja wohl nicht ihr richtiger Name, was? Und natürlich Tante Edelgard und Onkel Heinz. Die Beerdigungsfeier ist am 5. Januar. In zehn Tagen ist Papa unter der Erde. Der Text geht so. Mach doch mal den Fernseher leiser, Maiki, Schuldigung, Martin. Also: *Er konnte ohne seine liebe Frau nicht sein / Er folgte ihr nach nur drei Jahren / Wir vermissen euch / Aber wissen euch vereint* Was denkste?«

»Gut«, sagte Barnow. Er überlegte, ob er seiner Schwester von der Frau im Auto erzählen sollte, ließ es dann aber. Er machte es zu einer Privatsache zwischen ihm und seinem Vater. Es war das erste Geheimnis, das sie teilten.

»Wie ist das Wetter da unten?«, fragte Simone.

»Schön«, sagt er.

»Siehste«, sagte seine Schwester.

»Ja«, sagte Barnow. Sie klang so weit weg. Er dachte

daran, wie sie als Kinder auf der Rückbank des Škoda gesessen hatten, Mario, Simone und er. Unzertrennbar, durchs Leben gesteuert von ihrem Vater und ihrer Mutter, die die Karte auf ihren Knien ausgebreitet hatte. Jetzt waren ihre Eltern tot und sie in verschiedene Welten versprengt. Er fühlte, wie er seine Routine verließ, es war kein schlechtes Gefühl, ein bisschen beunruhigend, aber nicht schlecht. *Freundlicher Steinmetz*, dachte Barnow und sah über den weiten Platz mit dem weißen Ofen. Simone plapperte ihm weitere Anweisungen ins Ohr. *Er konnte ohne seine liebe Frau nicht sein / Er folgte ihr nach nur drei Jahren.*

Barnow war sich nicht mehr sicher, ob sein Vater seiner Mutter gefolgt war. Er verabschiedete sich von seiner Schwester und rief Dr. Kurzbach vom deutschen Konsulat an, um die Reisepläne seines Vaters ein letztes Mal zu ändern.

DIE KETTE

Der Wind schlug ihnen ins Gesicht wie ein feuchtes, kaltes Tuch. Der Himmel war schwarz. Aus der obersten Etage der Fabrik hörte man die Diskothek ihrer Weihnachtsfeier. *Blurred Lines* bestimmt zum vierten Mal heute Abend. Inzwischen klang es wie eine Aufforderung. *I know you want it.* Du willst es doch auch. Frau Christiansen zog die Schultern zusammen. Sie trug nur ein kurzes schwarzes Kleid und ein Bolerojäckchen, dessen Kragen mit Pelz besetzt war. Becker sah das Taxi am Ende des Hofes. Es fuhr nicht weiter, vielleicht ein Verbotsschild. Sie mussten da raus.

Er zog sein Jackett aus und legte es Frau Christiansen über die Schultern.

Es war diese altmodische Geste, die Beckers Leben aus dem Gleichgewicht brachte. Die Geste eines Gentlemans. Er stand direkt hinter ihr, sie drehte sich zu ihm um, lächelnd, der Blick einer Katze. Die Christiansen aus der Kundendienstabteilung, früher hätte man gesagt: Fräulein Christiansen. Er kannte ihren Vornamen nicht, aber sie hatten den gleichen Heimweg. Es war eine Idee von Frau Schneider gewesen, seiner Sekretärin. Eine Heimwegliste, um Kosten zu sparen, das Betriebsklima zu verbessern. Die Vorgesetzten bezahlten, in diesem Fall er. Sie roch nach Coco von

Chanel, das Parfüm seiner ersten Frau. Ines. Er hatte damals Egoiste benutzt, sie Coco. Sie fanden das originell Mitte der Neunziger, zweimal Chanel, es hatte alles nichts genützt.

Eigentlich befand sich auch Carstens aus der Personalabteilung auf Beckers Heimwegliste. Er hatte an der Bar gestanden, als Becker ihm mitteilte, er habe ein Taxi gerufen, ihr Taxi. Carstens wohnte in der Belforter Straße, in einer dieser Fünfziger-Jahre-Schachteln, Frau Christiansen wohnte Metzer, wenn er das richtig verstanden hatte, er selbst Saarbrücker Straße. Es war kurz nach eins. Er drehte sich zum Lastenaufzug um, der wieder nach oben gefahren war. Er stand in der fünften Etage wie festgenagelt. Blurred Lines. Carstens blieb noch. Morgen würde er es bereuen.

Sie mussten durch den Regen. Das Wasser brannte in den Augen. Er hielt ihr die Taxitür auf, sie schlüpfte hinein. Ihr Kleid rutschte hoch, sie trug Strumpfbänder, großer Gott. Becker hoffte, dass sie seinen Blick nicht gesehen hatte. Er zog die Tür zu. Er schaute nach oben. Es sah so aus, als stünde die gesamte Firma an den hohen Fabrikfenstern und beobachtete, wie der Chef abfuhr. Seine Kinder, dachte Becker gerührt. Sie hatten jetzt sturmfrei.

In der Taxiwärme beschlugen seine Brillengläser. Aus dem Radio kam »All I want for Christmas« in irgendeiner Liedermacher-Version. Er nahm seine Brille ab und versuchte sie mit seiner Krawatte zu polieren.

»Ich mach das, Matthias«, sagte die Christiansen und zog ihm die Brille weg.

Er sah sie an, ein verschwommenes Katzengesicht,

rote Lippen. Ein Lächeln. Matthias. Hatte er ihr im Lastenaufzug das Du angeboten? Hatten sie getanzt? Er konnte es nicht ausschließen, andererseits hatte er keine Ahnung, wie sie hieß.

»So«, sagte der Taxifahrer.

»Metzer Straße«, sagte Frau Christiansen.

Becker fühlte sich hilflos wie ein Kind. Sie rollten vom schwarzen Hof, Kreuzberg wischte am Fenster vorbei. Als er seine Brille wiederbekam, bogen sie in den Kreisverkehr auf dem Moritzplatz ein. »I just want to see my Baby standing right outside my door«, sang der Liedermacher. Becker ging in all den Weihnachtsliedern verloren wie in süßem Brei. Er spürte ihre Brust an seiner Schulter, vielleicht der Kreisverkehr, aber als sie wieder auf gerader Strecke fuhren, blieb der Druck. Sie schnurrte. Vielleicht war es auch die Heizung des Taxis.

Er dachte an ihre Wohnung, das fremde Bad, das kalte Schlafzimmer, den Weg zurück im Morgengrauen, vielleicht traf man sich über die Feiertage auf dem Kollwitzmarkt und danach im Büro. Die Kollegen, die am Fenster zugeschaut hatten, wie sie abgefahren waren, kommentierten als griechischer Chor seinen Seitensprung. Vor zehn Jahren wäre ihm das alles egal gewesen. Er hatte seine zweite Frau auf einer Weihnachtsfeier kennengelernt. Anfang der Neunziger, damals noch als Leiter der Personalabteilung, hatte er unterm Firmenweihnachtsbaum Frau Winter aus der Hauptbuchhaltung geküsst.

Er spürte ihre Hand an seinem Bein. Er hatte zu wenig getrunken, und er wollte keine dritte Frau. Er sah aus dem Fenster und hätte gern etwas Unverbindliches gesagt, aber ihm fiel nichts ein.

Sie hielten vor einem dieser flachen, brutal aussehenden Gründerzeitblöcke in der Metzer Straße. Wenn sich Becker die Nazizeit vorstellen konnte, dann hier.

Er sah Frau Christiansen an, ihr Mund war leicht geöffnet, die Augen halb geschlossen. Alles ist möglich, dachte Becker. Ein berauschender, aber trügerischer Gedanke.

In Wahrheit ging alles immer nur wieder von vorne los. Kein Raumgewinn, würde man sagen, wäre man Fußballreporter. Wie bei den Spaniern. Frau Christiansen schloss die Augen, er kannte immer noch nicht ihren Vornamen. Er küsste sie auf die Wange. Ein leicht seifiger, pulvriger Geschmack auf den Lippen.

»Da wären wir, Frau Christiansen«, sagte er. »Gute Nacht. Und frohes Fest.«

Sie sah ihn ungläubig an. Sie schlug die Tür hart zu. Er sah sie im Regen stehen, das Jackett auf den Schultern. Sein Jackett. Er hatte es vom Anzug getrennt wie St. Martin seinen Mantel.

Er lehnte sich in die Polster. Im Autoradio lief jetzt »Another Christmas in L.A.«. Der Wagen rollte langsam die Metzer Straße hinunter. Frau Christiansens Duft hing im Fond wie ein Liebeslied, eine verpasste Chance, vielleicht die letzte seines Lebens.

»Left a Girl behind in my old man's truck«, sangen die Killers. »Sometimes I wonder where she ended up.«

»Ich habe noch eine Kollegin nach Hause gebracht, Anita«, sagte Becker zu seiner Frau. Ohne Not, nur um ihr zu zeigen, wie treu er war, wie standhaft. Ein Fehler, klar. Sie hatte das dritte oder vierte Glas Rotwein intus, vielleicht das fünfte, er hörte es, sie schlurrte die Konsonanten weg.

Das Wort Weihnachtsfeier stellte sie vor große Probleme. Es klang wie Weicheier.

»Eine Kollegin?«, fragte sie.

»Ja«, sagte er.

Er erzählte vom unschlüssigen Carstens, vom offenen Mund Frau Christiansens. Er verriet seine Kollegen, um Ruhe zu haben, obwohl er wusste, dass es nichts half. Anita hatte mit all den Jahren ein Gefühl dafür entwickelt, wenn er zu viel redete. Sie spürte sein schlechtes Gewissen und packte es sich. Die späten trunkenen Gespräche mit seiner Frau waren wie Turmsprünge. Sie fielen nur, immer schneller, immer tiefer. Man konnte es nicht stoppen. Er sah aus dem Fenster, wo der Weihnachtsbaum, verschnürt wie eine Mumie, an der Terrassenwand lehnte. Dahinter die schwarze Berliner Nacht, aus der der Fernsehturm leuchtete wie eine einsame Kerze.

Er hätte mit der Christiansen aussteigen sollen.

Um drei fiel ihm die Kette ein, die er seiner Frau zu Weihnachten schenken wollte. Er starrte in die Dunkelheit, der verdammte Alkohol, er spürte, dass auch seine Frau wach war. Sie lagen da, still, taten so, als würden sie schlafen. Sie spielten toter Mann.

Es war die Kette seiner Mutter, schon seine Großmutter hatte sie getragen und davor die Urgroßmutter, die Becker nie kennengelernt hatte. Die Familie ihrer Mutter kam aus Braunsberg. Das silbrige feine B auf dem mandelförmigen Amulett hätte für die ostpreußische Stadt stehen können oder für den Namen der Urgroßmutter. Barbara. Mit den Jahren hatte sich die Familie auf Barbara geeinigt, niemand wollte eine Kette tragen, die einer ostpreußischen Stadt gewidmet war. Eine revanchistische Kette. Braunsberg hieß heute Braniewo. Seine Mutter hatte ihm die Kette im Herbst gegeben. Er hatte sich geziert. Aber die Kette war schön.

»Schenk sie Anita«, hatte seine Mutter gesagt. Vielleicht spürte sie, dass seine Ehe zerfiel, seit ihre Tochter zum Studium in Göttingen war. Vielleicht wollte sie nur Ordnung in ihrem Leben schaffen. Seine Mutter wollte nichts hinterlassen, sie wollte sich komplett auflösen. Seit sein Vater gestorben war, schleuderte sie Dinge aus ihrem Leben wie eine Tennisballmaschine.

»Und wie erkläre ich Anita das B?«, hatte er gefragt.

»Becker«, hatte sie gesagt.

»Oder Baby«, sagte er.

»Ja. Baby«, sagte sie. »Baby ist gut.«

Die Kette lag in einem kleinen ledernen Kasten, der mit lila Seide ausgeschlagen war. Der Verschluss war defekt. Er hatte sie zu einem Goldschmied in der Wörther Straße gebracht und heute Nachmittag abgeholt. Sie war in seinem Jackett. Das Jackett hatte Frau Christiansen. Baby. Jetzt war Becker wirklich wach.

Nadja Christiansen stand auf der Straße und wünschte sich, dass der schwarze, kalte Regen zu Schnee würde. Sie kippte von einem Bein auf das andere, ihr Knie knickte durch, sie konnte nur mit Mühe das Gleichgewicht halten. Sie sah den Lichtern des Taxis hinterher.

Sie wusste auch nicht, worauf sie gehofft hatte. Im Lastenaufzug, der sie von der Weihnachtsfeier nach unten brachte, hatte Becker ihr Kleid gelobt. Er hatte gelacht, was ihn zehn Jahre jünger machte und damit nur noch zehn Jahre älter als sie. Sie wäre gern in ein Hotel gefahren. Sie hätte morgen in einem weißen, weichen Hotelbademantel frühstücken können. Sie hatte dabei gar nicht so sehr Becker an ihrer Seite gesehen. Sie hatte sich nur nach Abwechslung gesehnt. Es war einsam und langweilig an der Seite ihres Freundes.

Jan-Peter war fast vierzig, aber er fühlte sich zu jung für Kinder, er fühlte sich zu jung für eine Hochzeit, er fühlte sich sogar zu jung dafür, die Rechnung im Restaurant zu übernehmen. Sie bezahlten getrennt, als wären sie Geschäftsreisende. Sie teilten sogar die Heizkosten der Wintermonate wie ein Joint Venture. November und Dezember bezahlte sie, Januar und Februar Jan-Peter. Er hatte ihr oft versichert, dass sie besser dabei fuhr, obwohl er den kürzeren Februar hatte. Er hatte das durchgerechnet. Ihrem Freund gingen die Haare aus, und manchmal starrte er beim Frühstück wie ein alter Mann, aber seine Lebensplanung war die eines Teenagers.

Sie sehnte sich nach einem Mann, der Verantwortung übernahm, aber Männer, die Verantwortung übernahmen, küssten Frauen wie sie höchstens auf die Wange. Im Umkehrschluss würde das wohl bedeuten, dass Weichbrote wie Jan-Peter eine Weihnachtsfeierbekanntschaft, ohne mit der Wimper zu zucken, durchvögelten.

Sie sah nach oben, der Regen fiel ihr direkt in die Augen, sie wackelte, das Jackett rutschte ihr von der Schulter. Niemals würde jemand wie Jan-Peter sein Jackett auf der Schulter einer Kollegin zurücklassen.

Das machte das Jackett gefährlich. Sie konnte es ihrem Freund nicht erklären.

Sie zog das Jackett aus der Pfütze, drückte es sich ans Herz und sah sich um. Auf der anderen Straßenseite standen ein paar Container.

Nadja Christiansen stakste durch den Dezemberregen auf den beigefarbenen Metallkasten des Roten Kreuzes zu und warf das Jackett ihres Chefs hinein.

Becker konnte nicht verstehen, warum man einen Altkleidercontainer sicherte wie die Bank von England. Wer klaute denn die alten Pullover, die die freundlichen Menschen vom Kollwitzplatz in die Tonne warfen. Er stand seit vier Stunden auf der kleinen, struppigen Verkehrsinsel und beobachtete den gelblichen Kasten, in den Frau Christiansen, wie sie ihm heute Morgen am Telefon bestätigt hatte, gestern Nacht sein Jackett geworfen hatte. Warum sie das getan hatte, konnte sie ihm nicht erklären. Sie hatte sich auch nicht entschuldigt. Sie hatte ihm den Weg zur Tonne beschrieben und dann aufgelegt. Er nahm an, es war ihr peinlich. Er hatte nichts von der Kette erzählt, warum auch.

Er hatte beim Deutschen Roten Kreuz angerufen, um seine Situation zu beschreiben, aber war in eine endlose Warteschleife geraten, die ihn schließlich auf eine Mailbox spuckte. Es war Sonnabend. Er wollte keiner anonymen Stimme verraten, was er vermisste. Das Jackett allein war nicht billig gewesen. Es gehörte zu einem Jil-Sander-Anzug, der einst 2500 Euro gekostet hatte. Schwer zu sagen, wie viel die übrig gebliebene Hose noch wert war, ein Einzelstück im Moment, die Hälfte seines Sankt-Martin-Mantels. Becker aber vermisste natürlich vor allem die Kette. Die Panik, die er empfand, hatte weniger mit seiner Frau zu tun, der er die Kette schenken wollte, als vielmehr mit seiner Mutter, der die Kette gehört hatte. Ihr Wert, das spürte Becker, kam aus der Vergangenheit.

Der nächsten Frau sah er direkt über die Schulter, um einen Spalt im Maul des Containers zu entdecken. Sie war Mitte dreißig, wurde von einem etwa dreijährigen Mädchen begleitet und wirkte so energiegeladen wie all die Frauen, die er an diesem Samstagvormittag beobachtet hatte. Sie schienen ihre Freizeit als eine Art Arbeit anzusehen, was Becker grundsätzlich guthieß. Seine Frau hatte sich nach der Geburt ihrer Tochter völlig auf die Erziehung konzentriert und nicht mehr damit aufgehört, bis das Kind sein Abitur in der Tasche hatte.

Als Becker auf der Suche nach einer Öffnung ganz dicht an die Frau herantrat, rammte sie ihm den Ellenbogen ins Gesicht. Becker, der nie geboxt hatte, besaß ganz offensichtlich das, was man in Boxerkreisen ein Glaskinn nannte. Er sank auf die Knie. Die Frau verriegelte die Tonne und trat ihm dann mit dem Fuß den Arm weg, mit dem er sich auf dem Bürgersteig abstützte. Becker fiel mit dem Oberkörper auf den feuchten, kalten Gehweg, seine Brille rutschte in eine Pfütze.

»Wer ist denn das, Mama?«, fragte das Mädchen.

»Ein böser Mann, Josefine«, sagte die Frau. »Ein ganz böser Mann.«

Becker rappelte sich auf. Er stützte sich auf seinen Ellenbogen, als läge er am Strand, und sah den beiden hinterher. Vielleicht konnte man ein Kind in den Container fallen lassen wie einen Kleidersack, dachte er. Das Problem wäre, das Kind wieder herauszubekommen.

Er rief noch einmal beim Deutschen Roten Kreuz an, und diesmal erfuhr er, dass der Container gerade erst geleert worden war. Die nächste Leerung war am 27. Dezember. Nach Weihnachten. Becker lief nach Hause, zog sich eine neue Jacke an und kehrte mit seinem Werkzeugkasten zum Container zurück. Er brauchte die Kette. Er brauchte sie, weil seine Mutter am Heiligen Abend unter ihrem Baum sitzen und darauf warten würde, wie er seiner Frau ihre Kette schenken würde. Während er die verschiedenen Schraubenschlüsselgrößen an den Universalgriff flanschte, dachte er daran, wie sie gelächelt hatte, als er »Baby« vorschlug. Wie eine junge Frau. Er würde die Kette in die Gegenwart tragen.Er war das fehlende Glied. Er würde nicht reißen.

Gerade als er herausgefunden hatte, dass der 17er gut in die farbverklebte Scharniermutter griff, stoppte ihn eine Polizeistreife, die offensichtlich von Anwohnern alarmiert worden war.

Becker kehrte nach Einbruch der Dunkelheit zurück, um weiterzuarbeiten. Gegen 19 Uhr brachte ihn die Streife auf das Revier in der Milastraße, um ein Protokoll aufzunehmen. Er erzählte den Polizisten von der

Heimfahrtliste seiner Sekretärin, Frau Schneider, von Carstens aus der Personalabteilung, der sich nicht von der Bar hatte lösen können, von der fröstelnden Frau Christiansen und vom Kettenglied zur Vergangenheit seiner Mutter, das er momentan darstellte. Er war ein Gentleman.

Becker registrierte, mit welchem Befremden sich die Beamten ansahen, aber er war nicht in der Lage, sein Problem besser darzustellen.

Einer der Männer rief die Nummer von Nadja Christiansen an, um sich Beckers Geschichte bestätigen zu lassen. Sie war freundlich und bestätigte, mit ihrem Chef ein Taxi von der Weihnachtsfeier geteilt zu haben. Von einem Jackett aber wisse sie nichts, von einer Kette schon gar nicht. Die Polizisten nickten, als hätten sie sich das genau so vorgestellt.

Zwei Tage vor Weihnachten kaufte Becker in den Galeries Lafayette einen beigen Agnes-B-Anzug für seine Frau und ließ ihn sich von einer schönen dunkelhäutigen Französin weihnachtlich verpacken. Seine Frau wickelte ihn am Heiligabend lustlos aus.

»Was soll ich mit einem Businessanzug ohne Business?«, fragte sie.

Er hatte seine Frau als Praktikantin kennengelernt, sie war schnell schwanger geworden und hatte ihr Volkswirtschaftsstudium nie beendet, soweit er sich erinnerte. Zuletzt hatte sie einen Lehrgang zur Pilateslehrerin absolviert. Sie hatten viel über Pilates geredet in den letzten zwei Jahren. Er hatte kaum etwas verstanden, aber immer guten Willen gezeigt. Natürlich erschien man nicht im Businessanzug zum Pilatestraining, aber was sollten die bedürftigen Berliner mit seinem Jil-Sander-Jackett, dachte Becker. Einen Gedanken, den er leider nicht aussprechen konnte.

»Ich kann es umtauschen, Anita«, sagte Becker.

»Ach«, sagte seine Frau.

Seine Mutter schwieg. Sie fragte nicht nach der Kette, aber sie hatte den ganzen Abend lang einen todtraurigen Blick. Er hatte sie enttäuscht. Becker fragte sich, ob er die Kette jemals am Hals seiner Mutter gesehen hatte. Er konnte sich nicht erinnern. Gegen neun rief seine Tochter an, um allen frohe Weihnachten zu wünschen. Sie war in Göttingen geblieben, wo sie seit Kurzem einen Freund hatte. Danach ging er mit seiner Mutter in die Mitternachtsmette in die Fehrbelliner Straße. Die Kirche dort erinnerte sie an die Katharinenkirche in Braunsberg, sagte sie. Seine Frau blieb zu Hause. Sie hatte diese Rotweinzähne, die er nicht mochte.

Als sie nachts auf die Straße traten, fragte seine Mutter: Weißt du, dass die Nazis den Turm der Katharinenkirche sprengten?

Nein, Mutter, sagte Becker.

Den 27. Dezember verbrachte Becker vor dem Kleidercontainer in der Metzer Straße. Der Fahrer kam am Nachmittag, weigerte sich aber, Becker die Sachen zu zeigen. Er verwies auf seine Vorgesetzten. Becker bot ihm 50 Euro an und dann 100, aber das schien den Fahrer nur noch misstrauischer zu machen. Becker verfolgte den Wagen auf seinem Weg von Tonne zu Tonne und verlor ihn schließlich an einer roten Ampel in Kreuzberg. Becker war die Kette seiner Urgroßmutter aus der Hand geglitten, sie fiel ins arme Berlin wie in einen tiefen Brunnen. Das Rote Kreuz mauerte.

Zwischen den Jahren griff eine lokale Boulevardzeitung das kleine Video auf, das Becker beim Versuch zeigte, die Kleidertonne zu knacken. Irgendjemand hatte ihn gefilmt und das Video auf Youtube gestellt. Es hatte 38 976 Klicks, 2453 Menschen mochten es, 19 nicht. Darunter er. Es war nur ein kleiner Bericht, eine Art launige Weihnachtsgeschichte, aber der Reporter hatte herausgefunden, dass Becker seit fast zehn Jahren die mittelgroße Berliner Niederlassung eines Frankfurter Konzerns leitete. So geriet er, wenn auch nur am Rande, in den Bericht einer überregionalen Tageszeitung über die zunehmenden sozialen Unterschiede in der deutschen Hauptstadt.

Er war eine Vignette in der bleiernen Zeit, nicht mehr, aber das Youtube-Video war mit der Online-Ausgabe der Tageszeitung verknüpft. Am 1. Januar hatte es fast 250 000 Besucher, am 5. Januar bekam Becker einen kühlen Anruf aus der Frankfurter Firmenzentrale.

Anfang Februar wurde er entlassen. Im März reichte seine Frau die Scheidung ein, im April zog er aus. Den Sommer verbrachte Becker in Südamerika, eine Reise, die er schon immer hatte machen wollen. Die meiste Zeit fühlte er sich einsam. Er stand allein auf der mexikanischen Pyramide der Sonne und allein auf der des Mondes. Er besuchte ein Designhotel mitten im Dschungel Ecuadors, von dem er im Reiseteil der Zeitung gelesen hatte, er stand unter Milliarden kreischenden Insekten und war einsam. In Machu Picchu erfuhr er, dass seine Mutter gestorben war. Er lief mit seinem Handy durch die Ruinen einer untergegangenen Kultur, auf der Suche nach einer guten Telefonverbindung. Er stand auf einem Mauervorsprung, sah auf die nebelverhangenen peruanischen Berggipfel und hörte sich den Todesbericht seiner Tochter an, in dem sich Traurigkeit mit frischem Sachverstand vermischte, das Mädchen studierte Medizin.

Es war das Herz. Was sonst.

Als Becker in Deutschland eintraf, war seine Mutter bereits verbrannt. Zur Beerdigung kamen fünf Leute. Seine Mutter hatte ihre Selbstauflösung mit großem Erfolg betrieben.

Den Herbst verbrachte er damit, das Erbe zu ordnen. Es war nicht mehr viel. Er fand ein Bild seiner Urgroßmutter, auf dem sie die Kette trug. Jedenfalls sah es so aus, als wäre es die Kette. Sie war eine schöne Frau. Auf zwei Fotos war sie mit einem Pferd zu sehen, einen Mann sah man nie. Es gab auch keinen Mann an der Seite seiner Großmutter. Und er fand nicht ein einziges Bild seines Vaters. Es gab eigentlich nur Frauen. Auf der Taufurkunde seiner Mutter standen ebenfalls zwei Frauennamen. Er dachte an eine »Spiegel«-Titelgeschichte, die ihm seine Frau vor ein paar Jahren demonstrativ auf den Esstisch gelegt hatte. Es ging um das Aussterben des Mannes. Er hatte es damals mit Anitas Pilatesphase in Zusammenhang gebracht.

Wahrscheinlich hatte sie recht. Becker hätte nur nicht gedacht, dass es so schnell passierte.

Dann war schon wieder Weihnachten. Das Leben war ein Daumenkino, in dem immer mal ein Weihnachtsmann auftauchte und eine Gans aus dem Ofen gezogen wurde. Am vierten Advent ging er ins Warenhaus am Alexanderplatz, um die Rauschunterdrückungskopfhörer zu besorgen, die sich seine Tochter gewünscht hatte. Mehr Geschenke brauchte er in diesem Jahr nicht. In der Abteilung für Unterhaltungselektronik lief auf einem großen Bildschirm das alte Weihnachtsvideo von Wham!. Ein paar junge Menschen mit seltsamen Haarschnitten stapften durch eine Winterlandschaft, bewarfen sich mit Schnee und saßen mit Rotweingläsern am Kamin.

»Last Christmas, I gave you my heart«, sang Wham!. »But the very next day, you gave it away.«

Besser konnte man das ereignisreichste Jahr seines Lebens nicht zusammenfassen, dachte Becker. George Michael war sein Orakel.

Als er das Warenhaus verließ, sah er die Kette wieder: Sie hing am Hals eines Mädchens, das mit ein paar anderen Jugendlichen auf einer Sitzinsel in der Lobby die Zeit totschlug. Becker starrte das Mädchen an.

»Is wat, Opa?«, fragte sie.

»Schöne Kette«, sagte Becker.

»Haste keen Frisör, Opa«, sagte einer der Jungs.

Aber das Mädchen lächelte.

Becker nahm all seinen Mut zusammen, zeigte auf das mandelförmige Amulett und fragte: »Wofür steht denn das B?«

Das Mädchen sah ihm direkt in die Augen. Sie überlegte einen Moment, dann sagte sie: »Bitch.«

Die Jungen lachten. Becker dachte an Anita, an Frau Christiansen, an seine Mutter, an deren Mutter und an die Urgroßmutter, Barbara. Er fand, dass ihre Kette ganz gut in der neuen Zeit angekommen war. Er wurde nicht mehr gebraucht.

Danke, sagte er und verließ das Warenhaus.

Draußen hatte es angefangen zu schneien. Der Schnee verwandelte den schäbigen Alexanderplatz in eine friedliche, stille Landschaft, die Becker vorsichtig betrat wie einen fremden Planeten.

WEISSES RAUSCHEN

Markus Buch nickte den beiden Pförtnern zu, die reglos im Licht eines kleinen, blinkenden Weihnachtsbaumes saßen. Durch ihre Luke schwappte ein Stück aus Travis' »My Eyes«, ein Lied, das auf Buchs Station nicht laufen würde, weil es nicht in die Rentnerrotation passte. Die beiden Pförtner waren sicher weit über fünfzig, sie waren seine Zielgruppe, aber sie hörten nicht 50plus. Sie hörten Pop.

Buch ärgerte sich darüber, obwohl er sie verstand. Wer hörte einen Sender, der einem pausenlos zurief: Du bist alt, und hier kommt dein Soundtrack ins Grab.

»Frohe Weihnachten«, murmelte er in den Popsong, der aus der Luke quoll. Einer der beiden Alten hustete.

»Auch gut«, sagte Buch und trat ins Foyer des Sendehauses.

Foyer war eigentlich das falsche Wort für diesen unendlichen Raum, der aussah wie ein Opferplatz. Es gab nie Menschen hier, und die paar Sessel, die planlos herumstanden, wirkten wie Puppenmöbel. Buch fühlte sich winzig, wenn er die Halle durchschritt, und vielleicht war das der Sinn. Du bist ein Rädchen im Sendergetriebe, Teil eines Rundfunkprojektes, das zu groß ist, um von dir verstanden zu werden, du bist eine Laus, rief ihm dieser Saal zu. In der Mitte der Halle stand ein

Weihnachtsbaum, auf dessen Spitze ein rbb-Logo steckte.

Buch fragte sich, wer sich solche Sachen ausdachte. Eine Weihnachtsbaumspitze des Rundfunks Berlin-Brandenburg.

Ein fantasievoller Mensch hatte batteriebetriebene Teelichter in die Kabinen des Paternosters gestellt, um ihn in einen Weihnachtsfahrstuhl zu verwandeln, einen Heiligen Lift. Buch stieg vorsichtig in die rumpelnde Lichterkette. Weil er noch Zeit hatte, fuhr er eine komplette Paternosterrunde durch. Er sah keinen einzigen Menschen auf seiner Reise durch das Rundfunkhaus. Es war zwanzig Minuten vor acht am Heiligen Abend, sie hatten die Lichter nur für ihn aufgestellt. Er stieg im zweiten Stock aus und lief über den langen Gang zu seinem Studio. Seine Sohlen schmatzten auf dem Linoleum. Er fühlte sich wie der einzige Mensch in diesem Monsterhaus, der Prinz im Dornröschenschloss, das letzte Einhorn, aber als er um die Ecke bog, sah er Kaminski am Kugelaschenbecher stehen, wo der achtzig Prozent seiner Arbeitszeit verbrachte. Kaminski und er also. Zwei Einhörner.

Kaminski war Musikredakteur und Mitglied des Betriebsrates, Dinge, die sich eigentlich ausschlossen, fand Buch. Kaminski aber brachte sie zusammen. Als Gewerkschafter hatte er die ekelhafte Raucherecke vor seiner Studiotür durchgesetzt, als Musikredakteur sorgte er dafür, dass Markus Buch sein Leben damit verbrachte, Roland-Kaiser-Lieder anzusagen.

»'n Frohet«, sagte Kaminski.

»Ja«, sagte Buch.

»Biste mit ’n falschen Fuß raus oder wat. Ick kann doch nüscht dafür, diste heute ranmusst«, sagte Kaminski.

»Da bin ich mir nicht so sicher«, sagte Buch, huschte durch Kaminskis Rauchwolke in den Regieraum und zog die Tür zum Flur zu.

Corinna, Renate und Holger, das waren die Menschen, mit denen er heute Weihnachten feierte. Zwei Redakteurinnen, ein Regisseur, ein Moderator. Die heilige Familie von 50plus. Buch wunderte sich immer wieder, wie viele Menschen an einer Sendung mitarbeiten konnten, die »Abendgruß« hieß.

Er war das Sandmännchen für die Berliner Rentner.

Was die drei auf der anderen Seite der Glasscheibe machten, wusste er nicht genau. Sie hatten bunte Teller und dampfende 50plus-Teetassen zwischen ihren Zetteln und Monitoren aufgestellt, Holger trug eine Weihnachtsmannmütze. Die Regie führte heute Abend Santa Claus.

So, liebe Hörerinnen und Hörer zwischen Pankow und Zehlendorf, zwischen Spandau und Köpenick, dachte Buch, *für Sie, auf 50plus, Ihrem Weihnachtssender, Helmut Zacharias mit seiner Version von Stille Nacht. Besinnliche Musik für besinnliche Stunden.*

Er hängte seinen Mantel an die Garderobe, Corinna nickte ihm zu, die anderen waren damit beschäftigt, Bernd Graber zum Ende seiner Sendung »Der Tag auf 50plus« zu geleiten. Es war dreiviertel acht, Graber hatte es fast geschafft. Er schob auf der anderen Seite der Scheibe bereits Zettel zusammen. Bernd Graber war Mitte fünfzig, trug Windjacken in Grau, Braun oder

Dunkelgrün und brachte sich Stullen mit zur Sendung, er war Teil der Zielgruppe. Buch aber war erst 41, er konnte nur ahnen, was die alten Menschen dort draußen von ihm erwarteten. In den letzten Jahren beim Jugendradio hatte er sich jünger gestellt, als er war, jetzt stellte er sich älter. Er summte und brummte, er gurrte wie ein Heiratsschwindler, er spielte einen 50plus-Moderator, er war ein Schauspieler und kein guter.

Buch nahm sich das Musikprogramm aus seinem Fach. Dean Martin, Thomanerchor, Frank Schöbel und Aurora Lacasa, Luciano Pavarotti, die Wildecker Herzbuben, Howard Carpendale, Theo Lingen. Theo Lingen war 150plus! Buch fragte sich, wieso er nicht mal die Weihnachtslieder der Ramones, von Queen, Bruce Springsteen oder John Lennon spielen durfte, die waren alle 50plus oder sogar schon tot.

Aber es ging nicht ums Alter, es ging um Kaminskis Vorstellung vom Alter. Kaminski, dieses Arschgesicht, dachte wirklich, ab fünfzig mochte man dann eben Howard Carpendale. Mit der Lesebrille erkannte man wahrscheinlich endlich auch die Poesie der Zeile: Deine Spuren im Sand, die ich gestern noch fand, hat die Flut weggetrieben.

»57' Bernd, Abmoderation und dann raus«, sagte Holger. Graber hob den Daumen hinter der Scheibe.

»Was machst du heute?«, fragte Corinna.

»Are you lonely tonight? Einsamkeit am Heiligen Abend«, sagte Buch. »Witwenfunk.«

Corinna sah ihn ernst an, er mochte sie am liebsten von den drei Menschen im Raum. Sie war die Jüngste, sie sah gut aus, sie stritt regelmäßig mit Kaminski, aber für Buchs Geschmack nahm sie ihren Sendeauftrag viel zu ernst. Sie wollte die Menschen dort draußen verzaubern, sagte sie, sie redete allen Ernstes vom Kino im Kopf und diesen Dingen.

»Komm, Corinna, guck nicht so, du hast ja mich«, sagte Buch. »Und Holger natürlich, Renate und Kaminski dort draußen.«

»Kaminski hat jetzt Feierabend«, sagte Holger ernsthaft. Die Weihnachtsmannmütze unterstrich noch, dass er keinerlei Sinn für Ironie hatte.

»Er hat uns sein Vermächtnis hier gelassen«, sagte Buch und wedelte mit der Musikliste.

Corinna lächelte.

Das Studio roch nach Grabers Wurstbroten. Im Flur stank es nach Tabak, hier drinnen nach Zwiebelmett. Kino im Kopf, dachte Buch und setzte sich an seinen Moderatorentisch.

»Liebe Hörerinnen und Hörer«, sagte er fünfzehn Minuten später. »Willkommen zum Abendgruß auf 50plus, Ihrem Heimatsender mit Gefühl. Sie hörten gerade Dean Martin mit ›Let It Snow‹. Nun, es schneit nicht in Berlin, aber wir rücken dennoch ein bisschen zusammen und machen es uns gemütlich. Mein Name ist Markus Buch. Ich werde Sie in den kommenden zwei Stunden durch den Heiligen Abend begleiten. Viele von Ihnen werden mit Freunden und Familie am Christbaum sitzen, um diesen schönen Abend gemeinsam zu verbringen. Aber einige von Ihnen dort draußen im Sendegebiet sind heute allein. Darüber würde ich gern mit Ihnen sprechen. Warum sind Sie allein heute Nacht? Rufen Sie mich an, die altbekannte Nummer ist die 030-79945831. Und jetzt ›Jauchzet, frohlocket‹ für all die, die heute Abend einsam sind, und für alle anderen Hörer von 50plus. Besinnliche Musik für besinnliche Stunden«, sagte Buch.

Hatte er den Verstand verloren? Jauchzet, frohlocket, wenn Sie heute Abend allein sind? Was war das denn? Aber wahrscheinlich merkte es sowieso keiner. Als der Chor aus dem Weihnachtsoratorium vier Minuten von seinen 8:34 hinter sich hatte, blinkten bereits drei Leitungen.

Helga aus Lichtenrade, Werner aus Pankow, Ingrid aus Tempelhof, dachte Markus Buch.

»Let it snow, meine Lieben«, murmelte er und drückte den ersten Knopf. Der Chor hatte noch 1:57.

»Hallo, hier ist Markus Buch, wer ist da?«

»Barbara Hohlfeldt.«

»Guten Abend, Frau Hohlfeldt, wie geht es Ihnen?«, sagte Buch und schrieb sich den Namen Barbara Hohlfeldt auf ein Blatt.

»Na ja«, sagte Frau Hohlfeldt.

»Muss ja, was«, sagte Buch.

»Frau Hohlfeldt, wir haben noch anderthalb Minuten Zeit, dann sind wir auf Sendung.«

»Ich hab mein Radio schon ausjemacht.«

»Sehr schön, Frau Hohlfeldt.«

»Wegen dit Rückpiepen.«

»Ganz genau, Frau Hohlfeldt, von wo rufen Sie an, wenn ich fragen darf.«

»Von zu Hause.«

»Klar, Frau Hohlfeldt, aus welchem Stadtbezirk, meine ich.«

»Oberschöneweide«, sagte Frau Hohlfeldt.

»Ah«, sagte Buch und sah die dunkle, verrußte Wilhelminenhofstraße vor sich, wo er als Kind drei Jahre lang wohnte, nachdem sich seine Eltern getrennt hatten. Das passte gut zum Wurstgeruch im Studio, dachte er. Er hatte ein Bild.

»Und Sie sind allein heute«, sagte er.

»Leider muss man sagen«, sagte Barbara Hohlfeldt. »Mein Mann ist ja 2004 verstorben und da …«

»Das tut mir sehr leid, Frau Hohlfeldt. Wir haben noch fünfzehn Sekunden, dann reden wir weiter«, sagte Buch und sah dem Ticken der Uhr zu.

»Radio 50plus. Sind Sie allein in der Heiligen Nacht? Das ist unser Thema heute im Abendgruß. Mein Name ist Markus Buch, und am Telefon ist Barbara Hohlfeldt aus Oberspree. Guten Abend, Frau Hohlfeldt!«

»Guten Abend.«

»Sie sind allein heute, Frau Hohlfeldt?«

»Leider muss man sagen. Mein Mann ist ja 2004 verstorben«, sagte Frau Hohlfeldt, und Markus Buch schaltete auf Autopilot um.

Es war eine wunderbare Nacht zum Fliegen. Er rechnete nicht mit Turbulenzen. Lay back and enjoy the ride. Fünf Minuten später, als Frank Schöbel und seine kleine Familie »Leise rieselt der Schnee« anstimmten, drückte er den Knopf zum Redaktionsraum und sagte: »Witwenfunk, Corinna, genau wie ich gesagt hab.«

Corinna sah ihn an, sagte aber nichts. Dafür meldete sich Holger, der Regisseur.

»Das war übrigens die meistverkaufte Platte aller Zeiten bei euch in Ostdeutschland.«

»War ja nicht alles schlecht«, sagte Buch.

»Ich dachte nur, das wäre eine interessante Hintergrundinfo«, sagte Holger.

»Der Bildungsauftrag, was?«, sagte Buch und drückte den Knopf, um Edelgard Pietsch aus Hohen Neuendorf zu begrüßen. Eine Hörerin aus Brandenburg. Die letzte Anruferin vor den Nachrichten war Marina Siebert aus Prenzlauer Berg. Sie hatte eine ungewöhnliche Stimme für eine 50plus-Hörerin. Sie war zu jung, aber das war nicht alles, sie war auch selbstbewusst. Normalerweise saß er hier im Beichtstuhl, und die Hörer knieten zu seiner Seite. Er war der Mann im Radio, er war die Autorität. Er führte die Gespräche, er beendete sie. Er war der Arzt, der Priester, der Lehrer, der Hirte. Vielleicht hätte er Marina Siebert nicht annehmen sollen, dachte er wenig später. Er kreiste ihren Namen ein, während sie darauf warteten, dass die Wildecker Herzbuben zum Ende kamen.

»Am Ende der ersten Stunde unseres weihnachtlichen Abendgrußes habe ich Marina Siebert am Telefon«, sagte Buch. »Sie rufen aus Prenzlauer Berg an, Frau Siebert, wie geht es Ihnen?«

»Ach, mir geht's eigentlich ganz gut, ich bin jetzt nicht der große Weihnachtsfan, aber machen Sie sich keine Sorgen um mich. Was ich mich die ganze Zeit frage, ist, wie es Ihnen eigentlich geht. Heiligabend im Radio stelle ich mir auch nicht so romantisch vor«, sagte sie.

»Wenn Sie sich da mal nicht täuschen, dort draußen sehe ich meine Redaktion gemütlich zusammensitzen, Holger Schuler, der Regisseur, trägt sogar eine Weihnachtsmannmütze«, sagte Buch und winkte durch die Scheibe. »Aber kommen wir kurz zu Ihnen zurück. Wie feiert denn der Prenzlauer Berg den Heiligen Abend, Frau Siebert?«

»Nicht viel anders als Weißensee oder Steglitz, würde ich sagen. Wir haben Weihnachtsbäume, Kerzen und so 'n Zeug. Und Sie? Haben Sie einen Baum?«

»Oh, wir haben dort unten im Foyer unseres Sendegebäudes eine prächtige Tanne, geschmückt mit lustigen Weihnachtskugeln und so weiter.«

»Ich meinte eher zu Hause bei Ihnen, Sie wohnen ja nicht im Sender, oder?«

»Nein, wobei, im Herzen bin ich natürlich immer hier«, sagte er und grinste seine Kollegen hinter der Scheibe an.

»Und?«

»Bitte?«

»Haben Sie einen Baum zu Hause? Sitzt jemand drunter? Wer wartet denn auf Sie?«

»So viele Fragen«, sagte Buch. »Vielleicht können wir einige davon beantworten in der zweiten Stunde unserer Sendung, wenn es weiter heißt: Sind Sie einsam heute Nacht? Vielen Dank, Frau Siebert, unsere musikalischen Grüße gehen nach Prenzlauer Berg. Die Gruppe Roxette, ›It Must Have Been Love‹ oder auch ›Christmas For The Broken Hearted‹. Schöne Musik für schöne Stunden. Das ist 50plus.«

Frau Sieberts Lampe war erloschen. Er schaute fragend in den Regieraum, aber die drei schienen gar nicht mitbekommen zu haben, dass hier gerade ein Anschlag auf den Papst des Abendgrußes verübt worden war.

Buch nahm die Kopfhörer ab und ging rüber zu den anderen.

»Was war denn das eben?«, fragte er.

»Was meinst du denn?«, fragte Corinna.

»Die Frau eben, wer hat die denn durchgestellt?«

»Ich«, sagte sie. »Was war denn mit der Frau?«

»Ach nichts«, sagte Buch, der sich plötzlich albern vorkam in seiner Erregung.

»Hast du nun einen Baum?«, fragte Corinna.

»Was?«

»Einen Weihnachtsbaum. Hast du einen Weihnachtsbaum zu Hause?«

Markus Buch merkte, wie er sich versteifte. Es war ihm unangenehm, zuzugeben, dass er keinen Baum hatte.

Das lag nur an dieser verlogenen Besinnliche-Musik-für-besinnliche-Stunden-Stimmung. Unter anderen Umständen hätte es ihm nichts ausgemacht, zuzugeben, dass er keinen Weihnachtsbaum hatte. Er brauchte keinen Baum. Seine Mutter hatte einen Baum, da würde er morgen Mittag hinfahren, Gans essen, Geschenke austauschen, einen Schnaps trinken. Das war genug Weihnachten für ihn. Er war allein, nicht in dem Sinne allein, in dem Frau Hohlfeldt aus Oberspree allein war, aber doch eben allein. Aber das ging Corinna nichts an.

»Na klar«, sagte er. Sie nickte.

Er nahm sich die Musikliste für die zweite Stunde aus dem Kasten und ging. Sein Studio schien ihm plötzlich der perfekte Ort zu sein. Es roch vielleicht nach Wurst, aber es hatte schallisolierte Wände, er wollte seine Ruhe haben.

»Markus«, sagte Holger, als er in der Tür war.

»Ja«, sagte Buch.

»Ich heiße Schuller, nicht Schuler.«

Der Anrufer, mit dem er sich während der letzten anderthalb Minuten des Weihnachtsmedleys vom Omnibus-Kinderchor verständigte, hieß Wolfgang Bartels und kam aus Tempelhof, er klang wie ein älterer, ungefährlicher Herr. Buch entspannte sich, es waren noch vierzig Minuten, er beschloss, sich zu betrinken, wenn er nach Hause kam. Er würde irgendeinen Weihnachtsfilm gucken, am besten einen schwarz-weißen, und so viel Whiskey dazu trinken, bis sich die Bilder auflösten.

»Begehen Sie das Fest denn ganz allein, Herr Bartels?«, fragte Buch.

»Nein, nein, meine Tochter ist hier, und sie würde gern mit Ihnen reden«, sagte Herr Bartels aus Tempelhof. »Sie heißt Simone.«

»Simone«, sagte Buch. Vielleicht würde er den Weihnachtsfilm weglassen.

»Frohe Weihnachten«, sagte eine Frauenstimme.

»Frohe Weihnachten, Simone«, sagte Buch.

»Danke. Sagen Sie, sind Sie eigentlich ein Zyniker?«, fragte Simone.

»Ich hoffe nicht, ich meine, ich glaube nicht«, sagte Buch. Simone schwieg, seine Kollegen sahen ihn interessiert an. »Ich glaube nicht, dass man eine Sendung wie den Abendgruß machen kann, wenn man ein Zyniker ist«, sagte Buch. »Das ist 50plus. Musik mit Gefühl. Gespräche mit Gefühl. Besinnliche Melodien für besinnliche Stunden. Lieder, die Sie kennen.«

Markus Buch wurde schwindlig, in seinen Ohren rauschte es, er würde gleich umfallen. Sein Autopilot war ausgefallen, und er merkte, dass er gar nicht fliegen konnte. Alles, woran er sich im Moment festhalten konnte, waren die Jingles, die Sendermottos. Zum ersten Mal verstand er, warum die Programmmacher gern von Senderphilosophie redeten. Es war alles, was sie hatten. Es war nicht viel. Er sah auf seinen Zettel.

»Ich rede doch, ich rede doch mit Frau Hohlfeldt aus Oberspree, weil sie allein ist. Ich, ich habe auch mal in Oberspree gewohnt. Ich weiß, wie es da aussieht, das ist nicht schön. Frau Hohlfeldt ist allein heute Abend. Ihr Mann ist gestorben. Wir rücken alle ein bisschen zusammen. Oder Edelgard Pietsch aus Hohen Neuendorf, die ist mir doch nicht egal. Ich interessiere mich für sie. Ich mag doch die Leute dort draußen an den Geräten, die Brandenburgerinnen und Brandenburger, ich mag sie wirklich, Frau, äh, Simone.«

»Interessant«, sagte Simone.

»Danke«, sagte Buch.

»Papa, willst du nochmal mit ihm reden?«, fragte Simone dort draußen. »Nee, gut. Dann also, wie gesagt, frohe Weihnachten, Herr, äh, Buch.«

»Frohe Weihnachten«, sagte Buch. Seine Autorität war weg, er hatte sie an eine Familie in Tempelhof verloren. Herr Bartels und seine Tochter Simone hatten aufgelegt, ihn aus der Leitung geworfen. Er hätte sich auch rausgeworfen. Er hatte geklungen wie Erich Mielke. Ich liebe euch doch alle. Er würde der große Hit auf Facebook werden, auf Twitter und Snapchat. Übermorgen würden sie sein Gestammel auf allen lustigen Frühstückshows in ganz Deutschland spielen: Wenn Sie bis jetzt geglaubt haben, man muss als Radiomoderator irgendwelche Qualitäten mitbringen, dann hören Sie sich mal das hier an. Und das Beste ist: Der Mann heißt Buch! Verstehen Sie? Buch!

»Musik mit Gefühl«, sagte Buch und sah auf seine Musikliste. »Besinnliche Melodien für besinnliche Stunden. Für Sie, liebe Hörerinnen und Hörer in Berlin und Brandenburg, besonders für diejenigen, die heute Abend allein sind, heißt das jetzt: Metallica mit ihrem Lied ›Enter Sandman‹. Das ist 50plus.«

Metallica.

Er starrte auf seine Liste, da stand wirklich Metallica. Und es lief auch das Intro von Enter Sandman. Metallica auf 50plus. Metallica für die einsamen Seelen, Metallica für Edelgard Pietsch aus Hohen Neuendorf. Er hatte Sandmann gesagt statt Sandman, weil es nicht in seine 50plus-Welt passte. Der nächste Song war »White Riot« von The Clash, sah er. Dann kehrte wieder Ruhe ein. Monika Hauff & Klaus-Dieter Henkler mit »Schneeflöckchen, Weißröckchen«, Freddy Quinn mit »Rudolf, das kleine Rentier«, die Beach Boys mit »Little Saint Nick« und schließlich das Rundfunk-Sinfonieorchester Berlin mit »O du fröhliche«.

Entweder Kaminski wollte sich an ihm rächen, oder 50plus zündete in seinem Klangteppich kleine Rockbomben, weil sich herausgestellt hat, dass das gut für den Kreislauf der Zielgruppe war. Herzschrittmacher. Buch sah raus zu den anderen, sie saßen da, als hätten sie nicht mitbekommen, was gerade passiert war. Der Zipfel von Holgers Weihnachtsmannmütze wippte im Takt von »Enter Sandman«. Noch anderthalb Minuten. Buch drückte die oberste Taste.

»Hallo, hier ist nochmal Barbara Hohlfeldt aus Oberspree.«

»Frau Hohlfeldt.«

»Ich wollte nur sagen, dass sich Oberspree in den letzten zehn Jahren ganz schön jemausert hat. Es sieht nicht mehr so schlimm aus wie früher. Mein Mann hat ja im KWO gearbeitet.«

»Ach was.«

»Ja, er war von Hause aus Werkzeugmacher, er war Meister in der Vorfertigung, bevor die Arbeitslosigkeit kam. Aber is ja nun auch egal.«

»Haben Sie eigentlich einen Baum, Frau Hohlfeldt?«

»Ja, natürlich.«

»Gut, sehr gut. Frohes Fest.«

46 Sekunden. Buch drückte die nächste Taste.

»Markus?«

»Ja.«

»Hier ist Mutti. Was ist denn bei dir los? Du klingst gar nicht glücklich.«

»Das täuscht, wirklich.«

»Markus? Du bist doch kein Zyniker, oder?«

»Ich weiß nicht genau«, sagte er.

Fünfzehn Sekunden, Buch klickte seine Mutter aus der Leitung, obwohl er jetzt gern bei ihr gewesen wäre. Vielleicht sollte er zurückrufen und mit ihr auf dem Sender seine unglückliche Kindheit diskutieren. Zehn Sekunden. Er drückte jetzt keinen anderen Knopf mehr. Wahrscheinlich wartete hinter der dritten blinkenden Taste seine Exfrau, um ihm mitzuteilen, dass sie gerade begriffen habe, warum sie sich damals von ihm getrennt hatte. Sie wusste nie richtig, wer er wirklich war. Und hinterm vierten Knopf steckte der Intendant, um ihm seine Entlassung mitzuteilen. Wahrscheinlich würden ihn die beiden Pförtner zwischen Freddy Quinn und dem Rundfunk-Sinfonieorchester aus dem Studio tragen wie einen verrückten König. 5 … 4 … 3 … 2 … 1.

»Hier ist 50plus mit dem Abendgruß«, sagte Buch. »Das eben war natürlich nicht der Sandmann, sondern der Sandman, die Band heißt Metallica, und wenn Sie mehr davon hören wollen, schreiben Sie uns, am besten unserem Musikredakteur Kaminski. Also Sandman, nicht Sandmann. Unser Regisseur heißt auch nicht Schuler, sondern Schuller, und Oberspree ist nicht mehr so schlecht, wie ich es in Erinnerung hatte. Mein Name ist Markus Buch, aber den müssen Sie sich, glaube ich, nicht merken. Die nächste Gruppe würde, so seltsam mir das vorkommt, mitten in unserer Zielgruppe sitzen. Leider ist sie schon tot. Hier kommt ein musikalischer Gruß aus dem Punkhimmel. The Clash mit ›White Riot‹. Danach hören Sie das, was Monika Hauff & Klaus-Dieter Henkler zum Thema White Riot einfällt. ›Schneeflöckchen-Weißröckchen‹. Besinnliche Musik für besinnliche Stunden. Aber jetzt erstmal The Clash. Tanzen Sie ruhig mit, liebe Brandenburgerinnen und Brandenburger, werfen Sie Ihre Hüte in die Luft, das ist Ihre Musik.«

Er drückte den zweiten Knopf.

»Mama?«

»Hier ist Walter Piatkowski aus Marzahn, und ich bin allein«, sagte eine brüchige Altmännerstimme.

»Das tut mir leid, Herr Piatkowski, wir warten noch

ab, bis die Musik zu Ende ist, dann können wir über alles reden«, sagte Markus Buch und schrieb den Namen des Mannes auf sein Blatt. The Clash hatten noch dreißig Sekunden. Eine halbe Minute, dann war der Aufruhr vorbei. Er sah, dass Regina Kaczmarek eingetroffen war, die im Anschluss »Wünsch Dir was« moderierte. Das Rauschen in seinem Kopf ließ nach. Er nahm sich vor, nicht mehr zu gurren. Er war 41 Jahre alt, er musste nicht gurren.

Er wurde nicht aus dem Studio getragen. Er nahm seinen Mantel und verabschiedete sich von seinen Kollegen, als würde er sie morgen Abend wiedersehen. Und wahrscheinlich würde genau das passieren. Er fuhr drei Runden mit dem Paternoster, alles war wie immer. Er sah keinen einzigen Menschen.

Die Pförtner guckten fern.

Im Auto suchte er die Frequenz von 50plus, um völlig sicher zu sein, dass nichts passiert war. Es lief »Marleen« von Marianne Rosenberg. Alles war in Ordnung.

»Das ist 50plus, Ihre Wunschsendung am Abend, Lieder, die Sie kennen, Lieder, die Sie lieben«, sagte Regina Kaczmarek. »Das nächste Lied hat sich eine Kollegin von mir für einen Kollegen gewünscht. Ein Wunsch in eigener Sache gewissermaßen. ›Eine Entschuldigung und eine Ermunterung zugleich‹, hat sie mir dazu aufgeschrieben. Ein bisschen geheimnisvoll, ich weiß. Aber Sie wissen ja: So viel Heimlichkeit in der Weihnachtszeit. Hier sind die Ramones mit ›Merry Christmas‹, Markus.«

DIE BLAUE LINIE

Fischer drehte die Platte um, bevor er ging. Seine Hand zitterte leicht, als er die Nadel aufsetzte. Blue Christmas. Elvis. Ein Lied, wie geschrieben für diese Berliner Weihnachtswoche.

Alles wurde in einen Strudel gezogen. Elvis. Das T-Shirt, das man trug. Auch die Trauer, gerade die. Er checkte sein Handy, reflexartig. Keine Nachrichten. Niemand erkundigte sich, ob er okay sei. Niemand schrieb, dass er in Gedanken bei ihm sei. Er lebte doch in Berlin, wenn auch in Spandau.

Fischer sah zum Gabentisch, wo die Beats-Kopfhörer lagen, die er sich geschenkt hatte, sowie »Lieben« von Knausgård, das er von seiner Mutter bekommen hatte, wahrscheinlich weil er ihr zum Geburtstag »Sterben« geschenkt hatte. Es war ihre Art, miteinander zu reden. Die Weihnachtskarten von seinem Optiker, seinem Sparkassenberater, seinem Weinhändler und von Dascha, die den Winter in Australien aussaß. Zusammen mit IHM. Sie hatte nicht WIR geschrieben. Noch nicht.

»Santa, Bring My Baby Back«, sang Elvis. Er las die Karte noch einmal, obwohl er sie auswendig kannte. »Es ist so heiß hier, Mats. So weit weg war ich noch nie, und man spürt es. Nicht nur, weil der Schnee fehlt.

Alles ist so, ich weiß nicht, unwesentlich? Selbst die giftigen Schlangen. Die Spinnen. Auch die Haie. Nicht mal du hättest hier Angst vor Haien. Ich habe welche gesehen im Great Barrier Reef. Sie sind so irrelevant hier unten. Das ganze Land wirkt so unerheblich. Klingt seltsam. Ist es auch. Aber nicht schlimm. Es war ja alles erheblich genug zuletzt. Merry Christmas. Dascha.«

Ein Gruß wie ein Kuss auf die Stirn. Ein Jahresrückblick auf der Rückseite einer Ansichtskarte aus dem Outback. Erst starb David Bowie, zuletzt Zsa Zsa Gabor, dazwischen unsere Liebe. Von dem Anschlag auf den Berliner Weihnachtsmarkt wusste sie »da unten«, auf dem Kontinent der Unerheblichkeit, glücklicherweise nichts. »I'll Be Home For Christmas«, sang Elvis, als Fischer die Tür schloss.

Er hörte ihn noch im Treppenhaus. Der King moderierte die Weltlage und sein Liebesleben. Von der Straße sah er hoch in sein erleuchtetes Wohnzimmer. Er hatte den Baum für die anderen geschmückt, für Leute, die seine Welt von außen sahen. Eine Art Weihnachtsgardine. Bis Montagabend war es ein Schutzschild gegen die Seligkeit seiner Nachbarn gewesen, jetzt sah es aus wie ein Statement christlichen Starrsinns.

Fischers Trauer war vom Berliner Weltschmerz verschluckt worden. Dafür hasste er die Scheiß-Terroristen wirklich. Er lief durch die leeren Straßen zur S-Bahn, auch die leer. Nachmittagschicht-Ingrid saß schon im Mantel da, als er kam. Es roch auch heute, am Heiligen Abend, nach Desinfektionsmitteln, Pisse und Herztropfen. Kerzen waren im Altersheim verboten, Räucherkerzen eingeschlossen.

»Stille Nacht, Mats«, sagte Ingrid und schob ihm die Schichtunterlagen über den Tresen. Sie sah zufrieden aus, wahrscheinlich hatte sie lange über diese Eröffnung nachgedacht.

Das Heim war heute Nacht nur halb belegt. Über Weihnachten holten viele Familien ihre Senioren nach Hause. Er war mit den schlafenden alten Menschen allein im Haus. Genau die Art von Gesellschaft, die er ertragen konnte. Eine Schwester und zwei Pfleger hatten Bereitschaft.

»Es ist noch 'ne halbe Flasche Sekt im Kühlschrank«, sagte Ingrid und küsste ihn auf die Wange. Sie roch, als habe sie die andere Hälfte getrunken.

»Frohe Weihnachten, Ingrid«, sagte er. Dann setzte er sich hinter den Empfangstresen. Im Fernseher an der Decke lief irgendeine deutsche Weihnachtskomödie mit Heinz Rühmann oder Heino Ferch, Schauspieler, die er nicht mehr auseinanderhalten konnte. Seit er denken konnte, lief immer dasselbe.

Unser Bollwerk gegen die wilde Welt. Rühmann und Ferch. Zwei deutsche Soldaten, Pfarrer, Lehrer, Väter und Kommissare. Er schaute in den Kühlschrank, der Sekt war halbtrocken.

Er machte den Kühlschrank wieder zu, ging zum Tresen zurück und horchte ins Heim. Es war ganz still. Nicht mal Frau Wendt schrie. Irgendwelche Aggregate surrten, die Uhr im Foyer tickte, es war kurz nach halb elf. Er trat vors Heim und steckte sich einen Joint an. Gegenüber stand eine moderne Kirche im Nebel. Das Licht glimmte durch schmale, hohe Fensterschlitze, Christmette. Wahrscheinlich beteten sie gerade für die

Seelen der Menschen vom Breitscheidplatz. Es sah unheimlich aus, fand Fischer. Nicht wie eine Kirche, eher wie ein Kernkraftwerk.

Einen Augenblick lang dachte er daran, einfach nach Hause zu gehen. Aber da war ja nichts. Er zählte die toten Stars des Jahres. Bowie, Prince, Cohen, Roger Cicero und Achim Mentzel, Manfred Krug, Alan Rickman und Götz George, Genscher, Cruyff, Fidel, Ali. Wen hatte er am meisten betrauert? Alan Rickman vielleicht, Professor Snape. Oder Götz George, den größten deutschen Schauspieler, den sie nie gekriegt hatten.

Als er ins Foyer zurückkam, saß dort ein Mann in einem weinroten, glänzenden Bademantel und sah ihn ernsthaft an. Herr Petersen, soweit er sich erinnerte. Mats Fischer arbeitete seit zwei Jahren im Heim. Er kannte die Bewohner, aber der Joint waberte in seinem Hirn, Namen waren sowieso nicht seine Stärke. Petersen, fiel ihm ein, spielte beim Kaffeetrinken am Nachmittag manchmal Klavier für die anderen Heimbewohner. Ein ehemaliger Lehrer oder ein Schlagerkomponist. Der Mantel sah nicht billig aus.

»Egon Warnke ist verstorben«, sagte Petersen.

»Aha«, sagte Fischer. Er konnte sich nicht erinnern, wie es um Petersens Geisteszustand bestellt war. War er »durcheinander«, wie sie das im Heim nannten. Ziemlich durcheinander? Völlig durcheinander? Er sah auf den Fernseher, immer noch Rühmann beziehungsweise Ferch. Jetzt in Schwarz-Weiß.

»Ich mochte ihn nicht besonders«, sagte Petersen. »Niemand mochte ihn.«

»Und woher wissen Sie das?«, fragte Fischer.

»Ich kenne ihn schon seit, warten Sie, vier Jahren«, sagte Petersen.

»Ich meine, dass er tot ist.«

»Er atmet nicht«, sagte Petersen und schüttelte den Kopf. Was für eine Frage. Lehrer, dachte Fischer. Er sah auf den Plan. Zimmer 432. Warnke war der Nachbar von Petersen. Und er war wirklich tot.

Der Mund leicht geöffnet, das Kinn speichelnass, die Zähne auf dem Nachttisch. Auf seinem Fernseher lief »Tatsächlich Liebe«. Die Szene, in der Hugh Grant gemeinsam mit seiner zukünftigen Freundin und einem als Tintenfisch verkleideten Jungen im Fond seines Präsidentenautos zum Krippenspiel fährt. Fischer mochte den Film, und er mochte besonders die Krippenspielszene. Er blieb neben dem toten Herrn Warnke stehen und sah auf den Bildschirm. Als das dunkelhäutige Mädchen »All I want for Christmas« sang, drehte er den Ton ein wenig lauter. Er musste immer schlucken, wenn er das sah, aber diesmal liefen ihm die Tränen übers Gesicht.

»Wat is 'n hier los«, sagte eine Stimme in der Tür. »Disko?«

Die Stimme gehörte Frau Pistorius, von der er wusste, dass sie früher Hockey gespielt hatte. Feldhockey, wie Frau Pistorius nicht müde wurde zu betonen.

»Herr Warnke ist verstorben«, sagte Fischer und schaltete den Fernseher aus, als sich Liam Neeson und sein Stiefsohn gerade auf den Weg nach Heathrow machten, von wo aus das dunkelhäutige Mädchen nach Amerika fliegen würde. Fischer hätte ewig weitersehen können.

»Ach so«, sagte Frau Pistorius und sah kurz ins Bett. »Ich hätte nich jedacht, dis dem einer mochte, dem Warnke, dem ollen Muffelkopp«, sagte sie.

Mats Fischer hätte Frau Pistorius gern erzählt, dass er nicht um Egon Warnke weinte, sondern um die Liebe seines Lebens, Dascha, die mit einem Bielefelder Fernsehjournalisten namens Nick seit zwei Monaten durch Australien reiste. Schließlich war Weihnachten, und da sagte man sich die Wahrheit.

Auch etwas, was er aus »Tatsächlich Liebe« wusste, seinem moralischen Ratgeber für alle Lebenslagen. Er hatte dreizehn Schuljahre hinter sich, zehn Semester Rechtswissenschaften und eine zweijährige Altenpflegerausbildung, aber alles, was er brauchte, um sich zu erklären, war eine romantische Weihnachtskomödie mit Hugh Grant und Keira Knigthley. Auch Alan Rickman spielte mit. Snape. Tot wie Egon Warnke. Aber das war alles zu kompliziert, und so sagte er nur: »Ich ruf mal den Arzt an.«

»Dafür is vielleicht 'n bisken spät«, sagte Frau Pistorius.

»Wegen dem Totenschein«, sagte Fischer und zog vorsichtig die Tür zu Egon Warnkes Zimmer zu.

»Ick komm mit«, sagte Frau Pistorius.

Im Fahrstuhl nach unten sagte sie: »Ich habe ja früher Hockey gespielt. Feldhockey, um genau zu sein.«

»Ach was«, sagte Fischer.

»Doch, doch. Bei Rot-Weiß«, sagte Frau Pistorius.

Im Essenssaal brannte Licht. Auf der Bühne am Flügel saß Herr Petersen und klimperte. Links und rechts von ihm standen Weihnachtsbäume, und so erinnerte

Petersen mit seinen weißen Haaren und dem roten Bademantel an den Weihnachtsmann. Frau Pistorius setzte sich in die erste Reihe.

Mats Fischer rief den Bereitschaftsdienst an und informierte sie über Warnkes Tod. Dann ging er in den Saal. Petersen sah auf und sagte: »Ich spiele jetzt ein Lied für Egon Warnke. A Most Peculiar Man.«

Fischer nickte, als segne er das ab.

»Er war ein seltsamer Mann«, sang Herr Petersen. »Er lebte allein in seinem Haus, allein in seinem Zimmer, allein in sich. Ein ziemlich wundersamer Mann. Er sprach zu keinem, und niemand sprach zu ihm. Er war nicht nett, es war ihm egal. Er war nicht wie die andern, die andern im Saal. Ein ziemlich seltsamer Mann.«

Frau Pistorius klatschte.

»Haben Sie das geschrieben?«, fragte Mats Fischer.

»Danke für die Blumen«, sagte Petersen. »Aber das waren die Herren Simon & Garfunkel. Ich habe es nur ins Deutsche übertragen.«

»Oh«, sagte Fischer. Erstens, weil er den Song nicht kannte, und zweitens, weil er Petersen eher für einen Richard-Clayderman-Mann gehalten hatte. Einen Kaffeehauspianisten. Dabei lagen Paul Simon und Art Garfunkel vom Alter her deutlich näher an Herrn Petersen dran als an ihm. Die beiden waren 75. Es gab weit jüngere Heimbewohner. Theoretisch hätte Malcolm Young auf ihrer Pflegestation liegen können.

»Es sind ja viele berühmte Leute in diesem Jahr gestorben«, sagte Fischer.

»Es waren nicht mehr als sonst«, sagte Petersen. Vermutlich hatte er auch damit recht. Nur weil Prince und

Bowie gestorben waren, hieß das ja nicht, dass die Menschheit ausstirbt. Das dachte nur er. Es war die Depression. Jedes Lied klang für ihn wie ein Totengesang. Eigentlich waren die Zeiten wie gemacht für ihn. Den Mann in Schwarz.

»Richtig«, sagte Fischer. »Aber von den Prominenten: Wen werden Sie am meisten vermissen?«

»Hildegard Hamm-Brücher«, sagte Petersen, ohne nachzudenken. »Wunderbare, aufrechte Frau.«

Fischer hatte keine Ahnung, wer das war. Vermutlich eine Heimbewohnerin, deren Namen er nicht kannte. Petersen begann, vielleicht für die verstorbene Dame mit dem Doppelnamen, »Stay« zu spielen. Jackson Browne. Auch schon fast siebzig.

Jemand berührte Fischer an der Schulter. Lisa Kramer, die Nachtschwester.

»Alles okay?«, fragte sie.

»Na ja«, sagte er. Sie sah ihn an. Mütterlich. Sie war zwei Jahre jünger als er. »Meine Freundin ist weg, und Herr Warnke liegt tot in der 432.«

»Das Herz«, sagte sie.

»Bei mir auf jeden Fall«, sagte er. Sie lächelte. Dann kam der Arzt, die beiden gingen nach oben, machten die Untersuchungen, den Papierkram und brachten Egon Warnke anschließend in den Kühlraum im Keller. Morgen würde man weitersehen. Die Tagschicht.

Der Arzt schaute kurz in den Essenssaal, wo Herr Petersen gerade »Leningrad« spielte, von Billy Joel, auch schon 67. In der ersten Reihe saßen neben Frau Pistorius nun Frau Schmidt und Frau Mentzel, die eine große Sonnenbrille trug.

»Es hört nie auf«, sagte Mats Fischer. »Für Herrn Warnke natürlich schon.«

Der Arzt lächelte schmallippig, schüttelte den Kopf und ging zu seinem winzigen Auto. Eine Minute später öffnete sich die Fahrstuhltür, und Herr Kretzschmar schob seinen Rollator ins Foyer. Er trug ein Cordjackett. Sonst nix.

»Kubakrise«, rief Kretzschmar.

»So sieht's aus«, sagte Fischer. »Sie holen sich den Tod, Herr Kretzschmar. Oder wenigstens irgendwas mit der, äh, Blase. Ich bringe Sie hoch aufs Zimmer. Da ziehen Sie sich richtig was an. Und wenn Sie dann immer noch Lust haben, können Sie gern teilnehmen an unserem kleinen weihnachtlichen Mitternachtskonzert.«

»Kommet ihr Hirten«, sagte Kretzschmar und schlurfte zurück in den Fahrstuhl. Sein Hintern, der unterm Cordjackett heraushing, sah aus wie ein trauriger Hund.

»Auch das«, sagte Fischer.

»Wir müssen die Situation verwahrheiten«, sagte Kretzschmar.

»Das ist immer eine gute Idee«, sagte Fischer.

Sie hielten auf der Pflegestation und liefen den blauen Streifen entlang, der sich über den Fußboden zog. Die Bewohner der Pflegestationen wussten, solange sie auf der blauen Linie wandelten, konnte ihnen nichts passieren. Eigentlich nicht schlecht, dachte Fischer. So eine blaue Linie. Kretzschmar setzte sich auf sein Bett, sah sich auf die Füße und seufzte.

»Wichtig ist das Antrittstempo«, sagte Kretzschmar. »Die ersten zehn, fünfzehn Meter. Die entscheiden alles.«

Fischer hängte das Cordjackett in den Schrank. Es war von Givenchy, aus einem anderen Leben. Er zog Herrn Kretzschmar einen Schlafanzug an, deckte ihn zu und löschte das Licht.

»Was will man denn auf dem Weihnachtsmarkt?«, fragte Herr Kretzschmar aus dem Dunkel.

»Das habe ich mich auch gefragt«, sagte Fischer.

Er dachte an den Angstforscher, der im Radio erzählt hatte, dass er jetzt auf den Weihnachtsmarkt gehen würde, obwohl er Weihnachtsmärkte nicht mochte. Mussten wir mit dem Luftgewehr auf Papierblumen schießen, kandierte Äpfel essen und Kettenkarussell fahren, bis uns schlecht wurde? Als Zeichen gegen den Terrorismus? Durfte man schon lachen, oder musste man bereits lachen? Mats Fischer machte eine Joker-Fratze in den Spiegel des Fahrstuhls. Warum so ernsthaft?

Herr Petersen spielte »Tiny Dancer«. Elton John, fast siebzig. Frau Pistorius schlief. Frau Mentzel vielleicht auch, was man wegen der großen Sonnenbrille nicht richtig sehen konnte. Frau Schmidt schlief auf keinen Fall. Sie strahlte. Auf dem Flügel stand eine Flasche Whiskey. Daneben stand Nachtschwester Lisa und sang. »Blue Jean Baby, L.A. Lady, Seamstress For The Band. Pretty Eyed, Pirate Smile, You'll Marry A Music Man.« Dazu lachte sie wie eine Piratin.

Man müsste es filmen und ins Netz stellen, dachte Fischer. Weihnachten in Berlin. Das Mehrgenerationenseniorenheim. Vielleicht sollte man die Whiskeyflasche wegretuschieren, zumal Lisa die aus dem Zimmer des toten Egon Warnke geklaut hatte.

Als er fertig war, applaudierte Frau Schmidt, und auch Mats Fischer klatschte. Nachtschwester Lisa machte einen Knicks.

Petersen goss sich Whiskey ein und sagte: »Ich war noch nie in Kalifornien.«

»Ich auch nicht«, sagte Lisa. Sie sah Fischer an. Er schüttelte den Kopf. Er verreiste nicht gern.

»Es ist wunderschön«, sagte Frau Schmidt. »Der Himmel hat ein ganz anderes Blau als bei uns. So leicht. Das Licht macht die Konturen weicher.«

Petersen trank einen Schluck. Er genoss es. Bademantel, Whiskey, Grand Piano, Groupies. Vielleicht war er doch kein Lehrer, dachte Mats Fischer.

»Würden Sie es mir zeigen, Marianne?«, sagte Petersen, das Whiskeyglas in der Hand wie Sinatra. Frau Schmidt, Marianne, sah ihn an.

»Wären Sie meine L.A. Lady?« Frau Schmidt nickte. Nachtschwester Lisa weinte, Fischer räusperte sich.

»Heute?«, fragte Sinatra.

»Wir wollen mal nix überstürzen«, sagte Fischer. Er sah auf die Uhr. Es war kurz nach halb drei, es war genug passiert in dieser Nacht.

»Doch, doch. Ich habe alles beisammen«, sagte Petersen. »Haben Sie einen Pass, Marianne?«

»Selbstverständlich«, sagte Frau Schmidt.

»Herr Petersen, bitte«, sagte Mats.

»Ja?«, fragte Petersen.

Mats Fischer hatte das Gefühl, die kleine Seniorenshow an dieser Stelle unbedingt beenden zu müssen. Er musste die Alten schützen. Er hatte die Verantwortung. Sicher, das war kein Gefängnis, sie konnten jederzeit gehen, wohin sie wollten. Er fragte sich manchmal, wieso sie blieben. Sie schlichen durchs Foyer, sahen ängstlich nach draußen wie auf eine Welt, in der sie nicht atmen konnten, eine Welt ohne Sauerstoff. Eine Welt, in der die blaue Linie abriss. Er wollte, dass sie hierblieben, weil er hierblieb. Er wollte sich nicht zurückgelassen fühlen. Er war es, der Angst vor der Welt dort draußen hatte. Deshalb dachte er an die Toten, wenn das Jahr zu Ende ging, deshalb mischte er sich unter die Alten und Gebrechlichen. Wenn das Abendland ausschließlich von Menschen wie ihm bevölkert wäre, hätten die Terroristen gewonnen, ohne eine einzige Bombe gezündet zu haben. Darum hatte ihn Dascha verlassen.

»Wollen wir nicht erstmal gucken, ob es überhaupt Flüge gibt?«, sagte er.

»Gute Idee«, sagte Petersen.

Sie buchten zwei sehr teure Business-Class-Tickets nach Los Angeles. Zwischenstopp in Düsseldorf. Petersen hatte nicht nur den Pass, er hatte auch eine goldene American Express Card. Um drei gingen die beiden auf ihre Zimmer, um ihre Taschen zu packen und sich ein bisschen auszuruhen. Um vier tauchte Kretzschmar auf, um halb fünf hatte Fischer ihn wieder im Bett. Auf dem Rückweg balancierte er auf der blauen Linie der Pflegestation wie ein Drahtseilartist, als sein Handy vibrierte. Dascha schickte ein Foto von einem Skorpion. Der Skorpion saß mit erhobenem Schwanz auf einer Hand. Auf ihrer Hand.

»Keine Angst«, stand darunter. Er würde sie immer lieben, beschloss Fischer.

»Willst du nicht nach Hause?«, fragte er Lisa, die mit der Whiskeyflasche auf dem Boden des Foyers wartete, den Rücken an seine Rezeptionskanzel gelehnt.

»Wir sollen weiterhin das machen, wozu wir Lust haben, sagt der Innensenator. Ich habe lange nicht mehr so eine aufregende Nacht erlebt«, sagte Lisa. Er setzte sich dazu, trank einen Whiskey, sah Heino Ferch und Heinz Rühmann bei der Arbeit zu, die, wie er bemerkte, zu Sinatra, Martin und Sammy Davis jr. geworden waren. Alle drei trugen aus irgendeinem Grund Weihnachtsmannmützen. Die Uhr tickte. Um fünf weckte Fischer Frau Schmidt und Herrn Petersen, um sechs kam die Ablösung. Paul. Ein 28-jähriger Schwuler aus Oranienburg.

»Frohe Weihnachten«, sagte Paul. »Wie war's?«

»Wir haben einen Engel im Keller«, sagte Fischer.

»Oh, wer?«, fragte Paul.

»Herr Warnke aus der 432.«

»Ausgerechnet so einer stirbt in der Heiligen Nacht«, sagte Paul.

»Er hat zum Schluss ›Tatsächlich Liebe‹ geguckt. Er kann kein schlechter Mensch gewesen sein«, sagte Mats Fischer. »Hier sind seine Reiseunterlagen.« Er schob ihm den Totenschein des Arztes und den restlichen Papierkram über den Tresen. Er dachte an Petersen, den Pianomann. A most peculiar man.

»Okay«, sagte Paul. Er seufzte. Ein guter Junge. Auf der Pflegestation ließ Frau Wendt den ersten Schrei des Tages los.

Fischer ging zum Taxi. Auf der Rückbank saßen Herr Petersen, Frau Schmidt und Lisa. Er setzte sich zum Fahrer. Tegel. Am Schalter holte er zwei Esta-Formulare. Bei der Bank tauschten sie 3000 Euro in US-Dollar. Petersen besaß eine kleine schwarze Ledermappe, die mit Banknoten gefüllt war. Die alten Leute hatten nur Handgepäck. Sie wollten lediglich das Blau sehen, erstmal. Petersen steckte ihm einen Hunderter zu wie einem Pagen, dann nahm er Frau Schmidt an die Hand und lief durchs Gate in den Himmel. Lisa und Mats winkten dem Paar hinterher wie ihren Eltern. Sie traten in den grauen Berliner Morgen zurück.

Erster Feiertag. Sie fuhren mit Petersens Taxigeld nach Hause. Der Fahrer hielt zuerst vor Lisas Haus. Sie sahen sich an, warteten, Lisa gab Mats einen Kuss und stieg aus. Er sagte dem Fahrer seine Adresse, lehnte sich in die Polster und sah auf die Stadt in ihrem vernebelten Weihnachtsschmerz. Er bewegte sich auf einer blauen Linie nach Hause. Sicher. Mats Fischer drehte noch einmal die Platte um, bevor er sich ins Bett legte. Er hatte Leonard Cohens letzte Platte lange nicht hören können. Zu schmerzvoll. Heute ging es. Cohens Todesgruß klang wie eine Weihnachtsbotschaft.

Ich glaub, ich bin einfach jemand, der gescheitert ist
am Ich und Du
Ich bin nicht einsam
Ich hab diese und jene getroffen
Ich reise mit leichtem Gepäck
So wie wir es früher gemacht haben

Seine Trauer um die Welt und um die Frau trennten sich. Als Fischer das spürte, schlief er endlich ein.

Marianne Schmidt und Claus Petersen traten aus dem Flughafen Los Angeles in die Winterwärme Kaliforniens. Sie waren müde, es war ein langer Flug gewesen, und sie hatten schon in der Nacht zuvor kaum geschlafen. Sie sahen nach oben. Der Himmel spiegelte sich in Marianne Schmidts Brille.

»Das Blau, Herr Petersen«, sagte sie.

»Ja«, sagte Petersen. »Das Blau. Ganz beachtlich, Marianne.«

Sie zogen sich die warmen Jacken aus, behielten die Schals aber um. Sie wussten nicht, wie es von hier weitergehen sollte. Das Gefühl kannten sie gut.

DREI DEUTSCHE EICHEN

Sie fror. Er sah es aus den Augenwinkeln an der Art, wie sie die Schultern hochzog. Ihre Haare waren ein flatternder Schatten. Ihre Hände umklammerten ihre Knie. Sie fror, und sie würde es gleich sagen.

Schmidt fuhr ein bisschen langsamer.

Er hätte sich gern zurückgelehnt und die kleinen weißen Wolken vor seinen Augen vorbeifliegen lassen, aber er musste auf die Straße schauen. Der Verkehr war anders, als er sich das vorgestellt hatte. Er hatte an schmale, verlassene Küstenstraßen gedacht, die sich an kleinen rosafarbenen Städtchen entlangschlängelten. Das hier aber war eine vierspurige Autobahn, die sich durch immergleiche Landschaften aus Fastfoodrestaurants, Tankstellen und Motels wälzte. An jeder zweiten Kreuzung mussten sie stehen bleiben.

Das Meer sah man nicht. Der Karte nach war es links von ihnen. Schmidt hatte auch mit mehr Cabriolets gerechnet. Sie fuhren das einzige offene Auto, soweit er sehen konnte. Gleich würde sie es sagen. Der Himmel war blau, aber es war ein spätes Blau, ein Dezemberblau, vielleicht achtzehn Grad warm. Es würde bald dunkel werden und sicher auch kühler.

Sie fuhren nach Norden. Aimee Mann klang niedergeschlagener, als er sie in Erinnerung gehabt hatte. Er überlegte, ob er die CD wechseln sollte. Aber er hatte nur Leonard Cohen hier vorn, der deprimierte ihn womöglich noch mehr, und die Pet Shop Boys, die waren zu fröhlich, zu sehr, wie er sich diese Reise vorgestellt hatte. Vielleicht hätte er sich besser vorbereiten sollen.

Beim Blick auf die Straßenkarte, die er vorhin am Avis-Schalter des Flughafens Tampa erhalten hatte, sah Miami auf der anderen Seite von Florida noch erreichbar aus. Jetzt schien es sehr weit weg zu sein. Er hatte sich in seinen Urlaubsträumen immer vorgestellt, dass man vielleicht zum Abendessen dorthin fahren könnte, um Annes Eltern zu entkommen. Aber es hatte sie schon anderthalb Stunden gekostet, nur um aus Tampa herauszufinden. Am Anfang hatte er kurz Wasser gesehen, dann nicht mehr.

Er fragte sich, ob Stefan Effenberg eher in die Nähe von Miami oder eher nach Tampa ziehen würde. Er hatte angenommen, dass er nicht an Menschen wie Stefan Effenberg denken würde, deutsche Fußballer, hier unter Palmen. Aber so einfach war das nicht. Heute Morgen hatte ihn noch sein Vater nach Tegel gebracht. Er hatte sein graues Kunstpelzschiffchen auf dem Kopf getragen, das jeden Winter mit ihm verbrachte, solange Schmidt denken konnte.

Versace war wohl in Miami erschossen worden, aber sicher war er sich nicht. Ehrlich gesagt wusste er nicht mal genau, ob es Versace war, der tot war, oder eher Armani.

Er hielt an einer Kreuzung zwischen vier Tankstellen an. Exxon, Sunoco, Shell, BP, zählte er in seinem Kopf auf. Irgendwann würde er es laut aufsagen, so wie sein

Vater die deutsche Reklame vorlas, die er am Straßenrand sah. Eines Tages würde er dann auch zusammenhanglos rufen: »Ich soll Sie schön grüßen. Von Möbel-Hübner.« Aimee Mann sang »Lost in Space«. Schmidt versuchte an den günstigen Dollarkurs zu denken. Der Wagen hatte für die ganze Woche 300 Dollar gekostet, das waren im Moment 210 Euro. Er würde Levis-Hosen für die nächsten fünf Jahre kaufen. Das war doch gut. Er entspannte sich ein bisschen, vielleicht würde er doch die Pet Shop Boys einlegen. Always on my mind. Anne sollte aufhören zu frieren.

Er hatte sich so auf diese Weihnachtsreise gefreut, auf Amerika, auf sie.

»Haben sie Versace in Miami erschossen?«, fragte er.

»Wird das wieder so ein Quiz?«, fragte Anne müde.

»Was?«

»Ich weiß nicht, ich weiß auch nicht, welche CD da gerade läuft, ich weiß nicht, wer das singt, in welcher Band sie früher gesungen hat, und es ist mir im Moment auch nicht wichtig, Stephan«, sagte sie.

»Was?«

»Tut mir leid. Kannst du bitte das Verdeck zumachen, Stephan. Ich friere.«

»Wir sind bestimmt gleich da, Schatz.«

»Bitte. Ich mag das Auto, das du ausgesucht hast. Es ist nur, weißt du, ich bin ein bisschen müde. Der Flug, die Zeitverschiebung.«

Es wurde grün. Er sah seine Frau kurz an. Sie rieb sich den Nacken. Er überlegte, ob man das Verdeck während der Fahrt schließen durfte. Es gab eine Szene am Ende von »Ocean's Eleven«, in der Brad Pitt das

Verdeck seines alten Cabriolets während der Fahrt schließt. Aber Brad Pitt hatte Julia Roberts im Auto.

Schmidt fuhr auf den McDonald's-Parkplatz, um das Dach seines gelben Ford Mustang zu schließen. Das erste Cabriolet seines Lebens. Er wäre gern mit einem offenen Wagen am Haus seiner Schwiegereltern vorgefahren. Sie hatten bestimmt einen langen bordeauxroten Buick mit Verloursitzen, ein Alte-Leute-Auto. Er hätte einen kleinen Vorsprung gehabt, irgendwas, woran er sich in den nächsten zehn Tagen hätte festhalten können. Gelb, schnell, beweglich, ein Kolibri. Vielleicht wollte ihm Anne diesen Triumph nicht gönnen, aber wahrscheinlich verband sie keine Gefühle mit Cabrios.

»Oh, gelb«, hatte sie gesagt, als sie mit ihren Koffern in die Tiefgarage des Flughafens gerollt waren, auf die Parkplatzbuchte A 17 zu, wo der Mustang auf sie wartete.

Oh, gelb.

Vielleicht hatte er sich zu viel vorgenommen, er war zum ersten Mal in Amerika. Vielleicht war er schwul. Gelber Wagen, Versace, Pet Shop Boys, was wusste er denn. Schmidt drückte auf den Knopf, das schwarze Verdeck öffnete sich in ihrem Rücken wie eine fleischfressende Pflanze und bedeckte sie. Sie klackten die Arretierungen über ihren Köpfen ein, synchron, wie ein Ehepaar, das gemeinsam die Schondecke eines Doppelbettes glatt zieht.

»Es ist Aimee Mann«, sagt er.

»Bitte?«

»Die CD. Aimee Mann.«

»Oh.«

»Erinnerst du dich an ›Magnolia‹?«

»Den Film?«

»Ja. Paul Thomas Anderson, der Regisseur, hat den ganzen Film um die Songs von Aimee Mann herumgeschrieben. Aber das ist ein anderes Album«, sagte Schmidt.

»Ach so«, sagte sie.

Schmidt fuhr vom Parkplatz herunter, ein bisschen verstört, ein bisschen von sich selbst beeindruckt. Paul Thomas Anderson, dass er noch beide Vornamen wusste.

Im Fenster von McDonald's leuchtete ein Weihnachtsbaum. Morgen war Heiligabend. Es waren 70 Grad Fahrenheit, zeigte die kleine Digitalanzeige neben seinem Drehzahlmesser, wie viel immer das in Celsius war, es würde keine weiße Weihnacht werden. Sie hatten Palmen gewollt und Meer. Endlich Wärme.

Anne lehnte sich in dem flachen Sitz zurück, eine Hand am Nacken. Er hätte sie gern nach Versaces Vornamen gefragt, Armani hieß Giorgio. Wahrscheinlich fragte er zu viel. Sie musste sich vorkommen wie ein Wettkandidat in seiner Nähe. Die Sonne war nicht mehr zu sehen. Er hätte gern mit seiner Frau am Meer gesessen, im offenen Wagen. Er wollte nur, dass alles gut wird.

Über ihnen tauchte ein grünes Schild auf, das Three Oaks ankündigte. Noch vier Meilen. Sie waren noch vier Meilen zu zweit. Er wusste nicht, was Oaks hieß, was ihn ärgerte. Er wollte sich keine Blöße geben vor Karlheinz, seinem Schwiegervater.

Zehn Minuten später bog Schmidt nach rechts ab. Das Meer war links, sie fuhren immer weiter vom Meer weg in eine struppige Landschaft hinein. Nach etwa drei Kilometern gab es eine Auffahrt zu einer kleinen Siedlung aus Einfamilienhäusern, die willkürlich in die Steppe gestreut waren. Es waren vielleicht hundert Häuser, die alle gleich aussahen. Einstöckige, aquarellfarbene bungalowartige Holzvillen mit breiten Garagen an der Seite und schwarzen, vergitterten Anbauten im Rücken, die aussahen wie große Vogelkäfige. Über allen Eingangstüren gab es Oberlichter in der Form einer halben Zitronenscheibe. Schmidt musste an die unwirklichen Siedlungen denken, die nach dem Fall der Mauer am Rand von Berlin aus dem märkischen Ackerboden wuchsen. Er musste an Rangsdorf denken, hier in Florida. Sie waren acht Stunden geflogen, zwei Stunden Auto gefahren. Sie waren jetzt da.

Am Eingang der labyrinthartigen Eigenheimsiedlung standen zwei alte Männer mit Baseballmützen, kurzen Hosen und Anglerwesten. Einer trug einen Baseballschläger in der Hand, einer eine Pistole. Schmidt kannte sich nicht mit Waffen aus. Er hoffte, dass es eine Schreckschusspistole war oder eine für Leuchtkugeln. Vielleicht waren die beiden Hochseeangler. Die Männer sahen den Wagen an. Schmidt stoppte und ließ das Fenster runtersurren.

»We are looking for Three Oaks Number 28«, sagte er. Three klang aus seinem Mund wie Tzrie, er hatte seit dem Abitur kein Englisch mehr gesprochen. Seit zwölf Jahren nicht. Er hatte die Mädchen mit ihren gekünstelten th's immer verachtet. Aber Tzrie klang auch nicht gut, er schämte sich ein bisschen vor Anne. Er wusste nicht, wie gut ihr Englisch war, er wusste so wenig über sie.

Die alten Männer lächelten sich an. Einer trug ein Baseballcap der Miami Dolphins, der andere eines, das für den Disney-Film »The Hunchback of Notre Dame« warb.

»Zu Papiers?«, sagte der Miami-Dolphins-Mann und steckte die Pistole in seinen Hosenbund.

Schmidt nickte, vielleicht waren sie ja in Rangsdorf.

»Papiér«, sagte Anne. Sie betonte das Ende französisch wie in Grand Marnier. Sie waren Hugenotten, darauf war ihr Vater sehr stolz. Leider hatte seine Tochter, sein einziges Kind, einen Schmidt geheiratet. Anne hatte damals einen Moment überlegt, ob sie sich einen Doppelnamen zulegen sollte. Aber Papier-Schmidt klang wie ein Schreibwarenladen, wenn man es falsch aussprach, und das taten fast alle.

»Die zweite Straße links, das dritte Haus auf der rechten Seite. Sind Sie Verwandtschaft?«, fragte der Revolvermann.

»Ich bin die Tochter, das ist mein Mann«, sagte Anne.

»Schmidt«, sagte Schmidt und sah auf die Waffe.

»Ich bin Gerd Steinmetz, das ist Gunter Walligura. Wir sind aus Göttingen und kümmern uns hier ein bisschen um die Sicherheit«, sagte der Mann mit der Disneymütze.

»Sicherheit?«, fragte Anne.

»In der 14 und in der 17 ist im letzten Monat eingebrochen worden, die Polizei macht nicht viel. Schließlich geht es nicht um Terroristen, wenn Sie wissen, was ich meine.« Die Männer grinsten. »Wir sind ja alle neu, wir haben ein paar Schilder aufgestellt und wollen uns hier mit dem Wachdienst ablösen, bis sich die Siedlung eingespielt hat.«

»Eine Bürgerwehr«, sagte Schmidt und überlegte, was sie mit eingespielt meinten. Vielleicht eine Art Urlauberkaserne.

»Genau«, sagte Steinmetz.

»Wohnen denn hier viele Deutsche?«, fragte Anne.

»Vorwiegend«, sagte Steinmetz.

»Wie lange bleiben Sie?«

»Oh, nur ein paar Tage«, sagte Schmidt, wahrscheinlich würden sie ihn morgen zum Dienst einziehen.

»Na dann, gute Weiterfahrt«, sagte Steinmetz und tippte sich an den Mützenschirm. Schmidt fuhr langsam an den beiden alten Männern vorbei. Es war jetzt fast dunkel. Der Satz: Wir sind aus Göttingen und kümmern uns ein bisschen um die Sicherheit, hallte in seinem Kopf. Es hätte ihn nicht gewundert, wenn es doch noch anfangen würde zu schneien.

Karlheinz Papier trug ein Hawaiihemd und beige Cargoshorts, er hatte braune dünne Beine, die erstaunlich unbehaart waren. Gisela trug ausgewaschene Jeans und ein enges weißes T-Shirt, unter dem sich ihr BH knautschte. Sie hatte überraschend große Brüste an einem relativ kurzen Oberkörper. Vielleicht hatte sie aber auch nur die Hosen zu hoch gezogen. Sie trug ihre Jeans überm Bauch, Karlheinz seine Shorts darunter. Die beiden waren drei Tage vor ihnen in ihrem neuen Haus angekommen, aber sie wirkten so, als hätten sie bereits unzählige Winter in Florida verbracht.

»Welcome«, sagte Karlheinz und drückte einen Knopf neben der Tür. Die Garagentür rumpelte nach oben. Man sah die Rückseite eines weinroten Buick. Anne stieg sehr langsam aus dem Auto, fast widerwillig.

Es war seine Idee gewesen, ihren Eltern zu folgen. Er wollte nicht wieder allein im dunklen Berlin sitzen mit seinem Vater, der nie was sagte und dann plötzlich: »AEG. Aus Erfahrung gut«, rief. Sie mussten irgendwas tun, sie waren gerade mal dreißig.

»Gelber Wagen«, sagte Karlheinz.

»Ein Mustang«, sagte Schmidt.

»Ja«, sagte Karlheinz. »Gelber Mustang.«

Anne schwieg, Gisela lächelte. Es war wie bei ihren Wochenendbesuchen in der Köpenicker Wohnung seiner Schwiegereltern, nur wärmer.

»Dann werd ich mal den Grill anwerfen«, sagte Karlheinz. »Ich hab Steaks eingelegt«, sagte Gisela.

Kammfleisch, dachte Schmidt, als er die Koffer aus dem winzigen Kofferraum seines ersten Cabrios holte. Bestimmt hatte sie Kammfleisch geholt. Weil Kammfleisch so zart wurde. Seit zehn Jahren hörte er das.

Der Boden der Eingangshalle war gefliest, das Wohnzimmer war gefliest, es gab eine offene Küche, eine Couchecke, einen großen Fernseher und einen schwarzen Esstisch mit acht schwarzen Stühlen. Es gab ein Regal, in dem ein paar Gläser standen und zehn Bücher. An den Wänden hingen drei Bilder mit schmalen Goldrahmen. Auf einem Bild sah man zwei Flamingos, auf einem einen springenden Delphin und auf dem dritten eine untergehende Sonne. Das Haus erinnerte ihn an die Kulisse von Pornofilmen, was ihn seltsam erregte.

Links und rechts gingen Zimmer ab. Es gab drei Schlafzimmer, was er aus vielen sonntäglichen Kurzvorträgen seines Schwiegervaters wusste, der etwa zweieinhalb Jahre über diesen Hauskauf nachgedacht hatte. Sie hatten einmal in Florida Urlaub gemacht und auf dem Rückflug einen deutschen Investor getroffen, der hier eine Wohnanlage baute. Sie hatten ihn anfangs Herrn Jung genannt, dann Michael Jung, später Micha und zuletzt Mike. Sie träumten davon, die Winter im Warmen zu verbringen, hatten aber nach dem 11. September erst Angst vor Arabern in Florida-Flugschulen und später politische Bedenken wegen der amerikanischen Außenpolitik. Im November, als der Euro plötzlich so stark wurde, hatten sie sich entschieden, ein Haus zu kaufen.

Im Hintergrund, in diesem schwarzen Käfiganbau, zerrte Karlheinz einen großen Grill auf Rädern über die Fliesen. Sie würden ihre Berliner Sommer im Floridawinter weiterführen. Ihr Leben würde ein endloser Köpenicker Sommer sein. Bis zum Tod.

»Es vermietet sich von allein, sagt Mike«, sagte Gisela.

»Schön«, sagte Schmidt.

»Es fehlt natürlich noch ein bisschen unsere Handschrift«, sagte Gisela.

Schmidt hätte gern gefragt, was sie damit meinte. Eines ihrer Kunstgewerbebarometer? Karlheinz' gebundene Jahrgänge der Fliegerrevue? Seinen Weltempfänger? Ihre Sammeltassen? Einen Stapel Superillu? Er schleppte die Koffer in ihr Schlafzimmer. Er hoffte, dass das Schlafzimmer seiner Schwiegereltern am anderen Ende des Hauses war. Es gab ein großes Bett und einen Spiegelschrank, eine Glasschiebetür führte zum Kastenanbau, unter dem offensichtlich der Pool versteckt war. Anne lächelte müde und setzte sich dann aufs Bett.

Er sah sie beide in der Spiegeltür des Kleiderschrankes. Ein kinderloses Paar, dem kurz nach der 30 die Energie ausgegangen war. Sie sahen aus, als kippten sie auseinander. Schmidt küsste Anne auf die Haare und machte sich auf den Weg. Er zog die Glastür auf.

Es war immer noch warm, die Grillen zirpten aus der schwarzen Steppe, die sie umgab. Es gab ein nierenförmiges Schwimmbecken und in der Ecke einen kleinen runden Whirlpool. Karlheinz bediente einen Schalter, worauf zwei Lampen im Pool angingen. Es entsprach sicher seiner Vorstellung von äußerstem Luxus, so was wie ein elektrisches Garagentor. Er war dreißig Jahre lang Flugzeugmechaniker in Schönefeld gewesen.

»Schön«, sagte Schmidt.

»Normalerweise ist der Pool beheizt, Mike sagt, das machen sie in den nächsten Wochen. Sie sind ja gerade erst fertig geworden. Das ist ja alles brandneu.«

»Na klar«, sagte Schmidt.

»Und für den Preis«, sagte Karlheinz und hantierte wieder an dem Grill herum, der aussah wie ein kleines schwarzes Kraftwerk.

»Gas«, sagte Karlheinz. »Ich war skeptisch, aber es schmeckt nicht anders als Holzkohle, es geht schnell, und man hat den Dreck nicht.«

Mit einem Fauchen sprang der Grill an. Zwei Sekunder später ging im Haus Musik an. Elvis sang »I'll be home for Christmas« vom neuen Elvis-Weihnachtsdoppelalbum, das Schmidt leider auch als Weihnachtsgeschenk für seine Schwiegereltern mitgebracht hatte. Er würde es trotzdem schenken.

»Den Baum holen wir morgen«, sagte Karlheinz.

»Ich wollte gerade fragen«, sagte Schmidt. Er sah hoch, der Mond schien durch die schwarze Gaze, die sicher vor Moskitos schützen sollte. Ihm wurde ein bisschen schwindlig. In Berlin war es nachts um halb zwei. Sein Vater hatte jetzt das kleine graue Kunstpelzschiffchen abgelegt. Er schlief. Schmidt war in Amerika, zum ersten Mal in seinem Leben. Irgendetwas musste passieren. Seine Schwiegermutter kam mit dem eingelegten Fleisch.

Später, als Anne im Bad war, schlug Schmidt in seinem alten Taschenwörterbuch nach. Oak hieß Eiche. Die drei Eichen. Wie ein deutscher Gasthof. Er suchte noch nach der englischen Entsprechung von Kammfleisch, fand aber keine und legte das Wörterbuch zu Franzens »Die Korrekturen« auf den Nachttisch, der links neben dem Bett stand. Er hörte Karlheinz leise husten und zog die Jalousien zu, aufrechte Jalousien wie beim Zahnarzt oder im Kundenberatungsraum der Sparkasse. Er blätterte ein bisschen ratlos in seiner CD-Tasche. Dann nahm er sein Buch und legte es auf den rechten Nachttisch. Er würde rechts schlafen. Anne huschte nackt an ihm vorbei, sie lächelte. Aber als er aus dem Bad zurückkam, schlief sie schon.

Schmidt klemmte die kleine Reiseleselampe am

Buchdeckel fest, um Anne nicht zu stören. Er verstrickte sich im Anfang des Romans, zu viel Landschafts- und Wetterbeschreibung, dachte er und löschte das Licht.

Am Mittag des Heiligen Abends fuhren sie zum Meer. Er hatte Robbie Williams' Swing-CD ausgesucht, die auch Annes Eltern gefallen hätte, obwohl die gar nicht mitkamen. Gisela bereitete das Essen vor, es kamen Gäste, hatte sie gesagt. Schmidt hoffte, dass es nicht die Revolverhelden aus Göttingen waren. Karlheinz holte den Baum.

Schmidt fand den Strand nicht gleich, sie irrten durch Einkaufszentren, stießen auf Mauern und Wälder, nach einer guten Stunde trafen sie auf eine kleine Bucht mit einem schmalen Sandstreifen. Es gab Palmen hier, kleine Grillplätze, einen Kiosk, ein paar Kinder badeten. Sie setzten sich auf ein Handtuch in die Sonne. Anne gab ihm seine Sonnencreme und schraubte dann ihre auf. Er hatte Sonnenschutzfaktor 15, sie nahm 45. Ihre Haut war ein bisschen heller als seine, vor allem aber wollte er braun werden. Er wollte verändert wiederkommen.

Schmidt sah auf das Meer, es sah nicht so gewaltig aus, wie er gedacht hatte. Das Wasser wirkte still, und der Strand war kieselig, wie der Strand an Binnenseen. Er zog die Hosen aus und lief bis zu den Knien ins Wasser. Es war erstaunlich warm, vielleicht würde er baden gehen, später. Das Meer sah nicht aus, als gäbe es hier Haie.

»Ist es nicht ein Wahnsinn, heute ist Weihnachten«, sagte er, als er wieder rauskam.

»Ja«, sagte Anne. Ihm fiel nichts mehr ein, er hatte sein Pulver verschossen. Er legte sich auf den Rücken und überlegte, ob Golf ein Sport für ihn wäre. Er sah in den hellblauen Himmel. Lebte Bernhard Langer an der Golfküste? Steffi Grafs Mutter? Hatten sie Versace hier begraben?

»Wir können ja nachher das Verdeck runtermachen«, sagte Anne.

Schmidt nickte. Sie machten sich gegenseitig Mut. Er dachte an eine passende CD für die Rückfahrt. Vielleicht Tom Petty. The last DJ.

Als sie zurückkamen, waren die Gäste da und der Baum geschmückt. Schmidt hatte den Eindruck, dass der Baum schwitzte. Er sah aus wie ein Pinguin in der Wüste in diesem kahlen Wohnzimmer. Gisela hatte die Kirchners eingeladen, ein vierzigjähriges Lehrerehepaar aus Rostock, die ihr Haus, Three Oaks 45, vor allem als Wertanlage betrachteten, weil sie beide noch arbeiteten. So wurden sie ihnen vorgestellt. Diese zusammengenagelten Holzhäuser in der Floridasteppe waren zu ihrem Lebensmittelpunkt geworden. Und dann war noch der Nachbar seiner Schwiegereltern da, Herr Willendorf, ein pensionierter Bauzeichner aus Oberhausen, dessen Frau am 27. Dezember nachkommen würde, weil sie Weihnachten bei den Enkelkindern verbringen wollte.

Sie hatten alle schon ein bisschen Wein getrunken und ernste Gesichter. Wahrscheinlich hatten sie gerade über die amerikanische Außenpolitik geredet. Den Weltgendarmen Bush, die Achse Paris–Berlin, nutzt uns der Franzose nur aus, pipapo. Elvis sang wieder oder immer noch. It won't seem like Christmas.

Gisela brachte eine Terrine mit Hühnerbrühe und setzte sich. Herr Willendorf faltete die Hände, aber weil niemand Anstalten machte zu beten, tat er so, als reibe er sie nur aneinander, vielleicht in Vorfreude auf die Suppe. Alles Heiden, würde er seiner Frau sagen, wenn sie am 27. von den Enkelkindern käme, dachte Schmidt und tauchte seinen Löffel in die Brühe.

»Sie werden Saddam umbringen, dieser Prozess ist doch nur eine Farce«, sagte Herr Kirchner.

»Das Todesurteil ist beschlossene Sache«, sagte Frau Kirchner.

»Ich fühl mich nicht wohl dabei«, sagte Herr Kirchner, die Hühnerbrühe glänzte auf seiner Unterlippe. »Wir haben auch lange überlegt, ob wir hier kaufen sollen, gerade in Florida, wo er doch hier zur Macht gekommen ist«, sagte Gisela. Sie redeten über Bush schon wie über Harry Potters dunklen Gegenspieler Lord Voldemort, dachte Schmidt. Niemand wagte es, seinen Namen auszusprechen.

»Und sein Bruder ist ja hier auch Ministerpräsident«, sagte Gisela.

»Gouverneur«, sagte Kirchner. Gisela wackelte mit dem Kopf.

»Die Suppe ist exzellent, Frau Papier«, sagt Frau Kirchner, um es noch schlimmer zu machen. Kümmern Sie sich am besten um den Herd, hieß das. So kämpften Frauen.

Sie würden sich irgendwann alle hassen, dachte Schmidt, ihre Häuser, das Wetter, die Ferne, den Umtauschkurs, der nur schlechter werden konnte. Wenn der Euro fiel, wurde das Benzin teurer, wenn er weiter stieg, hatten sie zu viel für ihre Häuser bezahlt.

Schmidt stellte sich vor, wie sich die Deutschen hier im Süden Amerikas bekriegen, wie sie ihre kleine künstliche Floridastadt nach und nach in Schutt und Asche legen. Es wäre eine wunderbare Reality-TV-Show fürs amerikanische Fernsehen. Man könnte sie »Das vierte Reich« nennen.

»Man soll Äpfel nicht mit Birnen vergleichen«, sagte Herr Willendorf aus Oberhausen. Er hatte sich ein bisschen bekleckert. Schmidt ahnte, wie sie Silvester hier saßen oder in irgendeinem anderen Haus, das genauso aussah wie das, mit Papphüten und Tischfeuerwerk. Er hätte seinen Vater mitbringen können. Er hätte das Pelzschiffchen auf dem Kopf behalten können, es gab ja auch einen Weihnachtsbaum.

»Wer wird denn gleich in die Luft gehen. Greife lieber zur HB!«, hätte sein Vater gerufen, und es wäre nicht sinnloser gewesen als all das andere Gerede.

»Mir kann niemand erzählen, dass sie Saddam zufällig so kurz vor Weihnachten gefangen haben«, sagte Frau Kirchner. Anne sah traurig in die Suppe, er berührte ihr Bein unterm Tisch. Sie zog es weg.

»Wir waren heute am Meer«, sagte Schmidt. Die anderen sahen ihn an, als gefährde er mit seiner Naivität den Weltfrieden. Dabei wussten die Kirchners noch nicht mal, dass er einen Ford Mustang fuhr. Ein Cabriolet, gelb.

Schmidt dachte an das kleine quadratische Päckchen mit der Elvis-Weihnachts-CD, das er seinen Schwiegereltern heute Abend überreichen würde, obwohl sie sie schon hatten. Er hatte sie im Saturn am Alexanderplatz gekauft, er hatte sie in der Kaufhof-Geschenkabteilung einwickeln lassen, dann war das Paket acht Stunden lang über den Atlantik geflogen und nochmal zwei Stunden lang in einem gelben Cabriolet unterwegs gewesen. Er hatte versucht, Elvis nach Amerika zu bringen.

Draußen fiel ein Schuss, dann noch einer. Dann war es still. Sie sahen sich erschrocken an. Schmidt dachte an die beiden Wachmänner aus Göttingen. Es war Heiligabend, Steinmetz und Walligura hatten gerade den dritten Weltkrieg angefangen. Schmidt sehnte sich nach Schnee. Und er sehnte sich nach Wärme, damit sie mit offenem Verdeck fahren konnten. Es sollte gut werden.

DER SPRECHER

Ich gehe mit Pieck raus«, sagte Petzold. Seine Frau schwieg.

Er stand mit seinem Hund, einem vierjährigen Beagle namens Pieck, in der Küchentür, Cathrin stand am Herd, wo sie die Fischsuppe vorbereitete, von der sie behauptete, er würde sie lieben. Eines der vielen Missverständnisse ihrer Ehe, das er nicht mehr ausräumte. Er hasste Fisch. Er fuhr auch nicht gern Ski, obwohl sie jedes Jahr – seinetwegen – einen Winterurlaub buchte. Er mochte die Holzfällerhemden nicht, die sie ihm zum Geburtstag schenkte. Er sah in den dicken Hemden aus wie jemand, der in einen reißenden Fluss gefallen, von einem Wildhüter gerettet, getrocknet und notdürftig eingekleidet worden war. Er mochte keine Cargo Pants, keine Uhren mit Stoppfunktionen, und auf keinen Fall mochte er Rucksäcke, mit denen er in sein Büro am Potsdamer Platz aufbrechen sollte, als wolle er die Eiger-Nordwand bezwingen. Wenn man alle ihre Geschenke nebeneinanderlegte, ahnte man, welche Art Mann Cathrin gern hätte. Eine Art Indiana Jones.

Cathrin kannte ihn nicht, und er hatte keine Lust, sich ihr nach all den Jahren noch einmal vorzustellen. Sie hatte ihn gehört, er war sich sogar sicher, dass sie ihn aus dem Augenwinkel sah, es musste so sein, aber sie schwieg. Er wusste nicht, wann das angefangen hatte: die kleinen Verletzungen, die sie sich zufügten, die winzigen Terrorakte, die sie aneinander begingen. Vor ein oder zwei Jahren vielleicht, die Zeit raste. Manchmal, wenn sie Gäste hatten, fehlte beim Abendessen auf seinem Platz die Gabel oder das Messer, manchmal auch beides. Alles andere war perfekt eingedeckt. Er salzte dann das Essen nach, das sie gekocht hatte, bevor er überhaupt kostete, weil er wusste, wie sie das hasste.

Petzold stand noch einen Moment in der Tür. Pieck tippelte. Sollte er einen Abschiedsgruß einfordern? Er entschied sich dagegen.

Lars Petzold fühlte sich erleichtert, als er in die Heilige Nacht trat, nicht gedemütigt. Er hatte gelogen, sie waren quitt. Er wollte nicht mit Pieck ums Haus gehen. Oder nicht in erster Linie. Er wollte sich an dem kleinen Kiosk an der Raoul-Wallenberg-Straße eine Zigarette holen. Der Vietnamese, der den Kiosk betrieb, Herr Wang, wie sie ihn nannten, verkaufte einzelne Zigaretten. Ein schöner Brauch, wie für ihn gemacht. Petzold hatte nach dem WM-Finale aufgehört zu rauchen. Sie hatten das Spiel bei Weinholds im Garten gesehen. Er hatte acht Zigaretten geraucht. Eine in der ersten Halbzeit, drei in der zweiten, vier in der Verlängerung. Cathrin hatte ihn angesehen wie einen Drogenkranken. Später hatte sie in der großen Runde die Schauspielerin Heike Makatsch zitiert, die irgendwann festgestellt haben sollte, dass nur Idioten jenseits der 30 weiterrauchen. Alle hatten genickt, als sei Heike Makatsch eine Art Weltgeist.

»Lars ist 42«, hatte Cathrin gesagt und ihn dabei angelächelt, wie Kathleen Turner in »Der Rosenkrieg« Michael Douglas anlächelte, bevor sie ihm die Pastete reichte, die sie aus seinem Hund gemacht hatte. Wuff.

Er hatte ihretwegen aufgehört. Nicht um ihr einen Gefallen zu tun, sondern um ihr ein Argument zu stehlen. Ende August, etwa fünf Wochen nach dem WM-Finale, hatte er sich die erste Zigarette bei Wang geholt, der Tag und Nacht in dem kleinen Kiosk an der Raoul-Wallenberg-Straße saß wie in einem Pförtnerhäuschen. Seitdem war er regelmäßiger Gast. Er hatte Herrn Wang davon überzeugt, neben Pall Mall auch rote Marlboro im Einzelverkauf anzubieten. Die einzelne Zigarette war so natürlich teurer, und es war auch nicht klar, aus welchen Quellen Wang sie bezog, aber er rauchte weniger so. Und es war aufregender.

Er lief mit Pieck durch den Garten, am dunkelroten Mitsubishi Lancer von Friedrichs und dem weißen Polo der Schradern vorbei, die sie dort wegen der Montagsdemos gegen das Flüchtlingsheim abgestellt hatten. Friedrichs machten eine Mittelmeerkreuzfahrt, die Schradern war über Weihnachten und Neujahr bei ihrer Tochter in der Schweiz. Sie mussten zwei Montagsdemos überbrücken. Man wusste nie, wann etwas aus dem Ruder lief, und bei ihnen im Garten standen die Wagen sicher. Petzold selbst hatte kein Auto.

Er entriegelte das Gartentor, trat auf die Straße, lief aber nicht nach links zu den Zehngeschossern, wo Wangs Kiosk stand, sondern nach rechts in die Eigenheimsiedlung, die das ostdeutsche Wohnungsbauprogramm aus irgendeinem Grund überlebt hatte. Er wusste nicht, ob Cathrin aus dem Panoramafenster guckte und überprüfte, wo die Reise hinging. Ihr Garten grenzte direkt an die Neubauwüste von Marzahn, seine Schwiegereltern hatten hier noch auf dem Dorf gelebt. Er kannte die Geschichten nur vom Hörensagen, er selbst war in Weißensee groß geworden, Altneubau. Er hatte sich mit seinem Bruder ein halbes Zimmer geteilt, wie sie das nannten, was seiner Frau das Gefühl gab, er habe in den Adel eingeheiratet. Cathrin betrachtete sich allen Ernstes als gute Partie, weil sie auf diesem Marzahner Laubengrundstück aufgewachsen war.

Durch die Hochhäuser, die sie einkreisten wie eine Gruppe entflohener Sträflinge, sahen die Einfamilienhäuser noch bedauernswerter aus. Seltsamerweise hatten die meisten Häuschenbesitzer hier draußen dennoch den Eindruck, sie würden mit ihren Buden auf einer Ölquelle sitzen. Guido Weinhold hatte ihm neulich bei Kaiser's mitgeteilt, er habe nichts gegen die Flüchtlinge persönlich, er habe aber etwas dagegen, dass der Wert seines Grundstücks verfalle. Sie standen am Weinregal, Weinhold betrachtete eine Flasche Bordeaux für 3,99, als habe er sie im Keller eines verfallenen Weinguts in Saint-Émilion entdeckt.

Lars Petzold war, am Weinregal von Kaiser's, der schwarze New Yorker Regisseur Spike Lee in den Sinn gekommen, dessen Eltern mit ihm in eine Gegend gezogen waren, wo italienische Einwandererfamilien lebten. Die weißen Nachbarn, denen es auch nicht so besonders gut ging, waren in Panik verfallen, weil sie dachten, ihre Reihenhäuschen würden nun an Wert verlieren. Petzold hatte es nicht gesagt, weil man einen Banausen wie Guido Weinhold nicht mit Spike Lee beeindrucken konnte und er das unbestimmte Gefühl hatte, einer Diskussion über Fremdenhass in einer Marzahner Kaufhalle nicht gewachsen zu sein.

Es war ein vertrautes Gefühl. Er kannte es aus seiner Ehe und von seinem Beruf.

Petzold machte Öffentlichkeitsarbeit für die Deutsche Bahn. Er war einer von vier stellvertretenden Sprechern. In dem Beruf konnte er praktisch nie sagen, was er dachte. Er mochte diesen verrückten Sachsen von der Eisenbahnergewerkschaft, und er hasste Hertha BSC, dessen Trikotsponsor die Bahn war.

Der Sportplatz am Ende der Eigenheimsiedlung war beleuchtet und bewacht. Hier sollte ein Flüchtlingsheim hingebaut werden. Auf dem Platz war seit Jahren kein Sport mehr getrieben worden, er war zugewachsen, verkrautet und von Hunden flächendeckend vollgekackt, unter anderem von Pieck. Es war absurd, dass dort drei Polizisten standen. Sie bewachten einen Hundekackplatz in Marzahn.

Petzold ließ Pieck in einem Anfall von Respektlosigkeit laufen. Der Hund schoss zwischen den Polizisten hindurch und hockte, von Scheinwerfern beleuchtet, in der Mitte des Platzes, auf dem demnächst ein Flüchtlingsheim gebaut werden sollte. Ein kackender Hund auf einer Art Gefangeneninsel, sehr wertvoll oder sehr gefährlich. Die Polizisten sahen ihn schläfrig an. Die Flüchtlinge würden sich hier gleich wie zu Hause fühlen.

»Komm, Pieck«, rief Petzold nach einer Weile.

»Der pikt, der beißt nicht«, sagte einer der Polizisten.

»Wie wir«, sagte ein zweiter. Sie grinsten.

»Nee, nee, Pieck mit ck,«, sagte Petzold. »Wie Wilhelm Pieck.«

»Wat?«, fragte einer der Polizisten.

»Der erste Präsident der DDR«, sagte Petzold. Er hatte den Hund so genannt, weil er eigentlich keinen Hund gewollt hatte. Aber Cathrin hatte ihn eher mit Hund gesehen, so wie sie ihm einst vorgeschlagen hatte, ein Barett zu tragen, als sei er Mitglied der Schweizergarde. Sie hatten keine Kinder. Wenn schon einen Hund, dann einen mit einem ironischen Namen. Er hätte ihn natürlich auch Honecker nennen können oder Ceauşescu, aber das wollte er dem Hund nicht antun. Wilhelm Pieck galt als der letzte liebenswerte DDR-Politiker. Petzold konnte das nicht einschätzen, weil er erst lange nach Piecks Tod geboren worden war, aber auf den Fotos sah der Mann nett aus. Außerdem gab es ein langes i in Pieck. Hunde mochten ein i im Namen, hieß es.

»'n Osthund«, sagte einer der Polizisten.

»War ja nich allet schlecht«, sagte der andere.

Petzold klickte Piecks Hundeleine ein und lief den Weg zurück. Er hörte sie im Hintergrund lachen.

Wangs Kiosk leuchtete einladend aus den Neubaublöcken hervor. Eine kleine Insel, eine Krippe in Marzahn, dachte Petzold. Pieck hüpfte die Treppen zum Kiosk hinauf. Er kannte den Weg, wahrscheinlich rauchte Petzold mehr, als er sich eingestand. Der Laden war leer bis auf einen Mann in einer schwarzen Lederjacke und Herrn Wang natürlich, der zwei Taschenfläschchen Wodka aus dem Regal fischte und sie auf den Tresen stellte. Der Mann stopfte die Fläschchen in die Taschen seiner Lederjacke. Auch eine Art Bescherung, eine andere. Auf dem Verkaufstresen blinkte ein kleiner Weihnachtsbaum. Der Mann in der Lederjacke hustete und ging. Petzold sah ihm nach, und als er sich wieder zu Wang umdrehte, lag eine Zigarette neben dem Weihnachtsbaum. Eine Marlboro. Wang kannte die heimlichen Bedürfnisse der Marzahner. Die Frage war, ob es ein Vorteil für ihn wäre, wenn die Radikalinskis da draußen einmal an die Macht kämen.

»Flohes Fest«, sagte Wang.

»Ihnen auch, Herr Wang«, sagte Petzold.

»Wang?«, fragte der Mann.

Petzold schwieg betreten. Solche Sachen passierten ihm selten. Als Sprecher sagte man immer weniger, als man wusste, nie mehr. Und als stellvertretender Sprecher sagte man praktisch gar nichts. Wang wusste alles über seine Sucht, er kannte nicht mal seinen Namen. Wahrscheinlich kam er gar nicht aus Vietnam. Korea wäre eine Möglichkeit, dachte Petzold, Japan eher nicht. Wobei selbst dieser Gedanke höchstwahrscheinlich rassistisch war. Petzold fiel das Youtube-Video eines koreanischen Komikers ein. Der hatte gesagt, Vietnamesen sprächen wie schwule Koreaner, die zu viel Gras geraucht haben. Eine Information, mit der er im Moment nicht viel anfangen konnte.

Er war gefüllt mit unnützem Wissen, das er in Tausenden müßigen Bürostunden gesammelt hatte. Er hätte Herrn Wang sämtliche Hai-Attacken der amerikanischen Ostküste aus den letzten zehn Jahren aufzählen oder auf der Stelle zeigen können, wie Matt

Damon in der David-Letterman-Show Matthew McConaughey nachmachte.

»Geben Sie mir doch ausnahmsweise zwei, weil Weihnachten ist«, sagte Petzold.

Er steckte sich eine Zigarette hinters Ohr und nahm noch eine Orange, die er später essen würde, um nicht nach Rauch zu riechen. Als er bezahlen wollte, schüttelte der Mann nur den Kopf, lächelte und sagte: »Weil Weihnachten ist.«

Petzold wurde rot. Er hatte nichts dabei, was er dem Mann zurückschenken konnte. Außer Pieck, aber das wäre auch missverständlich gewesen. Aßen Vietnamesen nicht Hunde?

»Danke«, sagte Petzold.

Er steckte sich die Zigarette gleich vor der Tür an, blies den Rauch in die Heilige Nacht und stieg die Treppe hinab auf die Raoul-Wallenberg-Straße, immer noch in Gedanken in der rätselhaften asiatischen Welt. Vielleicht sollten sie den Winterurlaub canceln und lieber nach Vietnam fliegen. Dann hätte er im Kiosk ein bisschen Gesprächsstoff, vorausgesetzt, Wang war kein Koreaner. Petzold war so in Gedanken, dass er die Frau fast umgerannt hätte.

»Oh«, sagte er.

»Frohe Weihnachten«, sagte die Frau, die aus irgendeinem Grund ein Mikrofon in der Hand hielt.

»Ihnen auch«, sagte Petzold.

»Wir sind von der Berliner ›Abendschau‹«, sagte die Frau. »Wir würden gern wissen, was sie über die Flüchtlingslage in Marzahn denken.«

Petzold bemerkte jetzt die beiden Männer, die im

Schatten der Frau standen, einer hielt eine Kamera, einer fummelte an einem Kasten herum. Er sah den Gesichtsausdruck der Frau, diesen aufgeschlossenen Fernsehreportergesichtsausdruck, den er von seiner Arbeit kannte und fürchtete, er sah die rote Lampe auf der Kamera leuchten, er sah den Wodkamann in der schwarzen Lederjacke im Hintergrund wegwackeln und konnte sich in etwa vorstellen, was der dem Fernsehpublikum am Heiligen Abend über die Flüchtlingslage in Marzahn mitgeteilt hatte. Er nahm das alles gleichzeitig wahr. Er spürte, wie er sich automatisch, im Bruchteil einer Sekunde, in seine Pressesprecherposition hineinversteifte, was schwierig war, weil er in der einen Hand die Hundeleine hielt, an der Pieck zerrte, und in der anderen eine Zigarette.

Petzold, der stellvertretende Pressesprecher der Deutschen Bahn, rauchte im deutschen Fernsehen. Er fragte sich, wann er zum letzten Mal einen Mann im Fernsehen hatte rauchen sehen. Helmut Schmidt, dachte er. Und davor César Luis Menotti, Trainer der argentinischen Nationalmannschaft. 1978 war er sechs gewesen. Menotti, das hatte er vor ein paar Monaten in einem Magazin gelesen, hatte allerdings vor ein paar Jahren mit dem Rauchen aufgehört. Blieben er und Schmidt. Schmidt war tot, er hatte in Hamburg gewohnt und, soweit er wusste, keinen Hund besessen.

Er war allein, dachte Lars Petzold. Er würde sein eigener Sprecher sein.

Cathrin Petzold wartete fünf Minuten, bis sie sicher war, dass ihr Mann wirklich weg war und nicht heimlich zurückkam, weil er irgendetwas vergessen hatte. Dann goss sie sich ein Glas Weißwein ein. Mit dem zweiten ging sie ins Wohnzimmer. Sie sah aus dem Panoramafenster, wo die Autos ihrer ängstlichen Nachbarn parkten. Es gab keinen unschuldigen, unverstellten Blick mehr in die Welt. Sie war hier eingepanzert. Sie war ihr Leben lang nicht aus ihrem Kinderzimmer herausgekommen. Eine Weile hatte sie gehofft, Lars würde sie aus der Vorstadthölle befreien, aber er hatte sich hier eingerichtet. Er redete sich sein Leben schön. Sie hatte einen Pressesprecher geheiratet, das hatte seinen Preis. Sie drehte sich weg und schaltete den Fernseher ein.

In der »Abendschau« erzählten sie, dass es keine weiße Weihnacht geben würde, eine Nachricht, mit der sie seit Wochen belästigt wurde. Immer redeten sie über Träume, die sich nicht erfüllten, als hätte sie nicht genug eigene. Sie ging in die Küche, drehte das Gas unter der Fischsuppe aus, die ihr Mann seit Jahren einforderte, obwohl sie lieber Würstchen und Kartoffelsalat gegessen hätte wie früher. Sie schenkte sich Wein nach, ging ins Wohnzimmer zurück, wo gerade so ein Bilderbuchostdeutscher in verschossener Lederjacke über die Ausländerflut herzog.

Ick habe persönlich nischt gegen Ausländer, aber wir ham ja wohl auch jenuch eigene Probleme hier undsoweiterundsofort. Cathrin Petzold konnte sie nicht mehr hören, weder die Typen in den Lederjacken noch die bescheuerte Schrader, die sich mehr um ihren Kleinwagen sorgte als um ausgebombte Syrer. Und schon gar nicht die idiotischen Lokalpolitiker, denen es nur darauf ankam, keine Fehler zu machen. Genau wie Lars. Sie nahm einen Schluck Wein gegen die Bitterkeit. Dann war die Reporterin zu sehen, so eine blonde Enddreißigerin, die, wenn sich Cathrin Petzold nicht täuschte, auch schon was an der Nase hatte machen lassen. Ihr betroffener Gesichtsausdruck kommentierte die Worte des Lederjackenträgers.

»Wir sind hier im Stadtbezirk Marzahn, wo es in den letzten Wochen immer wieder Proteste gegen ein geplantes Flüchtlingswohnheim gibt«, sagte die Frau, und plötzlich erkannte Cathrin Petzold, wo sie stand. Vor dem Kiosk an der Raoul-Wallenberg-Straße, keine zweihundert Meter von ihrem Gartenzaun entfernt. Es gab ein paar Archivbilder von der ersten großen Demonstration, ein paar Wochen war das her, riesige Polizeiaufgebote hatten das Wohngebiet in eine Art Bürgerkriegszone verwandelt, man sah ein paar Neonazis und viele aufgebrachte Bürger, dazu spielte ein Cello. Dann wieder die Reporterin.

»Wir wollen in der Heiligen Nacht, die ja in unserem Kulturkreis wie keine andere Nacht daran erinnert, dass man notleidenden Menschen eine Unterkunft bieten soll, ein paar Marzahner Bürger nach ihren Gedanken fragen«, sagte die Frau.

»Aus welchem Kulturkreis kommst du denn, du doofe Kuh? Aus Schöneberg? Aus Prenzlauer Berg?«, fragte Cathrin Petzold. Sie schüttelte den Kopf. Sie redete mit dem Fernseher. Am Heiligen Abend redete sie mit dem Fernseher.

»Da kommt ja schon wieder jemand«, sagte die Reporterin.

Die Kamera schwenkte, und in das biblische Bild trat zunächst Cathrin Petzolds Hund und dann ihr Mann. Lars trug ein Sweatshirt von Hertha BSC und hielt eine Zigarette in der Hand. Eine brennende Zigarette. Er blinzelte in die Kamera wie ein Maulwurf und wackelte mit den Schultern, wie er es tat, wenn er im Begriff war, etwas Grundsätzliches zu sagen.

Cathrin Petzold stürzte das Glas Wein hinunter, rannte in die Küche und kam mit der Flasche zurück.

»Was hat denn der Heilige Abend damit zu tun?«, fragte ihr Mann gerade. Hinter seinem Ohr steckte eine weitere Zigarette.

»Nun«, sagte die Frau. »Damals waren Joseph und Maria auf der Suche nach einer Herberge.«

»Und da dachten Sie, wir gehen mal nach Marzahn, weil hier noch eine Windmühle rumsteht und es jede Menge garstige Landbevölkerung gibt?«

»Wow«, sagte Cathrin Petzold.

»Nein, nein. Wir sind bei Ihnen, weil sich die Menschen hier offenbar so schwer mit dem Gedanken tun, Flüchtlinge aus Bürgerkriegsgebieten aufzunehmen«, sagte die Reporterin.

»Und jetzt wollen Sie wissen, wie ich da ins Bild passe?«, fragte Lars und zog an seiner Zigarette. Er zog wirklich an der Zigarette. Er blies den Rauch in den Himmel. Er hat den Verstand verloren, dachte Cathrin Petzold. Seltsamerweise stand ihm das. Er sah aus, als sei er einem alten französischen Film entstiegen. Wenn sie von dem furchtbaren Hertha-BSC-Sweatshirt absah.

»Zum Beispiel«, sagte die Frau.

»Gar nicht. So leid mir das für Sie tut. Ich finde es richtig, dass wir uns um Flüchtlinge kümmern. Nicht nur zu Weihnachten. Ich finde auch nicht, dass man die Stadtbezirke gegeneinander ausspielen sollte. Am Ende ist es ja egal, wer hilft, Hauptsache, wir helfen. Wir haben ja hier genug Platz, wahrscheinlich mehr als Sie«, sagte Lars.

»Ich?«, fragte die Reporterin.

»Ja, Sie, wo wohnen Sie denn?«, fragte Lars Petzold.

Seine Frau nickte.

Der Mund der Reporterin stand offen. Sie hatte eindeutig etwas an der Nase machen lassen, dachte Cathrin Petzold. Sie hatte diese kleinen Löcher neben den Nasenflügeln.

»Ist ja eigentlich auch egal. Ich komme ursprünglich aus Weißensee und arbeite in Mitte«, sagte Petzold.

»Ach«, sagte die Frau vom Fernsehen.

»Ich könnte auch woanders wohnen, aber jetzt wohne ich nun mal hier. Hat sich so ergeben. Ich glaube nicht, dass unsere Immobilienpreise wegen der Flüchtlinge fallen könnten, weil ich nicht den Eindruck habe, Leute wie Sie suchen ein Grundstück in Marzahn. Ich habe auch keine Angst um meinen Hund. Kinder und Autos habe ich nicht. Ich finde es aber ein bisschen seltsam, dass der alte Sportplatz, wo das Heim gebaut werden soll, jetzt schon von der Polizei bewacht wird. Ich war gerade mit meinem Hund da. Er heißt Pieck. So wie der erste Präsident der DDR.«

Der Kameramann schwenkte auf den Hund. Pieck saß still da. Er sah gut aus. Cathrin Petzold lächelte.

»Er ist vier Jahre alt, und ich wollte ihn eigentlich nicht. Aber meine Frau sagt, er passt zu mir.«

Der Kameramann schwenkte zur Reporterin. Sie nickte, aber ihr Blick war leer. Die Kamera schwenkte zurück zu Lars.

»Ich will jetzt nicht zu philosophisch werden. Aber es gibt so viele Missverständnisse. Sehen Sie, ich esse heute Abend Fischsuppe, obwohl ich Fisch gar nicht mag. Meine Frau weiß das nicht, oder sie hat es vergessen. Ich mag auch Hertha BSC nicht, obwohl ich diesen Pullover hier trage. Und ich habe im Sommer aufgehört zu rauchen«, sagte er, zog an seiner Zigarette und schnippte sie dann in die Nacht. »Gleich nach dem WM-Finale.«

»Herzlichen Glückwunsch«, sagte die Reporterin, sie drückte auf den Knopf im Ohr, aus dem es offensichtlich neue Nachrichten gab.

»Wissen Sie eigentlich, wer Raoul Wallenberg war?«, fragte Petzold und zeigte auf das Straßenschild über ihnen.

»Nein«, sagte die Reporterin. »Und mit diesem Geständnis geben wir zurück ins Studio.«

Der Moderator der »Abendschau« saß in seinem Studio und lächelte. »So viel zur Heiligen Nacht im schönen Stadtbezirk Marzahn. Wir zeigen Ihnen jetzt eine kleine Reportage über die traditionelle Weihnachtsrundfahrt von Berliner Motorradfahrern. Und anschließend verraten wir Ihnen dann, wer Herr Wallenberg war.« Cathrin Petzold saß in ihrem Wohnzimmersessel und überlegte, ob sie das Gas unter der Fischsuppe wieder andrehen sollte.

»Wallenberg war ein schwedischer Geschäftsmann, der im Zweiten Weltkrieg vielen Juden in Ungarn das Leben rettete«, sagte Lars Petzold. »Anschließend haben ihn dann die Russen verschleppt. Man hat ihn nie gefunden.«

»Wir sind nicht mehr auf Sendung«, sagte die Reporterin. Sie nahm den Knopf aus dem Ohr. All ihre Straßenreporteraufgeschlossenheit hatte sie verlassen.

»Ja, dann«, sagte Petzold.

Er spürte eine leichte Enttäuschung, er hätte gern noch ein bisschen weitergeredet. Er hätte von den Autos in ihrem Vorgarten erzählen können und von Spike Lees Kindheitserfahrungen in Brooklyn. Er hätte von Herrn Wang erzählen können und von seinen Schwiegereltern, die hier einst auf dem Land lebten. Die Zeiten änderten sich. Es tat gut, endlich zu sagen, was er dachte. Vielleicht war die Wallenberg-Frage ein bisschen zu viel gewesen. Er wollte nicht recht haben, darum ging es nicht, er wollte auch nichts beschönigen. Er wollte nur endlich einmal sagen, was er dachte. Vielleicht kippte er nach all der Depression in dem doofen DB-Glasturm und in seinem Wohnzimmer in eine manische Phase.

»Ich wohne übrigens in Pankow«, sagte die Frau.

»Da ist es ja auch schön«, sagte Petzold. »Frohe Weihnachten.«

»Frohe Weihnachten«, sagte die Frau.

»Eisern Union«, sagte der Kameramann.

»Ja«, sagte Lars Petzold, der auch den 1. FC Union nicht sonderlich mochte. Schon allein weil Guido Weinhold so ein eingefleischter Union-Fan war. Die

Geschichten vom sagenhaften Weihnachtssingen der Union-Gemeinde konnte er nicht mehr hören. Für Weinhold war das doch auch nicht viel anders als die bescheuerten Montagsdemos. Immer auf der richtigen Seite stehen, am besten mit einer Kerze in der Hand. Aber es war genug jetzt. Genug Ehrlichkeit für einen Tag.

»Komm, Pieck«, sagte er.

Sie liefen am Zehngeschosser vorbei. Die kleine Siedlung am Ende der Straße sah von hier aus ziemlich einladend aus. Petzold dachte an die Autos in seinem Vorgarten. Friedrichs Lancer und der Polo von Frau Schrader. Die mussten sofort weg. Er würde einen Abschleppwagen bestellen. Man musste den Anfängen wehren. Dann aber fiel ihm das Interview mit Joni Mitchell ein, das er vor ein paar Tagen gelesen hatte. Sie hatte sich ziemlich über die moderne Musik aufgeregt, aber am Ende hatte sie etwas Interessantes über Männer und Frauen gesagt. Wenn jemand Probleme hat, bieten Männer sofort Lösungen an, Frauen aber fühlen erstmal mit. Männer sagen: So! Frauen sagen: Oh! Das war die Quintessenz der Erzählung von Joni Mitchell.

Lars Petzold blieb stehen. Er fühlte sich nicht schlecht und hätte das Gefühl gern mit seiner Frau geteilt. Aber wie? Er zog die Zigarette hinter seinem Ohr hervor und drehte sie zwischen Daumen und Zeigefinger. Erstmal die Fischsuppe, dachte er. Dann sehen wir weiter.

Cathrin Petzold saß ein paar Minuten still in ihrem Wohnzimmersessel. Auf dem Fernsehbildschirm fuhren irgendwelche Berliner Rocker, die sich als Weihnachtsmänner verkleidet hatten, über den Kudamm. Alle verkleideten sich. Jeder wollte jemand anders sein. Sie schaltete den Fernseher aus.

Dann stand sie auf und suchte den alten Aschenbecher, den Lars so gemocht hatte.

HINTER GLAS

Am 23. Dezember, kurz nach sechs, fand Robert Reiter doch noch eine Verbindung, die eine Weltumrundung unter 2500 Euro möglich machte. Der Flug von Northwest Airlines leuchtete auf seinem Flachbildschirm auf wie ein Weihnachtsgeschenk. Reiter musste zweimal hinschauen, um glauben zu können, was er sah. Northwest schloss die Lücke zwischen New York und Seoul mit einem Angebot, das etwa 800 Dollar unter dem von American Airlines lag, dem nächstgünstigeren. Es gab zwei Zwischenstopps, und wie so oft erkannte Reiter kein System hinter dem Flugpreis. Er fühlte sich ohnmächtig, wenn er daran dachte, aber letztlich basierte auf dieser Ohnmacht seine gesamte Geschäftsidee.

Noch vor einer Stunde hatte Northwest sowohl bei Expedia als auch bei Travelocity auf der Route New York-Seoul im Mittelfeld gelegen, ein bisschen günstiger als Korean Air und ein bisschen teurer als Singapore Airlines, aber keineswegs geeignet, die Weltreise auch nur unter den Preis von 3000 Euro zu drücken. Und nun das. Vielleicht war irgendjemand in der Chefetage von Northwest Airlines in Detroit nach dem fünften Weihnachtspunsch versehentlich auf den Zentralcomputer gefallen, zusammen mit seiner Chefsekretärin. Reiter schrieb die Verbindungsflüge in die Weltumrundungsgrafik, die er auf seinem Schreibtisch ausgebreitet hatte. Dann rieb er sich die Hände, die ein bisschen klamm waren, weil die Zeitschaltung die Ladenheizung bereits für die Feiertage drosselte.

Robert Reiters Weltreisender würde am 2. Februar mit Continental aus Panama City kommend in New York eintreffen, wo er vier Stunden Aufenthalt hatte, bevor sein Northwest-Flug nach Detroit aufbrach, von da flog er weiter nach Minneapolis. Hier musste der Weltreisende übernachten, was zwar nicht optimal war, andererseits konnte das Wetter in Minnesota im Winter unberechenbar sein, und ein Zeitpuffer war gar nicht schlecht. Am 3. Februar ging es dann von Minnesota nach Sacramento, von da nach Los Angeles, wo zwei Tage Zeit blieb, sich die Stadt anzusehen, und schließlich am 5. Februar über die Datumsgrenze hinweg nach Seoul, Südkorea. Ursprünglich hatte Reiter vorgehabt, Hawaii in seine Weltreise einzubinden, einfach weil es gut klang, aber das schien finanziell nicht machbar. Vielleicht ergab sich zwischen den Jahren noch etwas, ihn drängte ja nichts. Robert Reiter arbeitete hier für einen virtuellen Weltreisenden, niemand hatte ihn gebeten, eine Erdumrundung für unter 2500 Euro zu organisieren. Es war ein Gedankenspiel, wie sein gesamtes alternatives Reisebüro ein Gedankenspiel war, wenn man es genau nahm.

Reiter war immer gern gereist, und weil er lange Zeit praktisch arbeitslos war, musste er auch immer aufs Geld achten. Aus der Not und der Leidenschaft hatte er eine Geschäftsidee entwickelt, die Herrn Kullmann, seinen Finanzberater von der Berliner Sparkasse, sofort überzeugt hatte. Herrn Kullmann war auch gleich ein Name für das Unternehmen eingefallen: Reiters Reisen.

Das war 2006 gewesen.

Sie hatten an Kullmanns Schreibtisch in einem Großraum der Berliner Sparkassenzentrale gesessen, unten auf dem Alexanderplatz hatten sich die Farben deutscher und argentinischer Fußballfans gemischt, die sich auf das Weltmeisterschaftsspiel ihrer Mannschaften vorbereiteten, die Sonne hatte geschienen, und für einen Moment hatte es so ausgesehen, als sei Reiters Reisen eine Idee, mit der sowohl Robert Reiter als auch Axel Kullmann endlich losfliegen konnten, abheben. Die Welt kam nach Berlin, da lag es nahe, dass Berlin auch bald in die Welt aufbrechen würde.

»Klinsmann hat auch einen Neuanfang gewagt«, hatte Kullmann gesagt, und es hatte, auch wenn man sich das heute kaum noch vorstellen konnte, vernünftig geklungen.

Robert Reiter sah aus dem Schaufenster, wo ein Paar stehen geblieben war, um eines seiner Angebote zu studieren, von hier sah es so aus, als sei es die Rundreise durch die Hauptstädte aller 15 ehemaligen Sowjetrepubliken, die Reiter vor drei Wochen eingefallen war. Die beiden Menschen auf der anderen Seite des Glases sahen nicht so aus, als würden sie sich für Dushanbe, Baku oder Tallinn interessieren, der Mann wollte weiter, doch die Frau blieb noch stehen, aber sicher nicht wegen Alma Ata, sondern weil sie ihrem Mann beweisen wollte, dass sie nicht alles mitmachte. Reiter dachte daran, dass drei der neun Fluggesellschaften, die den Transport der Sowjetreise übernehmen würden, auf dem Index einer französischen Flugsicherheitsstudie standen. Bislang war er nicht in die Verlegenheit gekommen, dies einem Kunden zu gestehen. Seine Kunden hatten meist ein generelles Interesse, kein konkretes. Manchmal dachte er, dass sie sich am meisten dafür interessierten, wie lange er wohl durchhielt.

Die Frau sah in den Laden, er lächelte sie an, sie lächelte zurück, entschuldigend, und dann zog sie ihr Mann weiter.

Natürlich hätte Reiter früher misstrauisch werden müssen, schließlich hatte ihm Kullmann vor sieben Jahren mit ähnlicher Begeisterung empfohlen, seine Ersparnisse in Aktien von Firmen anzulegen, die sexy klangen, wie es Kullmann ausdrückte. Reiter hatte nicht gewusst, was diese Firmen eigentlich machten, aber ein Jahr später war es dann egal gewesen. Pixelpark, DoubleClick, Net2Phone und Vignette waren den Weg gegangen, den die Informationsillustrierte TANGO gegangen war und den wahrscheinlich auch das alternative Reisebüro Reiters Reisen einschlagen würde. Vielleicht lief sein Leben so wie der Neue Markt, dachte Reiter, auch nicht zum ersten Mal.

Er war jetzt 38 Jahre alt. Nach einem abgebrochenen Journalistikstudium hatte er eine Stelle in der Cottbuser Bezirksredaktion der Nachrichtenagentur ddp ergattert, kurz bevor sich die Cottbuser ddp-Bezirksredaktion auflöste, zwei Jahre lang hatte er für einen Senftenberger Videovertrieb Werbebroschüren betextet, bevor ihn ein Studienkumpel für den Job in der

Außenpolitikredaktion der Informationsillustrierten TANGO empfahl. Reiter hatte zwar keine Ahnung von Außenpolitik, aber das schien den Männern, die sein Einstellungsgespräch führten, ganz genauso zu gehen, und wenig später gab es dann TANGO auch nicht mehr. Reiter dachte kurz daran, nach Cottbus zurückzugehen, aber in Berlin wurde gerade der Reichstag verhüllt, es war ein schöner Sommer, Aufbruch lag in der Luft, und so wartete er erstmal ab, wohin das alles führte.

Reiter arbeitete in verschiedenen Journalistenbüros mit Namen wie Schreibmaschine, Tintenfabrik, Nachrichtenfieber und Druckerkolonne. Meistens verloren die Journalistenbüros schnell ihren Schwung, nachdem der Name gefunden war. Reiter schrieb ein paar fröhliche Texte über die Treffen von Eisenbahnfans, die Einweihung von Rollschuhbahnen, Wellnesshotels, Golfkurse und Naturparks, meist in Brandenburg, er lernte Spanisch, reiste, beteiligte sich an Diskussionsrunden über neue Namen für das Journalistenbüro, in dem er gerade arbeitete, räumte Schreibtische ein und aus, hoffte, resignierte, hoffte, lernte Frauen kennen, die erst Anette, Kathrin, Simone hießen, zuletzt Miriam, Anna, Maria und Franka, wartete den Regierungsumzug ab, wartete die Regierung ab und lief irgendwann an einem verlassenen Ladengeschäft im Winsviertel vorbei, in dem nichts weiter hing als ein »Zu vermieten«-Schild und eine grüne Neonlampe.

Grün wie die Hoffnung.

Mit dem Kleinkredit der Berliner Sparkasse renovierte Reiter den Laden und ließ zwei große Schaufensterscheiben einsetzen, die im unteren Teil milchig eingefärbt waren, sodass man vom Bürgersteig aus nur seinen Oberkörper sah, nicht aber seine Beine. Mit derselben milchigen Farbe ließ er in feinen Lettern reiters reisen – alternative travel agency aufs Schaufenster schreiben, hing eine Weltkarte auf, stellte einen Schreibtisch in die Mitte des Raumes und nahm daran Platz.

Da saß er nun.

In den vier Monaten Geschäftszeit hatten etwa hundert Menschen seinen Laden betreten. Die meisten wollten billige Flüge, schnell irgendwo in die Sonne, oder sie sahen sich nach Katalogen um. Reiter hatte keine Kataloge, er hatte eine Philosophie und einen Computer. Weil die meisten Kunden seine Philosophie nicht gleich verstanden und selbst einen Computer besaßen, verschwanden sie aus seinem Laden, nachdem sie ein paar Anstandsminuten auf seine Weltkarte gestarrt hatten. Er verkaufte vier Graumarkttickets, eine Wochenendreise in ein Wellnesshotel im Spreewald, über das er einst geschrieben hatte, und eine stinknormale Kubareise für zwei Personen, Flug mit Condor, eine Woche Havanna, eine Woche Varadero. Meistens saß er einfach in seinem Schaufenster und dachte sich alternative Reisen aus. Er plante eine zweimonatige Fahrradtour quer durch Australien, eine Reise zu allen Museen, in denen Bilder Vermeers hingen, man konnte sich unter seiner Anleitung auf die Spuren von Tamara Bunke begeben einschließlich Eisenhüttenstadt und Buenos Aires, er legte eine Skilanglauf-Route durch die Taiga und hatte als einziges Reisebüros Berlins eine Rundreise durch alle amerikanischen Bundesstaaten im Angebot, die mit dem Buchstaben M begannen. Mississippi, Minnesota, Maine, Missouri, Montana, Michigan,Massachusetts, Maryland.

Er arbeitete für einen Kunden, den es nicht gab oder noch nicht gab, wie er sich in optimistischen Momenten sagte. In weniger optimistischen Momenten ahnte er, dass er hier nur die Zeit totschlug. Er saß in einem Schaufenster, weil man sich dort nicht so gehen lassen konnte wie zu Hause. Außerdem bewies er so, dass er noch da war. Er war ein Ausstellungsstück. Der Mann ohne Unterleib. Auf seinem Arbeitsweg, wenn man es so nennen wollte, entdeckte er dann aber immer mehr Ladengeschäfte, die seinem ähnlich waren. Milchig eingefärbte Schaufensterscheiben, hinter denen Menschen an Computern saßen. Die Namen der Unternehmen waren in feinen Lettern aufs Glas geschrieben und klangen so ähnlich wie die Namen der sexy Aktien vom Neuen Markt, die er damals gekauft hatte. Manchmal, wenn er länger vor einem der Läden stehen blieb, sah jemand von drinnen vom Computer auf und schaute ihn mit einem Blick an, der ihm nichts erklärte und wahrscheinlich dem Blick nicht unähnlich war, mit dem er, Robert Reiter, von seinem Computer aufsah, wenn jemand vor seiner Schaufensterscheibe stehen blieb. Vielleicht hätte er eine Fleischerei aufmachen sollen oder einen Fischladen, dachte Reiter manchmal. Es wäre in jedem Falle die originellere Geschäftsidee gewesen.

Mitte November hatte dann direkt auf der anderen Straßenseite ein weiteres Ladengeschäft aufgemacht, das seinem ähnlich sah. Reiter hatte nicht gewagt, sich dem Büro zu nähern, um herauszufinden, was dort genau passierte, aber von seinem Stuhl aus konnte er auf der anderen Seite eine blonde Frau erkennen, die an einem Computer saß. Er sah nicht oft dort hinüber, weil er nicht den Eindruck erwecken wollte, er beobachte die Konkurrenz. Auch die Frau sah nicht oft auf, und so hatten sich ihre Blicke bislang nie getroffen.

Im Winsviertel war ein einfacher Schuster wieder ein Revolutionär, dachte Reiter und schrieb in 48 Punkt großen Buchstaben den Ausruf: Für 2500 Euro um die Welt! auf seinen Computerschirm. Darunter schrieb er in 24 Punkt: Berlin–Rom–Kairo–Kapstadt–Buenos Aires–Rio–Caracas–Panama–New York–Detroit–Los Angeles–Seoul–Bangkok–Delhi–Istanbul–Moskau–Berlin in 30 Tagen, druckte es auf einem A3 großen Blatt aus und suchte nach der Tesafilmrolle, als die Tür aufging und ein Mann den Laden betrat. Der Mann war zehn Jahre älter als er und kam direkt auf ihn zu. Er schaute nicht auf die Weltkarte, sein Blick suchte nicht nach Katalogen, es sah so aus, als wisse er genau, warum er Reiters Reisen aufgesucht hatte, was Reiter ein bisschen verwirrte. Er fühlte sich bedrängt, belästigt fast.

»Ja?«, sagte Reiter.

»Ich möchte in den Norden«, sagte der Mann.

»Nehmen Sie doch Platz«, sagte Reiter, um ein bisschen Zeit zu gewinnen. Er dachte an seine Langlauftour durch die Taiga oder auch an die Eiswanderung von St. Petersburg nach Finnland, über die er kürzlich nachdachte, nachdem er auf Zeit.de eine Besprechung des neuen Kaurismäki-Films gelesen hatte. Der Mann setzte sich auf den Stuhl, der neben Reiters Schreibtisch stand, und warf einen kurzen Blick auf das Weltumrundungsangebot.

»Wie hoch in den Norden?«, fragte Reiter.

»So hoch es geht«, sagte der Mann.

»Es gibt keine weiße Weihnacht in Berlin, was?«, sagte Reiter und grinste.

»Bitte?«, fragte der Mann ernst.

»Die Klimaerwärmung«, sagte Reiter.

Der Mann sagte nichts.

»Die Frage ist ja, was Sie dort machen wollen, im hohen Norden, meine ich«, sagte Reiter. »Ski fahren? Schlitten fahren? Pinguine beobachten?«

»Pinguine leben im Süden«, sagte der Mann.

»Richtig«, sagte Reiter. »Ich meinte Eisbären. Eisbären beobachten.«

»Bleiben«, sagte der Mann.

»Bitte?«

»Kennen Sie Fräulein Smillas Gespür für Schnee?«, fragte der Mann. Reiter nickte, er hatte entweder den Film gesehen oder das Buch gelesen, vielleicht auch beides oder keins von beidem, er erinnerte sich vage an eine unglückliche Eskimofrau und an Björk, die damit eigentlich nichts zu tun hatte, ihm aber immer einfiel, wenn es um Eskimos ging, meist zusammen mit der norwegischen Popband a-ha und dem Neue-Deutsche-Welle-Song »Ich möchte ein Eisbär sein« von der Band Grauzone. Grauzone. Auch kein schlechter Name für ein alternatives Reisebüro, dachte Reiter. Graumarkttickets, Grauzone. Der Gedanke quoll in seinem Gehirn. Kleine graue Zellen. Hercule Poirot.

Tod auf dem Nil. Vielleicht eine neue Reiseidee. Auf den Spuren Poirots. Belgien, London, Orientexpress, Pipapo.

»Es gibt da eine Szene am Ende des Buches, in der Professor Loyen im ewigen Eis verschwindet«, sagte der Mann.

»Ja?«, sagte Reiter, der jetzt wirklich gern in Ruhe weiter nachgedacht hätte.

»So soll es sein«, sagte der Mann.

»Im ewigen Eis verschwinden?«

»Genau.«

»Dann würde ich Grönland empfehlen«, sagte Reiter.

»Klingt gut«, sagte der Mann.

Reiter drehte sich zu seinem Bildschirm, tippte auf Expedia Berlin–Grönland ein und fand einen SAS-Flug über Kopenhagen nach Nuuk, der zweimal die Woche ging. Die Abkürzung für Grönland war GOH, der Flughafen von Nuuk hieß Godthåb. Man lernte nie aus. Der Flug war sehr teuer, und Nuuk lag sicher im Süden der Insel, wo es für den Mann vielleicht nicht eisig genug war. Von da müsste man mit einem kleinen privaten Flugzeug weiter. Es war nicht unmöglich, das zu organisieren, aber dazu brauchte er ein bisschen Zeit. »Ich weiß im Moment noch nicht, wie Sie von Godthåb weiterkommen«, sagte Reiter, selbst ein bisschen davon überrascht, mit welcher Lässigkeit er den Namen aussprach, den er vor zehn Sekunden noch nicht gekannt hatte.

»Ich würde gern, so schnell es geht, losfliegen«, sagte der Mann. »Ich komme zwischen den Jahren wieder vorbei, gleich am 27. Dezember wahrscheinlich, und dann sagen Sie mir, was Sie gefunden haben.«

»Brauchen Sie ein Hotel?«, fragte Reiter.

»Vielleicht für die erste Nacht«, sagte der Mann, stand auf und gab Reiter die Hand, als wolle er einen teuflischen Pakt besiegeln. Die Hand war eiskalt, aber Reiter hatte das Gefühl, sie festhalten zu müssen. Dies war ein Kunde, wie er sich ihn vorgestellt hatte, ein Mann, der wirklich alternativ reisen wollte. Ein Mann mit einem Plan. Ein Selbstmörder, ein Attentäter, ein Flüchtling, ein Aussteiger, ein Extremist. Reiter wollte mehr über seine Beweggründe wissen, weil er spürte, etwas über sich selbst und seinen Beruf lernen zu können. Gleichzeitig aber hatte er Angst davor, und so ließ er die kalte Hand los.

Als der Mann an der Tür war, fragte Reiter: »Und der Rückflug?«

»Lassen Sie offen«, sagte der Mann und lächelte zum ersten Mal.

»Offen«, sagte Reiter, dann ging der Mann.

»Frohe Weihnachten«, sagte Reiter, aber das hörte der Mann schon nicht mehr. Reiter ging zu seiner Weltkarte und sah sich Grönland ein bisschen genauer an. Eine riesige weiße Insel, die ihn an einen Zahn erinnerte. Nuuk war tatsächlich weit im Süden, die nördlichen Städte hießen Thule, Kraushavn, Etah. Es musste dort jetzt sehr dunkel sein. Wahrscheinlich wurde es überhaupt nicht hell. Er hatte irgendwann mal was über die hohe Selbstmordrate und den Alkoholkonsum der Eskimos im Winter gelesen. Reiter stellte sich vor, wie der Mann in der kurzen grönländischen Tageslücke auf einer verschneiten Landebahn aus einem kleinen Flugzeug stieg und in das milchige Licht blinzelte, eine kleine Tasche in der Hand, die ihm ein vermummter Mann vom Bodenpersonal des winzigen Flughafens gern abnehmen würde. Aber der Mann trug sie lieber selbst. Er hatte eine spiegelnde Sonnenbrille im Gesicht, hinter der seine Augen das endlose Weiß absuchten. Dann sah er die Frau, die in einem braunen Pelzmantel neben einem Geländewagen wartete, ein leichtes Lächeln. Oder er sah einen Freund, der ihm mit einem kleinen, in Leder gebundenen Flachmann zuprostete, weil er bereits da war und damit die Wette gewonnen hatte, ihren kleinen Kampf um den Nordpol. Oder er sah den dänischen Notar, der in einem langen, unangemessen vornehmen schwarzen Mantel neben der kleinen Flughafenbaracke wartete, um das Testament des Mannes entgegenzunehmen, der ins ewige Eis aufbrach. Es gab so viele Möglichkeiten, und Reiter bereute für einen Moment, dass er seine ganze Fantasie in alternative Reisen steckte, die nie jemand antrat. Vielleicht war es Zeit, etwas Neues anzufangen.

Eine Weile stand er so da wie ein Besucher in seinem Reisebüro, sein eigener Kunde, dann erinnerte er sich, dass er ja nur hinter Glas stand, holte das Weltumrundungsangebot und klebte es an die Schaufensterscheibe, direkt zwischen die Sonderangebote für Flüge nach Teheran, Damaskus und Pjöngjang, aus seinem »Urlaub auf der Achse des Bösen!«-Programm.

Als er damit fertig war, schaute er zwischen den Angeboten hindurch in den Laden auf der anderen Straßenseite, wo ebenfalls noch Licht brannte. Er sah die blonde Frau mit dem Mann reden, der sich eben bei ihm nach einer Reise ins ewige Eis erkundigt hatte. Offenbar holte der Mann ein Kokurrenzangebot ein, oder er war ein Freund der Frau und war nur in Reiters Laden gekommen, um herauszufinden, was der so trieb. Robert Reiter fühlte sich nackt in seinem Glaskasten und gleichzeitig wie ein Spanner. Er wollte sich verstecken, konnte aber nicht weg vom Fenster. Er wartete in seinem Schaufenster wie ein weiteres Sonderangebot. Irgendwann stand der Mann auf, gab der Frau die Hand und verließ den Laden. Die Tür schlug hinter ihm zu, er verschwand in der dunklen Dezemberstraße, ohne noch einmal zu Reiter zu schauen. Die Frau verharrte in der Mitte des Raumes, versteinert wie Reiter selbst, und dann sah sie auf, sah zu ihm hinüber, sah ihm zum ersten Mal in die Augen.

In diesem Moment wusste Robert Reiter, dass ihr der Mann dieselbe Geschichte erzählt hatte wie ihm. Der späte Besucher hatte auch ihr seinen eisigen Atem ins Gesicht geblasen, dachte er, nicht einmal verwundert durch die Bildhaftigkeit dieses Gedankens. Die Frau sah hübsch aus in ihrer Erschütterung, weniger professionell als sonst. Sie trug eine hellblaue Bluse, und ihre Haare wirkten jetzt eher rotblond, was gut zu ihrem blassen Gesicht passte. Ihr Mund war halb geöffnet. Es sah aus, als wolle sie ihm eine Frage stellen. Er verließ die Lücke zwischen den Achse-des-Bösen-Angeboten und stellte sich an eine freie Stelle des Schaufensters. Er sah jetzt, dass sie Jeans trug, und sie konnte sehen, dass auch er Jeans trug. Er konnte sie immer noch nicht verstehen, aber weiter ging es nicht. Sie standen eine Weile so da, regungslos, Reiter dachte darüber nach, ob der Mann aus dem Eis inzwischen weitere Ladenbüros in der Berliner Mitte besuchte, alternative Reisebüros, Flugbörsen, Vertriebe für Extremsportausrüstungen, alternative Bestattungsinstitute, Umweltbüros, Dritte-Welt-Läden. Irgendwann ging die Frau zu ihrem Schreibtisch zurück, und auch Reiter setzte sich wieder hin.

Auf seinem Computer, den Unterleib vom Milchglas verdeckt, sah er, dass er eine E-Mail bekommen hatte, während er dort am Fenster rumstand. Es war ein Sammelweihnachtskartengruß, den Axel Kullmann an seine Sparkassenkunden verschickt hatte. Ein Holzhäuschen im Schnee. Frohe Weihnachten und ein hoffentlich erfolgreiches Neues Jahr wünscht Ihnen Axel Kullmann, stand unter dem Haus, und Reiter empfand das »hoffentlich« als erste kleine Drohung seines Kreditgebers. Im Januar würden sie ernsthaft reden müssen, dachte Reiter und machte sich an die Arbeit.

Nach einer Stunde fand er ein dänisches Unternehmen, das von Nuuk aus mit fünf Kleinflugzeugen in den Norden Grönlands flog. Die Maschinen waren De Havillands aus den 50er Jahren, aber der Mann hatte nicht so ausgesehen, als leide er unter Flugangst. Reiter rief die angegebene Nummer an, erreichte aber nur den Anrufbeantworter. Er schrieb die Nummer, die Flugpreise zusammen mit den SAS-Daten auf einen Zettel und suchte dann, weil er noch keine Lust hatte, nach Hause zu gehen, weil er den Norden verlassen wollte und weil er immer noch ein bisschen unzufrieden war, nach einer Möglichkeit, Hawaii in sein Weltumrundungsangebot einzubauen. Sein virtueller Weltreisender brauchte Hawaii, dachte Reiter. Es ging nicht ohne Hawaii.

Als er kurz vor Mitternacht aufstand, um die Heizung hochzudrehen, sah er, dass das Licht im Laden auf der anderen Straßenseite erloschen war. Es machte ihn nicht traurig, und es freute ihn nicht. Es ließ ihn seltsam ungerührt. Es lag am Glas. Sie schwammen wie zwei Fische in verschiedenen Aquarien.

Vielleicht würden sie sich später einmal kennenlernen, dachte Reiter, im offenen Meer.

BALU

Weißt du noch, wie wir früher das Lametta gebügelt haben?«, sagte Boris. Es war der längste Satz, den er in der gesamten Adventszeit gesprochen hatte, vielleicht sogar im ganzen Jahr.

»Hm«, machte Katarina.

Sie trat einen Schritt vom Baum zurück, um sich ihre Arbeit anzusehen. Silberne Kugeln und Strohsterne. Die Bäume waren mit der Zeit immer kleiner geworden. Vor drei Jahren war Katja ausgezogen, nach Lübeck, im Herbst war Paula nach Mosambik geflogen, um nach dem Abitur in einem Kinderheim zu arbeiten. Sie hatte nur noch Boris. Kein Mann, der einen großen Baum aufstellen konnte. Und – soweit sie das beurteilen konnte – auch kein Mann, dem man mit einem großen Baum einen Gefallen tun würde.

Sie sah ihn an. Er saß auf dem Sofa und gähnte, gleich würde er einschlafen.

Sein Lamettasatz hatte sie nicht erreicht. Boris sagte diese Sachen, um die Stille erträglicher zu machen, glaubte sie. So wie es Paare in ihrem Ehestadium handhabten, Paare Mitte, Ende vierzig, die Kinder aus dem Haus. Paare, die sich im Restaurant anschwiegen und nur manchmal – einfach weil es sich so gehörte oder weil sie von einem anderen, jüngeren Paar gemustert wurden, amüsiert, verwundert, aber auch ein wenig besorgt – einen Satz sprachen oder zwei. Geräusche, die sich über das Klappern des Bestecks schoben. Jaja. Ach ja. Schön. Sollten wir öfter machen. Deins sieht aber auch gut aus. Wann kommt eigentlich der Mann, der den Strom abliest. Heute hat Peter angerufen. Ach was.

Vielleicht, dachte sie, wird ihre Ehe jetzt normaler, den anderen Ehen ähnlicher. Vielleicht sogar erfreulicher, verglichen mit den Ehen der anderen, weil ihre Erwartungen nicht so hoch waren. Hieß es nicht, dass sich im Laufe des Lebens alle Dinge ausglichen? Der Sex mit Boris war ohnehin besser als der mit ihren Liebhabern gewesen, mit all deren Psychosen und Exfrauen und Psychosen der Exfrauen.

»Um zwei skypen wir mit Paula«, sagte sie.

Sie wusste, ohne zum Sofa zu sehen, dass Boris eingeschlafen war. Er hatte seine ganze Energie in diesen einen Satz gesteckt.

Der Name ihres Mannes hatte besonders geklungen anfangs, zwischen all den Andreas, Axel, Frank und Thomas. Mit dem Unfall hatte sich das verändert. Boris klang erst tragisch, später mitleiderregend, hilflos. Der arme Boris. Boris, unser Sorgenkind.

»Papa schläft«, sagte sie kurz nach zwei in das flackernde Gesicht ihrer Tochter auf dem Computerbildschirm.

»Macht er das nicht immer«, sagte Paula, die ihren Vater mehr geliebt hatte, als ihn ihre ältere Schwester geliebt hatte. Für Katja, die viereinhalb Jahre alt war, als es passierte, schien Boris über Nacht die Lust am

Vatersein verloren zu haben, als sei ihm die Rolle, die er bis dahin gespielt hatte, plötzlich fremd und vermessen vorgekommen. Paula aber war erst anderthalb gewesen, zu jung, sie hatte ihren Vater als eine Art Spielkameraden kennengelernt. Natürlich war er ihr später peinlich gewesen, auf Spaziergängen hatten sie den Vater herumgeführt wie einen großen müden Tanzbären. Geht ihr bitte nochmal mit Papa raus? Mit 14 wollte sie niemanden nach Hause einladen, schon gar keine Jungs.

»Ich soll dir von ihm frohe Weihnachten wünschen«, sagte Katarina.

»Klar«, sagte Paula, die zu blass wirkte für Mosambik, vielleicht war die Verbindung schlecht oder das Licht da unten. Im Hintergrund sah Katarina ein Stück einer weißen Wand, keine wilden Tiere, nichts Exotisches. In einem kleinen Fenster entdeckte sie ihr eigenes sprechendes Gesicht, erschreckend alt. Es war drei in Berlin, in Cuamba, Mosambik, war es bereits eine Stunde später. Sie redeten ein bisschen über die portugiesische Sprache und die Weihnachtsbräuche in Ostafrika, nichts über ihre Zukunft.

»Gib Papa einen Kuss«, sagte Paula zum Abschied. Dann verschwand sie irgendwo auf der südlichen Hälfte der Erde. Es war Sommer in Mosambik. Paula würde nicht mehr in ihr Kinderzimmer zurückkommen, dachte Katarina. Sie flog dort draußen in einem anderen Leben herum wie im All.

Sie las ein paar Weihnachtsmails, die meisten kamen von irgendwelchen Firmen, die für ihre Niederlassung arbeiteten, eine von Carsten, einem Bauingenieur, mit dem sie vor vier oder fünf Jahren ein paarmal geschlafen hatte. Ein Klammerer. Ein geschiedener Mann, der sie gern in seine Doppelhaushälfte verschleppt hätte, nach Mahlsdorf, im winzigen Garten die Obstbäume, die er mit seiner Frau gepflanzt hatte. Heidrun. Im Herbst hatte er die Bäume so behutsam auf den Winter vorbereitet, als bringe er sie ins Bett. Jeden einzelnen. Sie löschte die Mail.

Bevor sie den Computer zuklappte, blieb sie an einer Nachricht auf Spiegel Online hängen. Die Lamettaproduktion in Deutschland war eingestellt worden. Boris' Satz klang in ihrem Kopf nach. Weißt du noch, wie wir früher das Lametta gebügelt haben? Sie konnte sich nicht daran erinnern, jemals Lametta gebügelt zu haben. Aber sie hatten es vom Baum gesammelt und vorsichtig in Papierheftchen gelegt. Lametta. Sie hatte das Wort seit Jahren nicht mehr gehört, und jetzt tauchte es gleich zweimal am Nachmittag auf.

Sie küsste ihren schlafenden Mann auf die Stirn. Der Weihnachtskuss seiner Tochter Paula aus Mosambik.

Er hatte sich nicht gut gefühlt an jenem Morgen vor sechzehn Jahren. Das hatte er nach dem Frühstück gesagt, als sie mit den Töchtern zu ihrer Mutter nach Friedrichshagen fahren wollte. Er mochte ihre Mutter nicht, hatte sie gedacht. Er mochte Friedrichshagen nicht, die Spaziergänge, die Schwäne, den Dünkel der Vorstadtbürger, ein einziger großer Dichterkreis. Es hätte ihn nicht gewundert, dass ausgerechnet die Friedrichshagener sich heute am meisten gegen die Flugrouten von Schönefeld wehrten. Sie glauben, dass ihnen der Krach am wenigsten zuzumuten sei, hätte der Boris von damals gesagt. Sie war wortlos gegangen, hatte die Wohnungstür hinter sich zugeknallt. Katja hatte sie erschrocken angesehen. Sie war vier, Paula anderthalb.

Katarina hörte noch heute die Tür knallen, alles war da, die Geräusche, das Licht im Hausflur. Der Tag war oft in ihrem Kopf abgelaufen, ein Film, immer hatte sie sich gefragt, wo sie ihn hätte anhalten können. Im Auto hatten sie die Kassette mit den Disney-Liedern gehört, die Boris hasste. Extra laut. Die sieben Zwerge sangen: »Heiho, heiho, wir sind vergnügt und froh.« Und sie sang mit. Sie waren spazieren gegangen, ihre Mutter hatte vom Vater erzählt und seiner Sekretärin, bei der er jetzt lebte. Sie hatten beim Schwänefüttern über Männer geredet und den Mädchen zugesehen, die das alles noch vor sich hatten, den Männerscheiß.

Und die ganze Zeit hatte Boris im Bad gelegen, sein Gehirn war mit Blut vollgelaufen. Die Ärzte hatten später nicht genau sagen können, was passiert wäre, wenn sie ihn eine Stunde früher gefunden hätte. Oder eine halbe.

Sie hatte sich Zeit gelassen. Sie wollte ihn spüren lassen, dass sie ihn nicht brauchte. Disney auf der Rückfahrt. Laut. Balu der Bär sang: »Probier's mal mit Gemütlichkeit.« Die Mädchen schliefen in ihren Kindersitzen. Die Stille in der Wohnung, als sie zurückkam. Es dämmerte schon. Kein Licht brannte.

Das schlechte Gewissen hatte sie nie verlassen. Sie hörte Balu bis heute singen. Mit Ruhe und Gemütlichkeit. Sie sah dem Mann ins Gesicht, der sich ausruhte, um den Heiligen Abend mit ihren Freunden durchzustehen.

Sie weckte ihn nicht, als Katja aus ihrer Lübecker Wohngemeinschaft anrief, im Hintergrund Musik und Stimmen. Katja fragte nicht nach ihm, und Katarina wollte nicht, dass er in der Kirche einschlief wie am letzten Heiligen Abend.

Sie hatten ihn sofort in die Charité gebracht. Zweimal hatte sie die Mädchen mit ins Krankenhaus genommen, dann wollten die nicht mehr. Nach zwei Wochen war er aufgewacht. Ein anderer Mann, ein Kind eher, ein Kleinkind in einem Männerkörper. Sie war 29 Jahre alt gewesen, die Ärzte stellten in Aussicht, dass sich die Dinge verbessern, versprechen wollten sie aber nichts. Es war von Verkrampfungen die Rede, Vernarbungen, Therapie und Geduld. Er konnte einfache Fragen beantworten, er sagte guten Morgen und gute Nacht und grüßte Bekannte auf der Straße, aber Dinge, die länger als eine halbe Stunde zurücklagen, versanken in dem schwarzen Meer, in dem er herumschwamm. Er schwieg meistens und wurde schnell müde.

Sein Wesen war weg. Seine Züge und sein Temperament waren weich, als hätte man die Luft aus ihm gelassen. Alles, was sie einmal an ihm geliebt hatte, fand sie in den Zügen ihrer Töchter wieder, vor allem in Paulas, die ihrem Vater wie aus dem Gesicht geschnitten war. Zuletzt, als die Töchter das Haus verlassen hatten, schien es Katarina, als kehre ein wenig von ihm zurück, aber wahrscheinlich hatte sie einfach gelernt, die Dinge erträglich zu halten.

Frank und Bettina trafen gemeinsam mit Max und Anna ein, was Katarina ärgerte, weil es hieß, dass sie sich bereits unterhalten hatten, verständigt, vorbereitet. Sie kannten sich seit Jahren, sie hatten schon zusammen gefeiert, als Boris noch wach gewesen war. Sie waren geblieben, weil sie Freunde waren, aber auch weil sie sich besser fühlten, wenn sie nach so einem Abend nach Hause gingen. Was für ein Glück sie doch hatten! Der arme Boris, die arme Kati, keine Ahnung, wie die beiden das schaffen. Katarina holt sich sicher woanders, was sie braucht. Aber toll, dass sie zu ihm hält.

In den alten Zeiten hatten sie zusammen Silvester gefeiert, nach dem Unfall war Weihnachten daraus geworden, ein Fest, das besser zu Boris' Zustand zu passen schien als Silvester. Barmherzigkeit statt lustiger Hüte.

In den ersten Jahren hatten die Kinder die Schwermut vertrieben, zwei- oder dreimal war Boris Weihnachtsmann gewesen, eine Rolle, wie für ihn gemacht. Nach einer halben Stunde glaubte er wirklich, dass auf dem Dach die Rentiere auf seine Rückkehr warteten. Irgendwann wuchsen ihm die Kinder über den Kopf. Seit zwei Jahren waren die Erwachsenen unter sich.

Frank trug einen Weihnachtspullover, Annas Zornesfalte war verschwunden, vielleicht ihr Weihnachtsgeschenk. Ihre Stirn bewegte sich nicht mehr, als sie den Mund zur Begrüßung aufriss, nur der untere Teil ihres Gesichtes lächelte, der obere blieb ernst.

»Na, ihr beiden. Schon wieder ein Jahr rum«, sagte Bettina.

»Ihr könnt euch nicht vorstellen, wie warm es da draußen ist«, sagte Max.

»Klimakatastrophe«, sagte Boris.

Alle sahen ihn an, als habe er das Welträtsel geknackt.

»So sieht's aus, mein Alter«, sagte Max und haute Boris liebevoll auf die Schulter. Boris trug ein blau-weiß-kariertes Hemd, das er, wie er es liebte, bis ganz oben zugeknöpft hatte. Katarina hasste das, weil es seine Rain-Man-hafte Erscheinung noch verstärkte.

»Da sind wir ja seit Paris glücklicherweise ein bisschen weiter«, sagte Anna und versuchte, ihre linke Augenbraue nach oben zu ziehen, um ihrer Bemerkung Nachdenklichkeit zu verleihen. Wir. Als habe sie bei den Weltklimaverhandlungen nächtelang mit am Tisch gesessen, dachte Katarina.

»Wir?«, fragte Boris.

»Was?«, fragte Anna.

»WIR sind weiter?«, fragte Boris. Er lächelte leicht.

Katarina glaubte in seinem Blick ein Glimmen der Seele zu erkennen, die ihren Mann vor sechzehn Jahren verlassen hatte. Boris war ein großer Spötter gewesen. Aber die anderen waren schon ins Wohnzimmer weitergezogen, und Anna sah ihn aus ihrem gelähmten Gesicht an wie eine alt gewordene Barbiepuppe. Der magische Moment verstrich. Katarina hatte immer wieder diese Erscheinungen. Sie machte sich mit Boris über die Welt lustig, bis sie merkte, dass er gar nicht im Raum war oder schlief. Sie sprach seine Rolle mit, sie redete mit einem imaginären Freund wie ein dreijähriges Mädchen. Ihr einziger Vertrauter, ihr bester Freund war seit sechzehn Jahren tot. Fünf Minuten später saß Boris mit seinem zugeknöpften Hemd am Tisch und starrte in den Milchschaum auf seinem Kaffee.

Kaffee und Kuchen, Spaziergang durch den Friedrichshain, Kirche. Der Pfarrer hatte über Flüchtlinge geredet. Bethlehem, Barmherzigkeit, Pipapo. Kommet ihr Hirten, ihr Männer und Fraun. Sie musste Boris in den Arm kneifen, damit er wach blieb. Spaziergang zurück, Fischsuppe.

Als Katarina die vierte Flasche Grauburgunder entkorkte, erzählte Bettina gerade, dass ihre Tochter Tanita seit ein paar Monaten in einem Köpenicker Flüchtlingsheim aushalf. Tanita hatte die elfte Klasse in Oregon verbracht, nach dem Abitur, das sie mit Eins-Komma-null abgeschlossen hatte, ein Jahr in einem kirchlichen Hilfsprojekt in Sierra Leone gearbeitet und studierte jetzt Psychologie an der Humboldt-Universität.

Damit hätte Anna noch leben können, deren Sohn Jonas die 11. Klasse in irgendeinem Kaff in Alabama verbracht und im Herbst ein Zahnmedizinstudium angefangen hatte, über das sie nicht gern redete. Was sie wirklich nervte, war, dass Tanita in drei Folgen der neuen »Homeland«-Staffel auftrat und einmal mit der Hauptdarstellerin Claire Danes ausgegangen war. Angeblich hatte die das Mädchen in der Mensa entdeckt.

Frank glühte vor Stolz, er schien über seinem Stuhl zu schweben. Anna rümpfte die Nase, wobei Katarina merkte, dass sich auch die nicht mehr richtig bewegte. Sie schenkte großzügig nach.

Inzwischen trugen sie ihren Ehrgeiz über die Kinder aus. Jonas und Tanita, die nach der Sängerin Tanita Tikaram benannt worden war. Ein One-Hit-Wonder aus

England. Katarina war sich nicht sicher, ob Bettina und Frank die Ironie begriffen. Twist in my sobriety. Sicher würde sie später noch ein bisschen von Paula und Mosambik erzählen, weniger von Lübeck und Katja, die dort als Muse irgendeines Hamburger-Schule-Gitarristen lebte. Ihre Töchter konnten mithalten, schon weil sie zu zweit waren.

Frank, der früher Sprecher eines aussichtslosen CDU-Bürgermeisterkandidaten gewesen war, arbeitete heute als Referatsleiter im Verteidigungsministerium und würde sicher gleich irgendetwas von einer seiner Reisen mit der Ministerin erzählen. Max schrieb für eine Lokalzeitung und gewann gelegentlich einen Preis, der von irgendeinem Versicherungsunternehmen gesponsert war. Oder von der Deutschen Bahn. Oder einem Pharmaunternehmen. Sie stießen jedes Mal darauf an, als handele es sich um den Pulitzer. Bettina war in wechselnden Projekten aktiv, von denen nicht immer klar war, ob sie dafür bezahlt wurde oder sie dafür bezahlen musste. Es ging um Fußgängerinseln, Schulspeisung, Straßenbäume und den Weltfrieden. Anna hatte vor zehn Jahren bei einem Dokumentarfilm über die Fischereirechte in der Ostsee mitgemacht und seitdem unzählige weitere Filmprojekte angestoßen. Wenn man sie fragte, was aus dem letzten geworden sei, erzählte sie vom nächsten. Gerade arbeitete sie an einer Fernsehserie über eine ostdeutsche Frauenstaffel im 100-Meter-Lauf, die sich auf die Olympischen Spiele in München vorbereitete. Weiblichkeit, Doping, Krieg der Welten, die Siebziger, Abba, hatte sie gesagt. Arbeitstitel war: »The winner takes it all«.

Boris hatte ihnen allen geholfen, durch ihre Karrieretäler zu gehen. Mit seinem Zustand. Es konnte immer noch schlimmer kommen. Sie waren ja gesund.

Auch Katarina dachte manchmal, dass sie ihre Karriere ihrem Mann zu verdanken hatte, den sie überallhin mitnahm wie ein Möbelstück. Sie waren für drei Jahre nach Leipzig gezogen, weil sie dort einen Job in einer großen Niederlassung ihrer Firma bekommen hatte, und dann wieder zurück nach Berlin, wo sie Chefin einer kleineren Dependance werden konnte. Sie war nie eine Bedrohung gewesen, nicht für die Kollegen, aber, was wahrscheinlich noch wichtiger war, auch nicht für ihre Kolleginnen. Sie war immer die arme Frau gewesen. Zwei Kinder und keinen Mann, eigentlich drei Kinder und keinen Mann.

»Schafft Tanita denn das alles neben ihrem Studium und den Filmsächelchen?«, sagte Anna.

»Im Gegenteil, Anna, all die Geschichten von den traumatisierten syrischen Flüchtlingen, die Tani mit nach Hause bringt, das ist wie Feldarbeit zu ihrem Psychologiestudium. Das ist anders als bei, sagen wir mal, Zahnärzten.«

»Ich dachte nur, weil sie beim letzten Mal so abgekämpft aussah, Betty«, sagte Anna.

»Sie ist nur nicht so dick und zufrieden wie …«, sagte Bettina.

»Ich war ja gerade mit der Ministerin an der syrischen Grenze«, sagte Frank schnell.

»Wenn es so weitergeht, wirst du mit deiner Ministerin bald in Syrien sein«, sagte Max. »Im Schützenpanzerwagen.«

»Es wird keine Bodentruppen geben mit uns«, sagte Frank.

»Ich weiß nicht, ob das nicht ehrlicher wäre«, sagte Max.

»Den Krieg spüren, was? Du kannst ja schon mal losfahren, Hemingway«, sagte Frank.

»Meine Zeitung konzentriert sich eher auf den Berliner Markt, wie du weißt. Du kannst mir später auf eurer Datsche deine Kriegserinnerungen diktieren, Molotow«, sagte Max.

»In Wildau«, sagte Anna, mit ihrer Augenbraue kämpfend. Katarina stellte sich vor, wie ihr Gesicht zerriss, aufsprang. Sie konnte sich nicht vorstellen, was darunter zum Vorschein kam.

»Manchmal denke ich, das hängt alles miteinander zusammen«, sagte Bettina.

»Was?«, fragt Katarina.

»Das, was Tanita und Frank machen«, sagte Bettina.

In dem Moment verschluckte sich Boris, hustete und prustete ein bisschen Fischsuppe über den Tisch. Er konnte gar nicht mehr aufhören, seine Augen tränten. Katarina schlug ihm auf dem Rücken, er sah sie aus den Augenwinkeln an. Es schien ihr, als habe er einen Lachanfall.

»Die Fischsuppe ist übrigens ausgezeichnet«, sagte Anna. »Ich weiß gar nicht, wie du das immer alles schaffst.«

Die anderen nickten. Es war die Ebene, auf der sie Frieden schließen konnten. Das Schlachtfeld der Versehrten. Boris schnaufte neben ihr, sein kariertes Hemd war ein bisschen mit Fischsuppe bekleckert. Sie berührte ihren Mann am Bein. Er sah sie an, lächelte. Tani und Franki und die ganze Welt. Konnte das sein? Hatte er wirklich über Bettinas absurde Weltsicht gelacht? Wie schön das wäre, dachte Katarina.

»Was macht eigentlich die Fernsehserie über die Sprinterinnen?«, fragte sie Anna. »The winner takes it all?«

»Ach, die deutschen Anstalten reden die ganze Zeit von den wunderbaren amerikanischen Serien. Aber wenn wir dann mal eine Idee haben, verhindern sie sie«, sagte Anna. Das Gesicht weiß und starr wie eine Halloween-Maske. »Wir machen jetzt was über das Interhotel Neptun in den Achtzigern. Die Möbel da, die Gäste, die Orgien, die Stasi, Barschel. Das schreibt sich von allein. Im Soundtrack Aha, Spandau Ballet und Duran Duran. Netflix sucht diese Stoffe.«

»Oder du fragst diesmal Claire Danes«, sagte Boris.

Sie sahen ihn an, als sei er über Wasser gewandelt. Katarina fragte sich, ob es wieder nur die Stimme in ihrem Kopf war. Der Spötter Boris, der dort überlebt hatte. Aber Boris schien alle Zweifel ausräumen zu wollen.

»Tanitas Freundin. Carrie«, sagte er. »Carrie Mathison. Sie ist doch sowieso in der Stadt.«

»Boris sieht ›Homeland‹«, sagte Max. »Ich fasse es nicht.«

Katarina war sich sicher, dass Max daran dachte, ein Porträt über seinen alten Freund zu schreiben. Das Weihnachtswunder. Eine Seite drei für die bleierne Zeit zwischen den Jahren. Vielleicht der AOK-Preis, wenn es den gab. Anna könnte den Film machen. Mit Matthias Brandt als Boris. Der konnte ja alles spielen.

Boris lächelte schmal. Er schien seinen Auftritt zu genießen.

Katarina dachte an den alten taubstummen Indianer, Chief Bromden, der im Film »Einer flog über das Kuckucksnest« einen Kaugummi von McMurphy bekommt, in den Mund steckt und »Danke« sagt. Bromden sitzt mit ihm im Irrenhaus. Der Chief hat bis dahin noch nie ein Wort gesagt. Er gibt sich zu erkennen. McMurphy schaut ihn an wie ein Fabelwesen und gibt ihm gleich noch einen Kaugummi. Chief Bromden steckt ihn in den Mund und sagt: »Oh, mit Fruchtgeschmack.«

»Sie denken, du bist taub und doof«, sagt McMurphy und strahlt. »Du hast sie alle zum Narren gehalten, Chief.«

In Katarinas Kopf liefen die letzten sechzehn Jahre im Zeitraffer ab. Die Elternversammlungen, die durchweinten Nächte, die Gespräche mit Ärzten und Therapeuten, die freudlosen Affären, die Einkäufe, die mitleidsvollen Blicke auf der Straße, im Urlaub, hier an diesem Tisch, sechzehn Weihnachten. Hatte er all das gesehen, ausgesessen, war das heute die Pointe unter dem größten Witz seines Lebens? War es die Rache für Friedrichshagen, für Balu den Bären, für die zugeschlagene Tür, für den langen, einsamen Sonntag vor sechzehn Jahren? *Probier's mal mit Gemütlichkeit. Mit Ruhe und Gemütlichkeit jagst du den Alltag und die Sorgen weg.*

Sie sah ihn an, sie wollte auf den Grund seiner Seele sehen, und er schien unter ihrem Blick zu verglühen. Die Luft wich aus seinen Zügen, er wurde wieder weich. Zum ersten Mal fragte sie sich, ob sie den kindlichen Boris nicht mehr mochte, als sie den Spötter gemocht hatte. Sie hatte sich in den schnellen, scharfen Geist von Boris verliebt, aber um Verliebtheit ging es nicht mehr, jetzt, da die Kinder aus dem Haus waren. Es war viel wert, sich nicht wehzutun. Sie sah ihre Freunde an, die wie Hyänen am Tisch saßen.

Boris, der Blick trübe, stand auf, schlurfte zum Plattenspieler und drehte die dritte Platte des Weihnachtsoratoriums um, man spürte seine Hand zittern, als er die Nadel aufsetzte. Die fünf Freunde sahen sich an.

»Vielleicht der Wein«, sagte Katarina. »Twist in my sobriety.«

Anna kicherte, weil es gegen Tanita ging. Jedenfalls kicherte der untere Teil ihres Gesichtes. Bettina und Frank sahen sich ratlos an. Max verlor den Glauben an die Geschichte eines Weihnachtswunders.

Katarina entkorkte die nächste Flasche.

Eine halbe Stunde später waren sie schon wieder bei Weltkriegen, Rechtsruck, Europa und der Zukunft ihrer Kinder. Boris gähnte und schlurfte ab und zu zum Plattenspieler. Um drei viertel eins, am ersten Weihnachtsfeiertag, standen Katarina und Boris in der Wohnungstür und winkten ihren Freunden hinterher. Die Freunde winkten zurück, man sah die Erleichterung in ihren Zügen. Die Erleichterung, davongekommen zu sein. Es war wie immer in der Heiligen Nacht. Die Armen und die Glücklichen. Katarina schloss die Tür und sah sich und ihren Mann im Garderobenspiegel. Ein Paar am Ende eines langen Abends. Boris öffnete seinen obersten Hemdknopf und lockerte den Kragen.

»Besser?«, fragte er.

Katarina spürte, wie ihr die Tränen in die Augen schossen. Sie dachte an Abba aus dem Soundtrack zu ihrem Leben, aber nicht an »The winner takes it all«, sondern an »Take a chance on me«.

Honey I'm still free.

»Take a chance on me«, sang die Band in ihrem Kopf. Sie sah eine glänzende Tanzfläche, Scheinwerfer und eine rotierende Discokugel, im Hintergrund explodierte Feuerwerk in die Nacht. Es schien ihr ein bisschen zu viel Kitsch. Zu viel Lametta. Aber sechzehn Jahre waren eine lange Zeit. Und es war spät.

»Besser«, sagte sie.

SCHNEEFLÖCKCHEN

Das Haus war hässlich, aber wenn man oben stand, sah man das nicht. Griet Fischer stand ganz oben, 21. Etage, und schaute auf die Stadt. Sie sah nach Westen, auf das Scheunenviertel, den Humboldthain, den Fernsehturm und so weiter, ihr Problem allerdings lag im Osten, auf der anderen Seite des Ganges, der falschen, dort, wo Rohloff, Petereit und Wolff saßen, die einst mit ihr angetreten und längst an ihr gescheitert waren. Die drei Kollegen konnten bei klarer Sicht an den Platten- und Stalin- und Stasibauten der benachteiligten Stadtbezirke vorbei bis nach Rehfelde gucken. Sie war nie in Rehfelde gewesen, ahnte aber, dass sie da nichts verpasst hatte. Sie kannte die Zahlen. Rehfelde war tot. Die Akte lag auf dem Tisch. Beimer hatte ihr vor vier Tagen gesagt, dass sie sie schließen sollte. So drückte er sich aus.

Close the file. Aus seinem Mund klang es wie Klosepfeil. Eine schnelle Bewegung des deutschen Nationalstürmers oder irgendein Exponat aus dem Indianermuseum Radebeul.

Beimer hatte nie richtig Englisch gelernt, er hatte seine Lehrjahre als Hausbesetzer in Darmstadt verbracht. Das wusste sie von Merten. Vor 35 Jahren hatte sich Beimer drei Tage lang an eine Darmstädter Linde gekettet, die gefällt werden sollte. Merten wusste diese Dinge. Der Eifer des Konvertiten, hatte Merten gesagt. Griet Fischer konnte mit solchen Bewertungen nicht viel anfangen. Beimer wirkte auf sie nicht besonders eifrig. Sie fragte sich vielmehr, wie es ein Mann mit dem Format von Beimer an die Spitze ihrer Bank schaffen konnte.

Beimer erinnerte sie an den Kommissar eines ZDF-Regionalkrimis. Er geriet bei der geringsten körperlichen Anstrengung ins Schwitzen, er trug filzige Glockenmäntel, bequeme Schuhe und fuhr A-Klasse, die billigste Geste, die sich Griet Fischer vorstellen konnte. Bei seinem Landhaus in der Uckermark stand natürlich ein G 500, dunkelgrün, ein Oberförsterauto. Griet war mit ihren Vorstandskollegen im Sommer dort eingeladen gewesen, Oberuckersee, abends hatte Beimer am Lagerfeuer Heinz Rudolf Kunze und Hannes Wader gesungen. In gebügelten Jeans und Campinghemd. Merten hatte ihr gesagt, dass Beimer in Oldenburg Soziologie studiert und abgebrochen habe. Der Gedanke hatte ihn erotisiert. Sie hatten in dem gefliesten Raum, wo normalerweise das Wild ausblutete, ein bisschen aneinander rumgefummelt, während ihr Chef draußen »Rohr im Wind« sang und dann »Das ist Klaus«.

Griet Fischer lächelte.

Es schneite aus einem quecksilbrigen, schmierigen Himmel. Das Logo der Berliner Zeitung leuchtete matt in den Dezembertag. Die Zeitungen starben, hieß es, irgendwann würden die Autos sterben. Irgendwas starb immer, dachte Griet Fischer. Am Ende überlebten nur die Kakerlaken und Menschen wie sie, die sich das Spiel ausgedacht hatten. Rehfelde also. Sie drehte sich vom Fenster weg und lief zum Schreibtisch. Sie fragte sich, wie man dort jemals eine Niederlassung hatte eröffnen können. In the first place. Märkisch-Oderland war Seatland oder Renaultland oder Hyundailand. Nicht Mercedesland. Man verkaufte keine zu großen Autos an zu arme Kunden, wenn man Weltwirtschaftskrisen verhindern wollte. Sie waren nicht Amerika, wo langzeitarbeitslose Homies mit nagelneuen S-Klassen durch die Gegend rollten. Rehfelde war ein kleines Feuer. Sie sollte es bis zum Jahresende austreten, hatte ihr Beimer gesagt.

Austreten.

Was du heute kannst besorgen, das verschiebe nicht auf morgen. Es war der 24. Dezember, sicher. Aber es war Montag, ein halber Arbeitstag, und Griet Fischer war kein Weihnachtstyp. Sie sah in die Akte. Ein Mann namens Reinhard Maschke leitete die Niederlassung. Schon der Name hätte sie misstrauisch gemacht. Maschke aus Rehfelde, das klang doch eher nach einer Installateurbude. Gas, Wasser, Scheiße. Sie wählte die Nummer. Eine Frau meldete sich, singende Raucherinnenstimme, vielleicht schon ein Sektchen im Kopf, ein Weihnachtssektchen. Griet Fischer verlangte nach Maschke.

»Der Schöhöff?«, fragte die Frau.

»Ganz genau.«

»Momentschen«, sagte die Frau.

Es knackte, dann Musik. T.G.I.F. von Katy Perry. Auch nicht die Pausenmusik, die man sich in einer ihrer Niederlassungen wünschen würde. Thank god it's

Friday. Aber wahrscheinlich wussten sie gar nicht, was sie taten. Wieso sollten sie in Rehfelde besser Englisch sprechen als Beimer.

»Yeah we maxed our credit cards / And got kicked out of the bar / So we hit the boulevard«, sang Katy Perry. Vielleicht doch keine schlechte Überleitung für das Gespräch mit dem Niederlassungsleiter, dachte Griet Fischer. Der Kredit ist weg, Herr Maschke. Sie landen gerade auf der Straße. Frohe Weihnachten.

Es klopfte. Griet Fischer legte auf. Sie hörte bereits am Klopfen, dass Merten ängstlich den Gang rauf- und runterschaute. Er brachte sein Weihnachtsgeschenk. Sie überlegte, ob es ihr drittes oder viertes Weihnachten war. Merten kam immer am letzten Arbeitstag vor dem Fest, denn er versteckte ihr Weihnachtsgeschenk im Büro. Eine kleine Routine. Sie schenkte ihm nichts, weil er es seiner Frau nicht hätte erklären können.

Merten schloss die Tür hinter sich, taumelte linkisch. Groß, aber leicht gebeugt, ein langer graublonder Scheitel, der am Ansatz schütter wurde. Er war ihr unmittelbarer Vorgesetzter. Er war zwölf Jahre älter als sie, trug seine Hosen zu hoch am Bauch und war dennoch der einzige Mensch, mit dem sie sich hier annähernd auf einem Niveau fühlte. Moralisch, beruflich, menschlich. Sie musste sich vor ihm nicht verstellen wie vor dem Rest der Welt. Jedenfalls meist nicht. Sie machten, was sie machten. Geschäftskundenservice. Es machte ihr Spaß, mit ihm für die »Schenk ein Lächeln«-Weihnachtsaktion der Bank in benachteiligte Wohngebiete zu fahren, um Geschenke zu verteilen. So nannten sie das wirklich: benachteiligte Wohngebiete. Es war der Blick, mit dem ihre Firma auf die Welt sah. Benachteiligte Gebiete waren weiße Zonen für die Bank. Steppen, die man fruchtbar machen konnte. In der vorigen Woche hatte sie in Hellersdorf Süßigkeiten, Spielzeug und Klamotten verteilt.

»Kommst du mit nach Soweto, Griet?«, hatte Merten gefragt.

»Wenn du mir ein Lächeln schenkst«, hatte sie gesagt. Das ging nur mit ihm. Sie fühlte sich wie ein Mädchen, das von einem älteren, ernsthaften Jungen zu einer Party mitgenommen wurde. Das war das Geheimnis dieser Beziehung. Von Hellersdorf waren sie direkt in ihr Schlafzimmer in Prenzlauer Berg gefahren. Auf dem Rückweg hatte er sie gebeten, ihm die Hand zu halten. Beimer hatte vorn neben dem Fahrer gesessen, sie hinten, händchenhaltend, wunderbar.

»Merry Christmas«, sagte Merten und schob ihr ein kleines Paket auf den Tisch. Es war in das Packpapier des Quartier 207 eingewickelt, so groß und so schwer wie zwei Gläschen La Prairie, Tagescreme und Nachtcreme, obenauf eine Orchidee. Es freute sie, weil sie sich so teure Cremes nicht selbst kaufen würde, und es ärgerte sie, weil er ihr im letzten Jahr dasselbe geschenkt hatte. Wahrscheinlich benutzte seine Frau gern La Prairie. Sie stand auf und küsste ihn auf die Wange. Er zuckte ganz leicht zurück.

»Frohe Weihnachten, Merten«, sagte sie. Er nickte.

»Und was machst du?«

»Ich knipse in der Niederlassung in Rehfelde das Licht aus und betrinke mich dann bei ›It's a wonderful life‹, sagte sie. »Reinhard Maschke und Jimmy

Stewart.« Er starrte sie an, er hatte natürlich keine Ahnung, wer Maschke war, vermutlich kannte er nicht mal Jimmy Stewart. Merten sah gern Dokumentationen, er las Sachbücher, keine Romane.

»Und du?«, fragte sie.

»Ach«, sagte er. »Wie immer.«

Sie lächelte. Vor fünf Jahren, im Jahr, als sie hier anfing, hatte er sie gefragt, für welche Musik sich ein dreizehnjähriger Junge interessieren könnte. Sein Sohn Kai. Sie hatte die Strokes empfohlen, obwohl sie die eigentlich gar nicht mochte. Sie war dreißig gewesen, damals, Kai war jetzt 18. Anna, Mertens Tochter, war jetzt dreizehn. Sie hätte ihr Katy Perry empfehlen können, aber Merten fragte nicht mehr. Griet Fischer dachte an die Pausenmusik von Reinhard Maschke. Vielleicht sollte sie ihn in Ruhe lassen. Sie fragte sich, wie der Engel in »It's a wonderful life« hieß. Merten sah auf die Uhr.

»Ich muss dann.«

»Natürlich.«

Er zog die Tür vorsichtig hinter sich zu, als fürchtete er, sie aufzuwecken. Das Dornröschen der Mercedes Bank. 21 Stockwerke, 13000 Quadratmeter Bürofläche, ein Lichtlein brannte, ihres. Sie las die kleine Karte, die an der Orchidee steckte. Merry Christmas, Griet. Nicht mal sein Name stand darunter. Merten hinterließ keine Spuren. Wenn er sie besuchte, brachte er kleine Probepackungen Duschbad mit, die er wegwarf, wenn er sich ihren Geruch vom Körper gewaschen hatte. Es würde immer so weitergehen, dachte sie.

Sie wählte noch einmal die Nummer in Rehfelde, um wenigstens die Akte Maschke zu schließen.

»Hallöchen«, sagte die Raucherinnenstimme, noch ein, zwei Weihnachtssektchen mehr im Kopf. Hallöchen. Griet Fischer sah das Päckchen auf ihrem Tisch an. Es war 300 Euro wert, mindestens, und es bedeutete ihr nichts. Sie legte auf. Sie konnte das jetzt nicht. Es war kurz vor zwei. Reinhard Maschke würde zwischen den Jahren auf den Boulevard schlagen. Sie schob Mertens Geschenk in die Schreibtischschublade und rief ihre Eltern in Neubrandenburg an.

Ihr Vater schien sie zu vermissen, ihre Mutter aber räumte diesen Eindruck in einer zwanzigminütigen Weihnachtsansprache aus. Für Marion Fischer war es eine gute Nachricht, dass ihre Tochter Griet am Heiligen Abend im Büro saß. Es bedeutete, dass sie, im Gegensatz zu ihrem Bruder Espen, ein Büro besaß. Ihre Mutter hatte früh, eigentlich bereits während der Schwangerschaft, erkannt, dass es das Mädchen aus Neubrandenburg schaffen könnte, und voll auf sie gesetzt. Sie hatte ihr ein »e« mit auf den Weg gegeben, das sie von allen Grits auf dieser Welt unterscheiden sollte. Griet. Ihr Bruder hatte den Fischers zwei Enkelkinder geliefert, sie war für den beruflichen Erfolg zuständig. Griet war die gute Geschichte in den Nachbarschaftsgesprächen. Jurastudium in Amerika, Mercedes Cabrio, das die Firma bezahlt hatte, und in ihre alten Mädchenkleider passte sie auch noch. Ganz im Gegensatz zu ihren Neubrandenburger Klassenkameradinnen, die jetzt, mit Mitte dreißig, bereits mächtig aus dem Leim gegangen waren. Griet saß in Berlin, im 21. Stock, gute Seite. Sie durfte nie wieder zurückkommen.

»Ich habe gelesen, dass Neubrandenburg die Boomtown in Vorpommern ist«, sagte sie.

»Wat?«, fragte ihre Mutter zurück.

»In dem Bericht steht, dass ihr ganz vorbildliche wirtschaftliche und soziale Werte habt.«

»Aber wohnen wollen die hier auch nicht, die ganzen Spinnköppe mit ihren Berichten«, sagte die Mutter.

Um vier schloss Griet Fischer ihr Büro ab und ging über den menschenleeren Flur zu den Aufzügen. Die Neonröhren surrten. Alle drei Fahrstühle kamen gleichzeitig, die Türen öffneten sich synchron. Wie in einer Broadwayshow. Sie nahm den mittleren. Er hielt in der zehnten Etage, die Türen öffneten sich, niemand stieg zu, die Türen schlossen sich, dann ging es wieder aufwärts. Griet Fischer schüttelte den Kopf, obwohl sie es nicht eilig hatte. Niemand wartete auf sie. In der einundzwanzigsten Etage standen zwei Männer. Beimer und Merten. Sie sahen aus wie ein Ehepaar. Beimer der Mann, Merten die Frau.

»Oh«, sagte Griet.

Merten sah zu Boden.

»Auch kein Zuhause, Frau Fischer«, sagte Beimer.

»Der Fahrstuhl macht, was er will«, sagte sie.

»Wie ich«, sagte Beimer und schien sich unter seinem Glockenmantel an den Sack zu greifen. Sie lächelte. Die Männer stiegen ein. Der Fahrstuhl fiel in die Tiefe. Im dritten Stock bremste er noch mal. Ein kleiner Mann mit Barett und Kutte trat ein. Er sah aus wie ein Wanderpfarrer, musste aber vom Betriebsrat sein, der in der dritten Etage residierte.

»Frohes Fest, Kollegen«, sagte der Mann, ohne ihnen

ins Gesicht zu schauen. Er mied den Blick des Bösen, das aus der 21. Etage kam. Er sah auf seine Schuhe. Es waren wasserdichte halbhohe Wanderschuhe von Timberland. Er war für die Welt dort draußen gerüstet, fuhr aber drei Etagen mit dem Fahrstuhl. So was bekamen nur alte Frauen und Gewerkschafter hin, dachte Griet, sagte aber nichts. Sie fühlte sich Gesprächen mit diesen Leuten nicht gewachsen, so wie sie sich Gesprächen mit wütenden Fleischverkäuferinnen nicht gewachsen fühlte.

Mitten in diese Überlegung hinein schoss der Fahrstuhl nach oben, zehn Stockwerke vielleicht, hielt kurz an, um wieder fünf nach unten zu fallen. Dann stoppte die Kabine, schaukelnd wie ein Weihnachtsfuhrwerk. Sie hielt den Atem an. Merten drückte den Notrufknopf. Es knisterte in der Leitung, dann eine Stimme: »Ja?«

Alle im Fahrstuhl sahen den dicken Beimer an. Er war der Chef.

»Wir stecken hier fest«, sagte Beimer.

»Verstehe«, sagte die Stimme. »Das kann allerdings so zwanzig, dreißig Minuten dauern.«

»Ich bin der Chef dieses Unternehmens«, sagte Beimer. »Mein Name ist Joachim Beimer.«

»Der Fahrstuhlservice gehört Ihnen aber nicht, soweit ich weiß«, sagte die Stimme.

»Es ist Heiligabend«, sagte Beimer brodelnd.

»Frohe Weihnachten dann«, sagte die Stimme.

»Wie heißen Sie?«, brüllte Beimer in die Wechselsprechanlage, aber da knisterte nichts mehr, die Stimme war verschwunden.

»Silvester macht der hier keinen Dienst mehr«, sagte Beimer

»Bitte?«, fragte der Betriebsrat, munter jetzt.

»Ach, vergessen Sie's, Geschke«, sagte Beimer und schüttelte sich in seinem Franz-Josef-Strauß-Gedächtnismantel. Er kannte jeden Namen an seinen Türen.

Geschke lächelte und wippte leicht in den Knien, wie ein General. Er hatte den alten Fettsack am Nasenring. Er war nicht besser als Beimer, dachte Griet Fischer. Im Grunde hätte auch Beimer in praktischem Schuhwerk und Baskenmütze im Lift stehen können und Geschke mit Glockenmantel und Budapester Schuhen. Hannes Wader mochten sie sicher beide. *Ich bin ein Rohr im Wind, bind dich nicht an mich, ich bin kein Halt, mein Kind.* Griet mochte die gespielte Ernsthaftigkeit und Empörung der professionellen Gewerkschafter nicht. Sie verstand sie nicht. Während ihres Studiums hatte sie ein Praktikum bei General Motors in Lansing, Michigan, gemacht, 2004, in der schlimmsten Autokrise aller Zeiten. Damals hatten sie die Oldsmobile-Produktion eingestellt, zweitausend gewerkschaftlich organisierte Autowerker fuhren jeden Tag in ein stillgelegtes Einkaufszentrum am Stadtrand, spielten dort Karten, signalisierten Arbeitsbereitschaft und verdienten damit Geld. Die Luft stand still. Währenddessen baute Toyota am anderen Ende des Landes billigere Autos. Die Gewerkschaften kämpften ihren selbstvergessenen Kampf und rissen am Ende alle mit in den Abgrund. So sah Griet Fischer die Sache.

Sie hätte sich gern auf eine Seite geschlagen, aber das ging nicht

»Und, Frau Fischer, haben Sie alles aus der Pipeline? Vor dem Fest?«, sagte Beimer plötzlich, wahrscheinlich, um allen das Gefühl zu geben, es gehe irgendwie vorwärts.

»Pipeline?«, fragte sie.

»Rehfelde«, sagte Beimer und nickte verschwörerisch zum Gewerkschafter.

»Rehfelde befindet sich noch in der, äh, Pipeline«, sagte Griet Fischer, plötzlich unglaublich froh, dass Reinhard Maschke und seine beschwipste Empfangsdame noch am Leben waren. Sie hatte sie nicht sterben lassen. Pipeline. Großer Gott. Sie sah Merten an, aber der lachte nicht. Er schaute ernst, ergriffen beinahe auf den Boden des Fahrstuhls. Sein dünner, grauer Scheitel hing ihm leblos in die Stirn, hinterm Rücken versteckte er ein Päckchen, das, wenn sie richtig sah, in Quartier-207-Packpapier eingeschlagen war. Es hatte die Größe ihres Weihnachtsgeschenkes. Es war die einzige Idee, die er hatte.

»Bis zum Ende des Jahres müssen wir das gelöst haben«, sagte Beimer. Geschke, der Gewerkschafter, blinzelte irritiert. Der Aufzug ruckte, fuhr drei Stockwerke nach oben, hielt kurz, schaukelte und kletterte weitere drei. Die Türen blieben geschlossen. Jeder der vier Fahrgäste stand in seiner Ecke. Griet Fischer erkannte in der ziellosen Fahrstuhlfahrt plötzlich eine Metapher für ihr Leben. Das ganze Streben nach oben war doch äußerst fragwürdig. Am Ende landete man mit drei rückgratlosen Kerlen in einer verschlossenen Zelle. Keiner dieser Männer hatte irgendeine Antwort, sie taten nur so. Sie hätte gern gewusst wie der Engel in »It's a wonderful life« hieß.

»Ich hoffe, sie holen die Monteure nicht aus Hellersdorf«, sagte Beimer.

Hellersdorf war ein Ort, der ihm von ihrem Ausflug im Rahmen der »Schenke ein Lächeln«-Aktion vermutlich als besonders rückständig und abgelegen in Erinnerung geblieben war. Sie hatten auf der Rückfahrt eine halbe Stunde lang im Stau gestanden. In den Tagen nach ihrem Hellersdorf-Besuch hatte Beimer so getan, als hätten sie den Südpol bereist. Sie brauchten die benachteiligten Gebiete, verstand Griet Fischer nun. Sie beschenkten die Menschen, weckten Bedürfnisse, vergaben Kredite, züchteten Hoffnungen und enttäuschten sie, um Platz zu machen für neue Hoffnungen. Griet Fischer nahm sich vor, diese Gedanken nicht zu vergessen. Niemals.

»Wussten Sie eigentlich, dass ich auch aus einem benachteiligten Gebiet stamme?«, sagte sie.

»Ach was«, sagte Beimer, die Lippen gespitzt. Der Gewerkschafter sah auf. Das war sein Thema.

»Ja, Neubrandenburg. Deswegen schreibt sich mein Name auch mit ie. Das ist norddeutsch.«

»Also Fiescher?«, fragte Beimer. Mit der linken Hand fuhrwerkte er in den Tiefen seines Filzmantels. Mit der rechten jonglierte er ein iPad wie ein Handgelenktäschchen. Seine Nasenflügel flatterten. Merten grinste. Sie hätte ihn gern geschlagen, mitten in sein weiches, wegsackendes Gesicht.

»Nee, nee, Herr Beimer«, sagte sie. »Mein Vorname. Griet. Für die Amerikaner klingt das wie Greed.«

Beimer sah sie ahnungslos an, der Betriebsrat studierte seine Wanderschuhe.

»Das heißt Gier, Jochen«, sagte Merten leise. Offenbar duzten sich die beiden seit Kurzem.

»Für wie bescheuert halten Sie mich eigentlich«, sagte Beimer und beendete die Duzphase.

»Greedy Griety haben sie mich genannt. Die gierige Griet. Und das Seltsame ist: Ich war stolz darauf.«

Der Gewerkschaftsfunktionär schüttelte den Kopf.

»Deswegen haben wir Sie auch geholt, Griet«, sagte Beimer, geblähte Nüstern, die Hand am Sack. »Griety. Was hat dieser Typ aus Wall Street dazu gesagt, Merten?« Die First-name-Basis war wiederhergestellt.

»Wozu, Jochen?«, fragte Merten.

»Zum Thema Gier.«

»Gier ist gut. Gier ist gesund. Gier hat den Menschen zu dem gemacht, was er ist.«

»Gier hat uns zu Menschen gemacht«, sagte Beimer stolz.

Es war seltsam, diese Worte aus dem Munde eines Menschen zu hören, der einmal Bäume in Darmstadt umarmt hatte.

»Jetzt wird mir einiges klar«, sagte der Betriebsrat.

»Hören Sie doch auf, Geschke, wenn Sie Ihre lächerlichen drei Etagen gelaufen wären, säße Frau Fischer schon unterm Weihnachtsbaum, Merten und ich wären beinahe in der Uckermark.«

Griet sah Merten an.

»Wir feiern dieses Jahr zusammen«, sagte er.

»Die Frauen warten schon«, sagte Beimer.

Das zweite Päckchen aus dem Quartier 207 war sicher für die Gastgeberin gedacht. Frau Beimer. Merten stand linkisch in seiner Fahrstuhlecke. Es war ihr letztes gemeinsames Weihnachten, und das war kein trauriger Gedanke, sondern ein fröhlicher. Etwas löste sich in Griet Fischer, ein eisernes Band sprang von ihrem Herzen, und es war wohl kein Zufall, dass in diesem befreienden Moment der Fahrstuhl erwachte. Ruhig brachte er sie ins Erdgeschoss. Die Türen öffneten sich, und dort stand ein älterer Herr in der Uniform des Wachdienstes ihrer Bank und lächelte sie an.

»Frohe Weihnachten«, sagte er.

Beimer stampfte wortlos an ihm vorbei ins Foyer, bereit, irgendeine grundsätzliche Ansprache zu halten, aber da war niemand, an den er sie hätte richten können, kein Fahrstuhlservice, keine aufgeregten Haustechniker, keine besorgten Familienangehörigen. Nur das große abstrakte Bild über der Couchecke, das sie an einen Wutanfall erinnerte, der riesige Weihnachtsbaum, auf dessen Spitze ein Mercedes-Stern steckte. Und der alte Mann vom Wachdienst. Draußen war es dunkel, über die Mollstraße wischten die Verkehrslichter. Beimer ruderte mit den Armen wie ein Polizist.

»Mit einem Mal fuhr er wieder«, sagte der alte Wachmann.

»Ein Weihnachtswunder«, sagte Beimer.

»Sozusagen.«

»Ppffhh«, machte Beimer.

Einen Moment lang standen sie alle still um den Mercedes-Weihnachtsbaum wie Krippenfiguren. Jeder in seiner Rolle. Der Chef und sein Stellvertreter, der Wachmann, der Gewerkschafter und die zweifelnde Karrieristin. Dann zerstreuten sie sich. Beimer und Merten fuhren im Mercedes-Bus an den Oberuckersee, der Betriebsrat mit der Straßenbahn nach Weißensee, wo er sich vor drei Jahren eine Eigentumswohnung in einem ehemaligen Rathaus gekauft hatte, der Wachmann stieg wieder in seine Rezeptionskanzel, Griet Fischer aber trat auf die Straße vor dem 21-stöckigen Hochhaus, wo sie ihr Handy zückte, um Reinhard Maschke in Rehfelde ihre Weihnachtsbotschaft auf den Anrufbeantworter seiner Niederlassung zu sprechen. Sie erläuterte ihre Meinung zum ewigen Spiel um das Geld, zu benachteiligten Gebieten sowie zum Unterschied zwischen den Filmen »Wall Street« und »It's a wonderful life«.

»Der Engel hieß Clarence«, sprach sie am Schluss auf die Mailbox. »Genau wie der Löwe aus Daktari. Aus Löwen können Engel werden, Herr Maschke.«

Sie sah an dem Haus nach oben, von hier konnte sie die Spitze nicht mehr erkennen. Griet Fischer war auf der Erde angekommen. Bei den Menschen. Ein Engel. Oder vielleicht doch eher eine Schneeflocke. Schneeflöckchen, Weißröckchen, dachte Griet Fischer. Sie wäre gern wie Jimmy Stewart jubelnd durch die Straßen gerannt und hätte die Welt umarmt. Aber so weit war sie nicht. Noch nicht.

Donnerstagmorgen nach Weihnachten, eine Stunde bevor das Geschäft öffnete, ging Gabriele Schawanski, Rezeptionistin der Mercedes-Niederlassung Rehfelde, durch den Terminkalender für heute und die nächsten Tage. Ihr Chef, Reinhard Maschke, saß im Verkaufsraum und starrte mit Hundeblick auf die drei neuen B-Klassen, die sich einfach nicht verkauften, obwohl er sie mit Angebotsschildern bepflastert hatte wie Formel-1-Wagen.

Es gab keine Termine, aber auf dem Anrufbeantworter der Niederlassung waren vier neue Nachrichten. Drei kurze Weihnachtsgrüße und eine seltsame fünfminütige Ansprache, die klang, als sei sie unter Drogen entstanden. Nach drei Minuten drückte Gabriele Schawanski die Stopptaste. Sie müsste den Anrufbeantworter endlich mal so programmieren, dass er keine längeren Nachrichten zuließ. Alles, was über eine Minute lang war, konnte man sowieso vergessen.

»Wer warn dit, Gaby?«, fragte Reinhard Maschke aus dem Verkaufsraum. Irgendetwas an der glücklichen weiblichen Stimme auf der Mailbox hatte eine Saite in der Seele des alten Handelsmannes angeschlagen.

»Nur 'n Spinner, Rainer«, sagt Gabriele Schawanski und löschte Griet Fischers Weihnachtsbotschaft an die Welt.

WINTERSCHWIMMER

Axel Ruhl sah durch die Wintergartenfenster über das abgedeckte Fünf-Meter-Rundbecken hinweg auf die kleine Straße und überlegte, wie sein nächster Kunde aussehen würde. Ein Mann sicher, dachte Ruhl, ein Mann in Eile, er würde ungläubig aus seinem Wagen steigen, einem kleinen BMW, vielleicht einem Audi, die Zentralverriegelung würde erst zuschnalzen, nachdem der Mann das orangefarbene Leuchtschild an dem Neubauernhaus entdeckt hatte, das zwischen zwei angebauten Veranden und dem Wintergarten klemmte. Ruhl-Pool. Schwimmbäder. Saunen. Solarien.

Ruhls Haus war das letzte in der Straße, dahinter kam nur noch Ackerland bis nach Polen, und weiter wollte er jetzt nicht denken.

Die Straße war verlassen, still. Es war früher Nachmittag, der Himmel hing quecksilbern über der hart gefrorenen vorpommerschen Erde. Es wurde nie richtig gemütlich in seinem Wintergarten. Die Temperatur stimmte, es war das viele Weiß, das Irina wollte, weil es ihrer Vorstellung von Luxus am nächsten kam. Weiß gestrichene Korbstühle, weiße Fliesen, ein weißer Lacktisch und ein weißes Rohrregal, das sie mit der Gesamtausgabe von John Grisham und ein paar National-Geographic-Sammelbänden gefüllt hatte. Selbst der kleine Fernseher, auf dem sie die Videos über Umlaufpumpen, Partnermassage und Aufgussmischungen aus selbst gezogenen Steingartenkräutern vorführen konnten, war weiß.

Unsere Kunden wollen Vorpommern entfliehen, hatte Irina immer gesagt. Wir geben ihnen die Illusion.

Am Ende, als sie spürte, dass sie ihre Kunden überschätzt hatte, versuchte sie noch, die Kühle mit orangefarbenen Kissen zu vertreiben, die sie überall im Wintergarten verteilte. Es war ihr letztes Entgegenkommen, Irinas Abschiedskuss. Dann entfloh sie Vorpommern und ihrer Ehe nach Gummersbach, wo alles begonnen hatte. Axel Ruhl blieb in ihrem weiß-orangenen Glaskasten zurück wie eine Laborratte, die überraschenderweise alle Experimente überlebt hatte.

Er hatte einen Adventskranz auf den weißen Lacktisch gelegt und fragte sich, was Irina davon halten würde. In seinen Gedanken war sie immer noch hier, half ihm, beriet ihn. Er sah den Kranz an. Die erste Runde Kerzen war bereits heruntergebrannt, Ruhl saß seit vier Stunden hier. Seit halb zehn, als der große Jubiläumsverkauf begonnen hatte.

»Noch kein Geschenk? Vergessen Sie den Winter!«, hatte Axel Ruhl in seiner zehn mal zehn Zentimeter großen Annonce im Anklamer Lokalteil des Nordkuriers versprochen. »Machen Sie sich warme Gedanken! Saunen, Pools und Solarien von Ruhl. Bis zu zwanzig Prozent Preisnachlass aus Anlass unseres 15-jährigen Firmenjubiläums. Einmaliges Angebot, nur am 23. Dezember von 9.30 bis 19 Uhr. Fünfzehn Jahre Ruhl-Pool: Wenn ein Pool – dann von Ruhl!«

Der erste Kunde kam, als der zweite Satz Kerzen abgebrannt war, nach acht Stunden. Er fuhr keinen Audi und auch keinen kleinen BMW, sondern einen Toyota Corolla, rot, vielleicht vier Jahre alt. Die ostdeutsche Corolla-Zeit war Anfang der 90er-Jahre gewesen, gleich nach der Kadett-Zeit. Ein Corolla-Fahrer also, vielleicht ein gutes Zeichen, dachte Ruhl. Die frühen 90er waren auch seine beste Zeit gewesen. Er stand auf, strich sich die Hosenbeine glatt.

Er trug hellblaue Jeans, ein weißes Hemd und ein dunkelblaues Leinensakko. Am Revers glänzte der kleine Stern, den er bekommen hatte, als er sich an dieser »Kauf dir deinen eigenen Stern«-Aktion vor einem halben Jahr beteiligt hatte. Es hatte ihn überrascht, dass man einfach so Sterne verkaufen kann, keine schlechte Geschäftsidee eigentlich. Er hatte seinen Stern Irina genannt und wartete darauf, dass seine Frau ihn fragte, was das Abzeichen bedeutete.

Sie war zweimal nach Anklam zurückgekommen, um ein paar Sachen zu holen, sie hatte den kleinen Stern an seiner Brust nicht bemerkt.

Es war ein Ehepaar, beide Anfang 40, er trug eine schwarze Bundlederjacke, sie einen filzigen Glockenmantel, beige. Die Frau sah erst auf das orangene Leuchtschild und dann auf die vielen kleinen Hütten, die auf dem Grundstück herumstanden, der Mann überprüfte, ob auch alle Türen seines Corolla wirklich abgeschlossen waren. Sie interessieren sich für eine Sauna, kaufen aber keine, sagte Irina in seinem Kopf. Ruhl verließ den Wintergarten und ging den beiden strahlend entgegen.

»Ruhl«, sagte er und streckte die Hand aus.

»Frantz«, sagte der Mann.

»Ihre Annonce«, sagte die Frau.

»Zwanzig Prozent Rabatt«, sagte Herr Frantz, sein Blick wanderte zwischen der Blockhütte mit den Vorführsaunen, der Baracke mit den Solarien und der flimmernden Blase des überdachten XC-2001-Pool im hinteren Teil des Grundstücks hin und her.

»Sehr schön, kommen Sie doch in den Wintergarten, da ist es ein bisschen gemütlicher als hier draußen«, sagte Ruhl, sah kurz auf den tiefen Winterhimmel und überlegte, ob er irgendetwas über Schnee sagen sollte, Weihnachten und Schnee, ließ es dann aber. Er führte die beiden in den Glaskasten.

»Wollen Sie ablegen?«

Das Ehepaar sah sich an, sie schienen sich zu versteifen. Sie waren sicher aus Vorpommern, dachte Ruhl, er selbst kam aus Radebeul bei Dresden, wo die Menschen mehr redeten als hier. Seine Frau war aus Anklam, deshalb war er einst in den Norden gekommen. Das Ehepaar setzte sich auf die orangenen Sitzkissen, der beige Glockenmantel von Frau Frantz schob sich unvorteilhaft nach oben, ihr Hals verschwand.

»Wir sind begeisterte Saunagänger«, sagte sie.

»Das ist schon mal ein guter Anfang«, sagte Ruhl und lachte. Frau Frantz sah ihren Mann verständnislos an.

»Haben Sie Prospekte?«, fragte Herr Frantz und rieb sich mit dem Zeigefinger im Kragen seines Pullovers herum, den er unter der Lederjacke trug. Es war warm im Wintergarten, nicht gemütlich, aber warm.

»Ja, selbstverständlich, aber ich dachte, Sie möchten

sich vielleicht eines unserer beliebtesten drei Modelle vor Ort anschauen. Man will doch nicht die Katze im Sack kaufen. Der Rabatt gilt ja nur heute«, sagte Ruhl.

»Ach«, sagte Frau Frantz.

»Nur heute?«, sagte Herr Frantz.

»Es ist unser 15-jähriges Firmenjubiläum«, sagte Ruhl und überlegte, warum er immer noch die Mehrzahl benutzte. Ruhl-Pool war zu einem Ein-Mann-Unternehmen geschrumpft. Es war sein Jubiläum.

»Oh«, sagte Herr Frantz und ruckelte ein bisschen auf dem Stuhl herum. Wenn der was kauft, komme ich morgen wieder zu dir zurück, flüsterte Irina in Axel Ruhls Kopf.

»Sie könnten natürlich auch eine Sauna ausprobieren«, sagte Ruhl. Es war eine Geschäftsidee aus dem Jahre 97, über die sich Irina immer lustig gemacht hatte.

»Wir haben frische Bademäntel und Handtücher da. Unser Modell Finnlandia ist bereits angeheizt, sie misst zweifünfzig im Quadrat, Elektroofen von Siemens. Sie können sich in der Saunablockhütte dort hinten umziehen. Im Vorraum steht ein Tauchbecken. Es gibt natürlich auch Duschen.«

Das Paar sah sich überrascht an, lächelnd, weicher. Ruhl stand auf und entnahm einem Wandschrank zwei weiße Frotteebademäntel, einen vorbereiteten Stapel Handtücher, auf dem zwei Fläschchen mit verschiedenen Aufgussessenzen lagen. Das Ehepaar Frantz erhob sich, Herr Frantz nahm die Bademäntel entgegen, seine Frau den Handtuchstapel. Axel Ruhl sah ihnen nach, wie sie durch seinen kleinen Garten auf die Blockhütte zugingen, die gemütlich im Winternachmittag dampfte.

Im Jahre 2000 hatte er mal eine Familie aus Pasewalk gehabt, die vier- oder fünfmal kam, um eine Sauna zu testen. Ein Ehepaar und drei Kinder, die Bönecke aus Pasewalk. Axel Ruhl steckte vier neue Kerzen auf seinen Adventskranz. Er legte die erste von zwei CDs mit Weihnachtsliedern von Elvis Presley ein. Die Hülle war weiß, vielleicht hatte sie Irina deswegen gekauft. Elvis sang »Silent Night, Holy Night«. Es erinnerte ihn an seine Geschäftsidee. Er würde nie aufgeben, man konnte so viel machen.

Der Rabatt zum 15-jährigen Firmenjubiläum war seine vorerst letzte Geschäftsidee. Wahrscheinlich hing es mit den ganzen Sendungen zum 15. Jahrestag des Mauerfalls zusammen, dachte Ruhl. All die Experten, die nochmal ins Fernsehen durften, die Ungarnflüchtlinge, Revolutionspfarrer, Grenzsoldaten. Auch er hatte eine Geschichte zu erzählen.

Am 16. Dezember 1989 war der dunkelblaue Opel Omega mit dem Gummersbacher Nummernschild nach Anklam gerollt. Er hielt in der Mitte der Stadt, direkt vor dem Rat des Kreises, wo Ruhl damals noch ein Zimmer hatte, an dessen Tür »Stellvertretender Schulrat« stand. Ein Posten, den er im Sommer 1989 antrat, weil Irina sich geschämt hatte, mit einem Lehrer für »Einführung in die sozialistische Produktion« verheiratet zu sein. Dabei war er ihretwegen ESP-Lehrer geworden. Ruhl war Diplomingenieur für Chemieanlagenbau, aber dafür gab es in Irinas Heimatstadt Anklam keine Verwendung.

In der Mittagspause traf er den Fahrer des großen dunkelblauen Opel im Foyer, wo er den Pförtner überredete, seine Prospekte im Rat auslegen zu dürfen. Auf den Prospekten waren verschieden große Schwimmbecken abgebildet. Der Pförtner starrte den Mann verständnislos an. Schwimmen im Winter.

»Warum sind Sie denn ausgerechnet nach Anklam gekommen?«, fragte Ruhl.

»Weil Sie hier so lange auf Swimmingpools verzichten mussten«, sagte der Mann und ergriff Ruhls Hand wie einen Faden, den er nach langer Suche endlich zu fassen bekam. »Drommer«, sagte der Mann. »Ewald K. Drommer.«

Eine Woche später verantwortete Axel Ruhl den nordostdeutschen Vertrieb für Drommer Schwimmbäder. Er hatte nicht lange überlegt. Weder als Schulrat noch als ESP-Lehrer hatte er eine große Zukunft, außerdem steckte er mit 3000 Mark Einsatz in der Mitte eines dieser Pyramidenspiele fest, die gleich nach dem Mauerfall in Mode gekommen waren. Wenn man genug Leute fand, die unten Geld in die Pyramide steckten, bekam man am Ende oben 30 000 Mark raus, wenn nicht, war der Einsatz weg. Er hatte nur seinen Schwager zum Mitmachen überreden können, Kollegen hatte er ja kaum noch, und am Runden Tisch, an dem er vorübergehend als Volksbildungsvertreter teilnahm, wollte er niemanden ansprechen.

Am 23. Dezember 1989 unterschrieb er einen Fünfjahresvertrag bei Drommer. Im Februar 90 verkaufte Axel Ruhl seinen ersten Pool, ein rundes Plastikbecken, einen Meter tief und dreieinhalb Meter im Durchmesser. Bis zum Frühsommer hatte er 32 Schwimmbecken verkauft, das größte maß vier mal zwei Meter und hieß Timmendorfer Strand.

Ruhl hatte Kunden bis nach Annaberg-Buchholz aquiriert, er war Drommers erfolgreichster Vertreter. Genau gesagt war sein Umsatz fast doppelt so hoch wie der von Drommer selbst, aber das ahnte er damals noch nicht. Er und Irina hatten das »Mutterhaus« ja nie gesehen, wie Drommer die Baracke im Gewerbegebiet am Gummersbacher Stadtrand nannte, die er mit zwei jugoslawischen Teilzeitmonteuren verwaltete.

Im Oktober 1990, kurz nach der Deutschen Einheit, eröffnete Ruhl den Saunabereich seines Unternehmens, im Dezember kamen die Solarien dazu. Seine Frau hörte als Technologin in der Anklamer Zuckerfabrik auf, sie machte den Schreibkram, Steuern, Verträge, und hielt Kontakt zum »Mutterhaus« in Gummersbach.

Weihnachten 1994, als er aus seinem Fünfjahresvertrag entlassen wurde, hatte Ruhl 157 Schwimmbecken, 184 Saunen und 223 Solarien verkauft. Ein Umsatz von fast drei Millionen D-Mark. Für ihn und Irina war nicht so sehr viel übrig geblieben, es hatte für den Wintergarten gereicht und einen Toyota-Kleinbus, dunkelblau. Aber er war jetzt unabhängig von Drommer, und er war erst 36 Jahre alt. Leider schien er in den ersten fünf Jahren den ostdeutschen Swimmingpoolbedarf fast befriedigt zu haben. Bis zum Ende der Neunzigerjahre verkaufte Ruhl noch ganz gut Solarien, dann verloren seine Landsleute auch daran das Interesse, keine Ahnung, warum. Die gute alte Sauna hielt ihn am Leben. Die ostdeutsche Bevölkerung hatte eine seltsame intensive Beziehung zur Sauna, vielleicht lag es an der Nähe zur Sowjetunion.

1999, zum zehnjährigen Firmenjubiläum, unternahm er mit Drommer einen letzten gemeinsamen Versuch, in den Bereich der hochwertigeren Poolsysteme einzusteigen. Drommer sagte, wenn überhaupt Bedarf dafür bestehe, dann im Osten des Landes. Sein Argument war immer noch: Ihr musstet so lange darauf verzichten. Im hinteren Teil des Grundstückes war gerade Platz für den XC 2001, einen fünfzehn mal fünf Meter großen Pool, der im Winter überdacht und beheizt werden konnte. Er wurde im Januar 2001 als Mustermodell neben dem Gartenzaun eingelassen.

Es war die vorvorletzte Geschäftsidee von Axel Ruhl. Die vorletzte war der orangefarbene Smart, den er 2002 kaufte und dick mit seiner Firmenanschrift besprühte. Ruhl fuhr ihn an Freitagabenden in die Zentren mecklenburgischer und brandenburgischer Kleinstädte, parkte ihn dort übers Wochenende, wenn die Parkuhren ruhten, und holte ihn am Sonntagabend wieder ab. Jetzt, über Weihnachten, stand er in Neubrandenburg neben dem Kulturhochhaus.

An einem Sonntagabend im Februar, als er mit dem Smart gerade vom Marktplatz in Prenzlau wiederkam, hatte ihm seine Frau erklärt, dass sie zu sich selbst finden müsse. Dazu brauche sie Abstand. Der Betreiber des Hotels, in dem sie bei ihren Gummersbach-Besuchen wohnte, habe ihr ein Zimmer unterm Dach angeboten. Dafür helfe sie ihm an der Rezeption. Sie habe den Mann an den einsamen Abenden kennengelernt, er könne zuhören, sagte sie. Es traf Ruhl völlig unvorbereitet. Er war müde von der Smart-Fahrt aus Prenzlau, er stand im Wintergarten, alles drehte sich, er sagte: »Hättest du mir das nicht sagen können, bevor wir den XC 2001 aufstellen ließen?«

»Siehste, das meine ich, Acki«, sagte Irina.

»Was meinst du?«, fragte er.

»In unserem Leben dreht sich alles nur noch um diese beschissenen Schwimmbecken. Ich komme mir hier immer mehr vor, wie eine, eine – Bademeisterin«, sagte sie und machte eine Handbewegung, die alles einzuschließen schien, was sie sich in den letzten Jahren aufgebaut hatten. Den Wintergarten, die Demonstrationsvideos, den orangenen Smart, die Saunablockhütten und den gerade aufgebauten XC 2001 am Feldrand.

Zwei Tage später zog sie aus, vorerst, wie sie ihm mehrfach versicherte.

Ruhl brachte sie zum Zug. Auf dem Bahnsteig hatten sie noch einen kurzen, heftigen Streit. Ruhl warf ihr vor, dass sie ihn damals gedrängt hatte, in den Rat des Kreises zu gehen. Sie warf ihm vor, dass er ihren Bruder in dieses Pyramidenspiel hineingezogen habe. Dann kam der Zug.

Die Tür der Saunablockhütte ging plötzlich auf, und Herr Frantz sprang in den Garten. Er war nackt. Es war schon fast dunkel, es war der zweitkürzeste Tag des Jahres, aber man sah deutlich das hüpfende Gemächt von Herrn Frantz, der mitten in Axel Ruhls Garten anfing, gymnastische Übungen zu machen. Jetzt kam auch Frau Frantz, ebenfalls unbekleidet. Ihr Körper begann bereits ein wenig wegzusacken, aber das schien ihr nichts auszumachen. Sie schlug ihrem Gatten auf den roten Hintern und begann dann ebenfalls zu turnen.

Vor einer halben Stunde hatte sie noch mit hochgeschlossenem Filzmantel im Wintergarten gesessen und kurze, verstockte Fragen gestellt. Der Saunagang hatte auf unauffällige Menschen eine entfesselnde Wirkung, die Ruhl nie ganz verstehen würde. Hier im Norden, wo die Leute ohnehin etwas zurückhaltender waren, fiel das besonders auf.

Ruhl sah auf die beiden tanzenden mittelalten Nackten in seinem Garten. Die dritte Runde Adventskerzen brannte langsam nieder, und für einen Moment wusste er nicht, wie es weitergehen sollte. War das deine große Geschäftsidee, Acki?, fragte Irina in seinem Kopf.

Sie hatte ihn vom Diplomingenieur für Chemieanlagenbau zum ESP-Lehrer gemacht, dann zum stellvertretenden Schulrat und schließlich zum Swimmingpool-Vertreter. Aber es war nicht nur ihre Schuld. Eigentlich hatte er auch nie Diplomingenieur werden wollen. Er dachte an das Pyramidenspiel und die vielen kleinen Häuschen, mit denen er ihr Grundstück bebaut hatte, in jedem steckte neue Hoffnung. So viel Hoffnung. Er war 43 Jahre alt. Er dachte an die Schulden, den kleinen Smart, der jetzt unbeachtet in Neubrandenburg stand. Womöglich war Ruhl-Pool nie das richtige Konzept für Vorpommern gewesen. Vielleicht sollte er etwas anderes probieren. Sterne verkaufen.

Das war eine Idee. Ihm wurde ein bisschen schwindlig.

In diesem Moment klopfte jemand an die Wintergartentür. Ruhl sah das Gesicht einer Frau hinter dem Glas.

Dunkle Locken, dunkle Augen. Er bekam einen Schreck, aber dann lächelte er, stand auf und öffnete die Tür.

»Tut mir leid, ich hab Sie nicht kommen sehen«, sagte Ruhl.

»Kann man ja verstehen, bei dem Programm in Ihrem Garten«, sagte die Frau und lachte. Sie war Ende dreißig, Anfang vierzig, schätzte Ruhl, sie sah müde aus, aber nicht niedergeschlagen.

»Ach so. Ja. Das ist das Ehepaar Frantz, sie interessieren sich für eine Sauna. Die Finnlandia«, sagte Ruhl.

»Sie scheint ihnen zu gefallen«, sagte die Frau.

»Sie hat einen Siemens-Elektroofen«, sagte Ruhl.

»Na dann«, sagte die Frau.

»Ja«, sagte Ruhl.

»Ich interessiere mich eher für ein Solarium, würde mich aber nur ungern ausziehen«, sagte die Frau. Ruhl lachte.

Er sah, wie sich das nackte Ehepaar zum zweiten Saunagang in die Blockhütte zurückzog.

»Ein kleines Solarium, das ich im Keller aufstellen kann. Und ich würde es gern schnell haben. Ich habe Ihre Anzeige heute Morgen gelesen, kurz nachdem ich in den Spiegel geguckt habe, und dachte, das ist es. Vergessen Sie den Winter! Machen Sie sich warme Gedanken! Gute Idee.«

»Wenn Sie eines der Teneriffa-Modelle nehmen, das könnte ich Ihnen morgen anliefern«, sagte Ruhl.

»Wenn es Ihnen nichts ausmacht.«

»Wieso sollte es mir was ausmachen?«, fragte die Frau.

»Morgen ist Heiligabend«, sagte Ruhl.

»Ach so. Das macht gar nichts. Im Gegenteil, ich hätte ein Geschenk. Ich bin allein, mein Mann hat mich vor zwei Monaten verlassen. Vielleicht sah ich ihm zu abgekämpft aus. Zu blass«, sagte sie.

»Wollen Sie eines der Teneriffa-Modelle sehen?«, fragte Ruhl, dem es ein bisschen unangenehm war, einen so wunden Punkt getroffen zu haben. Unangenehm und angenehm zugleich, wenn man so wollte. Die Frau nickte.

Sie gingen durch den Garten zu dem kleinen Bungalow mit den Solarien, Ruhl hoffte, dass das Ehepaar Frantz noch ein bisschen in der Sauna aushielt. Als die Frau die Plastekuppel des XC 2001 sah, fragte sie: »Was ist denn das?«

»Ein Schwimmbad«, sagte Ruhl. »Wollen Sie es sehen?«

»Gern«, sagte die Frau.

Ruhl legte zwei, drei Schalter um, und die Lampen an dem 15 Meter langen Pool flammten auf. Die Augen der Frau leuchteten. Ruhl war froh, dass er die Halle und das Wasser beheizt hatte, obwohl er nicht damit gerechnet hatte, heute einen XC 2001 zu verkaufen. Er kostete 20 000 Euro, so was kaufte man nicht am Tag vor Heiligabend. Ehrlich gesagt, hatte er in den drei Jahren nicht ein einziges Modell verkauft. Aber es war sein Firmenjubiläum, und da hatte er sich nicht lumpen lassen wollen. Er sah auf die Uhr, es war kurz vor sieben.

»Wenn ich das gewusst hätte, hätte ich einen Badeanzug mitgebracht«, sagte die Frau und lächelte.

»Sie könnten einen von meiner Frau anziehen«, sagte

Ruhl. »Ich glaube, es würde sie nicht stören. Sie ist seit acht Monaten in Gummersbach, um zu sich selbst zu finden.«

»Was bedeutet eigentlich der kleine Stern an Ihrem Revers?«, fragte sie.

Eine Viertelstunde später sprang Axel Ruhl in den Pool. Er ließ sich auf dem Rücken treiben und sah zum dunklen Weihnachtshimmel hinauf, der sich über dem Plexiglas erhob. Dann klappte die Tür, und die Frau kam langsam auf das Becken zu, sie setzte vorsichtig einen Fuß vor den anderen. Sie trug den weinroten Badeanzug von Irina, er passte wie angegossen, vielleicht waren ihre Brüste etwas größer. Sie sah umwerfend aus. Sie glitt von der Leiter ins Wasser und schwamm. Ruhl stieß sich vom Beckenrand ab. Sie schwammen langsam aufeinander zu. Und während er durch das Wasser zog, spürte er die Illusion, von der Irina immer geredet hatte. Er entfloh Vorpommern. Ihre Geschäftsidee war aufgegangen.

In diesem Moment verließen Herr und Frau Frantz vollständig bekleidet die Saunablockhütte. Sie hatten drei Gänge absolviert, die Handtücher zusammengelegt und wollten nun so schnell wie möglich nach Hause. Der Plan war, kurz in den Wintergarten hineinzuwinken, Ruhl würde dann schon wissen. Eigentlich brauchten sie keine eigene Sauna. Aber der Wintergarten war verlassen. Auch gut. Sie gingen aufs Gartentor zu, da entdeckte Herr Frantz das Licht in der großen Blase am Grundstücksrand. Seine Frau hielt ihn am Arm, aber das wollte er sich doch ansehen.

Frantz lief mit flinken Schritten quer über das Grundstück, zog vorsichtig die Tür zu einem Vorraum auf, der mit weißen Korbstühlen und Palmen vollgestellt war, dahinter sah man ein überdachtes Schwimmbecken, das mit Scheinwerfern bestrahlt wurde. Es war ziemlich kalt hier drin, aber dennoch war jemand im Wasser. Dieser Ruhl schwamm mit seltsam anmutigen Bewegungen durch das Becken, als er die Mitte erreicht hatte, machte er halt und schaute sich um. Herr Frantz zog instinktiv den Kopf ein, aber Ruhl sah ihn nicht. Er musste irgendetwas anderes in dieser menschenleeren Halle sehen. Was immer es war, Axel Ruhl schien es zu gefallen. Frantz ging schnell zurück, seine Frau warf ihm einen fragenden Blick zu, er nickte rüber zu der beleuchteten Kuppel, tippte sich mit dem Finger an die Stirn. Dann stiegen sie in den Wagen.

Als sie das andere Ende der kleine Straße erreichten, sahen sie nochmal zurück zu dem letzten Grundstück, an dessen Rand das Schwimmbad stand. Ein mattes Licht sickerte durch das Plastedach, es floss wie Edelgas auf den schwarzen Acker. Eine feine Dampfschicht umhüllte die flimmernde hellblaue Blase. Es sah aus, als sei ein Raumschiff vom Himmel gefallen und mitten in Vorpommern gelandet.

UNSICHTBAR

Als Junge hatte sich Jo Friedrich oft gewünscht, unsichtbar zu sein. Jetzt, mit 48 Jahren, konnte er sich den Wunsch erfüllen. Friedrich stand vor dem Pankower Haus, dessen Adresse ihm sein Sohn gegeben hatte. Ein Neubau, den sie zwischen Altbauten gesetzt hatten. Weiß, fünfstöckig und irgendwie nachlässig. Es war sieben Uhr, Heiligabend, das Licht im Hausflur ging an.

Friedrich war seit sechs Stunden in der Stadt. Das Kostüm hatte eine Assistentin aus der Berliner Niederlassung bestellt, es hatte in der Lobby des Boardinghauses gewartet, in dem er schlief, wenn er in Berlin war.

Er war ein bisschen müde. Zwei Cocktails, um einschlafen zu können, bevor er den Sitz flach gestellt hatte. Er war überm Iran wach geworden, als der Alkohol seinen Körper verließ. Er machte immer die gleichen Fehler. Es war jedes Mal der Iran, über dem er aufwachte. Er hatte dann »La La Land« gesehen, zum zweiten Mal, und diesmal hatte sich der Zauber eingestellt, den er im Filmpalast von Delhi nicht gespürt hatte. Am Ende hatte er geweint, was am Fliegen lag – in Flugzeugen war er dünnhäutig –, aber auch an der Zeitreise, die ihm bevorstand. Zu den Tränen zwei weitere Drinks. Er hatte anderthalb Stunden im breiten Boardinghausbett in der Friedrichstraße geschlafen, kurz mit Ikra telefoniert, die ihre Eltern in Connecticut besuchte, in wieder einer anderen Zeit. Auch sie war müde gewesen, aber früher am Tage, vormittags in New England, eine andere, hellere Müdigkeit. Im Hintergrund hatte er Kinder gehört, nicht ihre, natürlich nicht. Ikra wollte keine Kinder. Sie hatte Nichten und Neffen. Sie sah sich als Tante. Jetzt stand er hier in Pankow und beobachtete den Schatten seines Sohnes, der sich aus dem milchigen Hausflurlicht löste.

»Papa?«, sagte Finn.

»Ho Ho Ho«, sagte Friedrich.

Sie lachten.

Er hatte gezögert, das Kostüm gleich in der Friedrichstraße anzuziehen. Er war ein hochbezahlter Manager auf dem Weg nach ganz oben. Sein Konzern, BMW, hatte große Pläne mit ihm. Er sah es in den Gesichtern seiner Vorgesetzten. Er konnte nicht machen, was er wollte. Er repräsentierte selbst in diesem Moment die Bayerischen Motoren Werke. Es war allerdings unwahrscheinlich, dass ihn jemand erkannte. Er trug ein Bauchpolster unterm Mantel, einen Fatsuit. Die Maske bedeckte sein Gesicht vollständig, sie war weich und sah unglaublich echt aus, wahrscheinlich hatte die Assistentin sie für viel Geld beim Film besorgt. Es gab sogar einen Apparat, der seine Stimme veränderte. Wenn jemand wie er Wünsche äußerte, nahm man die ernst.

Der Taxifahrer hatte nichts gesagt, nicht mal gegrinst. Ein Perser, schätzte er. Friedrich hätte ihm erzählen können, dass er im Himmel über Teheran Emma

Stone und Ryan Gosling hatte tanzen sehen, aber wozu. Sie waren schweigend durch den Berliner Abend gefahren. Ein Perser und ein Weihnachtsmann. Zwei Männer, die am Heiligen Abend arbeiten mussten. Jetzt war Jo Friedrich froh, dass er sich nicht auf einer Pankower Nebenstraße umziehen musste.

Sein Sohn trug ein kariertes Hemd und eine Cordhose, die aussahen, als habe er sie gerade geschenkt bekommen. Wahrscheinlich von Lisa, Finns Frau, die er nicht kannte. Aber er kannte Frauen. Finns Haare waren noch lang und störrisch, so wie seine Haare einst gewesen waren, bevor ihn die Zeit passend gemacht hatte. Die Frauen, die Firma und so weiter. Der Junge war auf dem Weg, aber noch nicht da.

»Wir haben zehn Minuten«, sagte Finn und öffnete die Hand, in der ein Joint lag.

Friedrich fragte sich, wer sich entspannen sollte. Er oder sein Sohn. Er dachte an Finns 18. Geburtstag, zu dem er aus Warschau angereist war, wo er damals die Landesvertretung geleitet hatte. Den ganzen Weg mit dem Auto, ein schwarzer 7er, polnisches Kennzeichen, im Kofferraum zwei High-End-Plattenspieler, von denen Andrea gesagt hatte, dass ihr Junge sich die sehnlichst wünsche. Die Grenzer hatten ihn angesehen wie einen Mafiaboss, was ihm gefiel, weil man ihm das zutraute.

Finn hatte damals in verschiedenen Klubs aufgelegt. Andrea hatte so stolz davon berichtet, als hätten sie ein Wunderkind gezeugt. Eine Art Lang Lang der Technowelt. Später war nie wieder die Rede von einem DJ-Leben gewesen, es war einfach so versandet. Wie die

Tennisphase, die Karriere als Spieleentwickler und das Jurastudium. Als Friedrich die Familie verlassen hatte, war Finn fünf Jahre alt und ein ganz normaler Junge gewesen. Zwei Wochen nach seinem Auszug hatte Andrea ein Klavier gekauft. Das Klavier hatte den Vater ersetzt. Ihn.

Auf Finns 18. Geburtstag jedenfalls hatte Friedrich zum letzten Mal an einem Joint gezogen, in seinem Alltag ergab sich die Gelegenheit nur selten. Er war es nicht gewohnt, und der Stoff war ungewöhnlich stark, wie ihm Finn später gestanden hatte, der seinerzeit neben seinem DJ-Leben als Kleindealer beschäftigt war. Jo Friedrich hatte die Geburtstagsrunde im Drogenrausch detailliert über die Trennung von seiner polnischen Freundin Agnieszka unterrichtet, hatte gelacht, geweint, erfolglos versucht, die Plattenspieler anzuschließen, und war später mitten in der Nacht auf der Wohnzimmercouch seiner Exfrau Andrea aufgewacht, zugedeckt mit einer Patchworkdecke, die ihnen – nochmal fünfzehn Jahre zuvor – seine Mutter zu Weihnachten geschenkt hatte. Er war gegangen und nie wiedergekommen, was er dem peinlichen Auftritt zuschrieb, aber natürlich gab es andere Gründe.

Das war neun Jahre her.

Andrea hatte ihm noch eine Weile Geburtstags-SMS geschickt, aber inzwischen machte sie auch das nicht mehr. Finn sah er ein- oder zweimal im Jahr, wenn er in Berlin war. Sie gingen essen oder in ein Konzert, sie redeten über Fußball, Musik und Filme, manchmal, aber nur selten über ihre beruflichen Erfahrungen. Finn arbeitete inzwischen in einer Cateringfirma, die mittelgroße Veranstaltungen in der Berliner Wirtschaft und Politik ausrichtete. Jo Friedrich reiste um die Welt. Er lebte seit drei Jahren in Indien. Sie hatten ihm gerade New York angeboten. Es sah nicht so aus, als könne ihn sein Sohn einholen. Die Familie hielten sie bei ihren Gesprächen heraus, die alte und auch die neue. Friedrich hatte immer das Gefühl, dass Finn das so wollte, aber vielleicht lag es an ihm. Die Idee, ihn als Weihnachtsmann einzuführen, stammte von Finn.

Er sah den Joint an.

»Leichter Stoff«, sagte Finn, lächelte und schnippte sein Feuerzeug auf.

Jo Friedrich zögerte, nahm dann aber den Joint. Er war der Weihnachtsmann. Er trug eine Hollywoodmaske, einen Fettanzug und einen Apparat, der seine Stimme veränderte. Niemand kannte ihn. Ihm konnte nichts passieren. Er musste nur die Namen von Paketen vorlesen, mit einer Stimme, die nicht ihm gehörte.

»Wer ist denn da?«, fragte er zwischen dem zweiten und dem dritten Zug.

»Von denen, die du kennst, Mama, Oma und Opa und Tante Kerstin«, sagte Finn.

»Onkel Thomas?«

»Gibt's nicht mehr«, sagte Finn. »Dafür haben wir Frank, Mamas neuen Freund.«

»Franky«, sagte Jo Friedrich und zog am Joint.

»Ja«, sagte Finn. »Am wichtigsten sind die Kinder. Anne, das ist Lisas Tochter aus einer früheren Beziehung, sie ist sechs. Und Tom, unser gemeinsamer Sohn.«

»Mein Enkel.«

»Dein Enkel, Opa Jo.«

»Klingt wie eine deutsche Country-Band.«

»Ja. Und dann noch Lisas Familie. Vater, Mutter, Bruder, Oma. Die Namen musst du dir nicht merken. Lies einfach vor, was auf den Paketen steht. Später kommt vielleicht noch Annas Vater, um sein Geschenk abzugeben.«

»Der Exfreund von Lisa?«

»Ja.«

»Interessante Runde.«

»Hm.«

»Du hast wirklich nichts gesagt?«

»Nee. Ich kenne dich nicht. Ich habe einfach einen Weihnachtsmann bestellt. Sensationelles Kostüm, nebenbei. Sehr echt.«

»Und du hast das noch nicht gehört«, sagte Friedrich und drückte den Schalter, der sich unterm Bart verbarg.

»Wart ihr auch alle artig?«, sagte er. Sein Sohn zuckte zusammen.

»Das wird Tom sein Leben lang nicht vergessen«, sagte er.

»Das will ich hoffen«, sagte die Stimme, die wie die von Johnny Cash klang, dachte Friedrich. Dem späten.

Als sie fertig waren, gab ihm Finn eine kleine Dose mit Mundspray. Er hatte an alles gedacht. Friedrich sprühte sich auch etwas auf den Bart.

Die Wohnung passte zur Cordhose seines Sohnes.

Weiße Regale, helles Laminat, hufeisenförmige eierschalenfarbene Sofaecke mit vielen Kissen in gedeckten Farben, offene Küche, die nicht aussah, als würde dort viel gekocht, riesige Abzugshaube, langer Holztisch, nicht alt, aber auf alt gemacht, stonewashed, sozusagen. Bücher gab es kaum, aber ein Spirituosenfach, wie es in seiner Jugend populär gewesen war. Den Schnaps ausstellen. Jack, Chivas, Remy, Tequila, Rum, Gin. An einer freien Wand hing eine Reproduktion des Gursky-Supermarktfotos, die andere war frei für den Strahl des Beamers, der in einem der Regale stand. Dort befand sich auch einer der beiden Plattenspieler aus der DJ-Ära seines Sohnes. Daneben ein paar Platten, vorn erkannte er das Cover eines Ryan-Adams-Albums, das er seinem Sohn vor ein paar Jahren zum Geburtstag geschenkt hatte. Heartbreaker. Vielleicht hatte Finn das für seinen Besuch dorthin gestellt, dachte Friedrich. Egal. Tolle Platte, immer noch.

Oh my sweet disposition, may you one day carry me home.

Auf dem Plattenspieler aber drehte sich eine AMIGA-Platte. Peter Schreier sang Weihnachtslieder. Die hatte einst seinen Eltern gehört. Es berührte ihn mehr, als er gedacht hatte, mehr, als er wollte. Der Joint, dachte er.

Er stand mitten im Raum, der groß war und das, was man in Deutschland unter amerikanisch verstand. Sein Enkelsohn hatte sich sofort hinter die Riesencouch verzogen, als er den Raum betrat. Der Junge war blond, das war alles, was er im Moment hätte sagen können.

Finn hatte ihn kurz anmoderiert.

»Na guckt mal, wen ich draußen getroffen habe.«

Er hatte mit seiner Man-in-Black-Reibeisenstimme »Ho Ho Ho!« gerufen, alles, was er im Repertoire hatte.

Er versuchte lustig zu schauen, aber das sah niemand. Die perfekte Maske. Er war unsichtbar.

Andrea war alt geworden. Sie sah nicht glücklich aus, aber auf eine seltsame Art zufrieden. Big Mama, um die sich alle versammelten. Sie trug einen dicken weißen Rollkragenpullover, der ihr zusammen mit den dunkelrot gefärbten Haaren etwas Nachspeisenhaftes verlieh. Ein Törtchen. Links neben ihr saß Franky, ihr Freund, der in Friedrichs Alter war, aber kahl. Kleiner Bauch, Ohrring, ein Hemd, das Andrea ihm ausgesucht hatte. Er machte irgendwas im IT-Bereich, schätzte Friedrich, Kundendienst, der Wagen stand sicher vor der Tür, groß mit Werbung bedruckt, aber er durfte ihn auch an den Wochenenden benutzen.

Das mittelalte Paar war das Kraftzentrum der Gruppe, obwohl es nicht ihre Wohnung war. Alle anderen ordneten sich um sie. Seine ehemaligen Schwiegereltern, die enger zusammensaßen als vor zehn Jahren, obwohl sie sich noch weniger zu mögen schienen. Er lächelnd, sie angewidert. Zwei Planeten. Und doch irgendwie vereint im Bewusstsein, die bessere Hälfte der Familie zu sein. Der adlige Zweig. Manfred war pensionierter Straßenbahnfahrer, Karin pensionierte Sekretärin, Friedrich hatte keine Ahnung, woher der Dünkel kam.

Lisa, seine unbekannte Schwiegertochter, war schön. Sie hatte sehr kurze dunkle Haare und riesige blaue Augen, sie trug ein einfaches weißes Kleid und eine Kette aus großen silbrigen Perlen. Sie sah aus wie ein Mädchen, das aus einer anderen Zeit und einer anderen Welt in dieses Pankower Wohnzimmer gefallen war. Ihre Familie dagegen schien aus dem Berliner Speckgürtel angereist zu sein, dachte Friedrich. Bohnsdorf, Teltow oder Falkensee. Der Vater trug ein »Camp David«-Hemd, wild bedruckt, aber gebügelt, die Mutter ein Rauchergesicht, der Bruder hatte kurz geschorene Haare, einen dieser ekligen Spannohrringe und ein Tattoo, das rechtsradikal aussah, aber sicher nicht war. Eine Oma war nicht zu sehen.

An den Außenrändern der Familienaufstellung befanden sich Kerstin, seine einstige Schwägerin, die er gemocht hatte und jetzt, da sie ihren rechthaberischen Mann Thomas losgeworden war, sicher noch mehr mögen würde. Sie sah erschöpft aus und gleichgültig, so als habe sie eine schwere Krankheit hinter sich. Auf der anderen Seite stand Anne, Lisas Tochter, still, aufrecht und misstrauisch.

Seine Familienanalyse dauerte nur Sekunden, vielleicht aber auch Minuten. Jo Friedrich hatte das Zeitgefühl verloren, das große und das kleine. Der Joint, der Jetlag, die Fremde. Wie beim letzten Mal. Aber er fühlte sich ruhiger, entspannter, nicht so aufgedreht wie damals. Eigentlich gut. Er hatte kein Bedürfnis, die Dinge voranzutreiben, was in seiner Rolle natürlich kontraproduktiv war. Er war der Mann mit dem Sack. Heute war sein Arbeitstag.

Sein Enkel Tom wagte sich hinter der Couch hervor. Er war blond und lockig, sah Friedrich nun. Er ähnelte weder Lisa noch seinem Sohn. Das Gesicht des Jungen erinnerte ihn an die Kinderfotos seines Vaters, was ihm, zusammen mit Peter Schreier, der »Kommet ihr Hirten« sang, die Tränen in die Augen trieb. Seine Mutter hatte am Heiligen Abend gern darauf hingewiesen, dass

Peter Schreiers Weihnachtslieder die meistverkaufte Ostplatte aller Zeiten gewesen sei.

Seine Mutter lebte im Heim. Sein Vater war seit fünf Jahren tot. Er musste hier allein durch.

»Redet er auch?«, fragte Karin, seine ehemalige Schwiegermutter. Er wusste auch, ohne sie anzusehen, dass sie die Beine übereinandergeschlagen hatte.

»Ho Ho Ho«, sagte Jo Friedrich, als sei er ein Weihnachtsmannautomat, der kaputtgegangen war.

»Vielleicht 'n ausländischer Weihnachtsmann«, sagte Lisas Bruder.

»Luky!«, rief seine Mutter. Man wusste nicht, ob es ein Lob war oder ein Tadel.

»Is do wahr«, sagte Luky.

Vielleicht waren die Tattoos doch rechtsradikal, dachte Friedrich. Obwohl Luky dann nicht »ausländisch« gesagt hätte, sondern »Asylanten-Weihnachtsmann«. Luky. Lukas. Lukas und Lisa. Wahrscheinlich hießen sie mit Nachnamen Lindner. L&L. Sie hatten Finn ja Finn genannt, weil sie irgendwann heiraten wollten. Finn Friedrich. Dazu war es nicht gekommen, und so war Finn auf Andreas Namen sitzen geblieben. Schlottke. Finn Schlottke. In dem Namen floss alles zusammen, die Hoffnungen und die Realitäten. Er hätte diese Erkenntnis gern geteilt, allerdings war das hier nicht die Runde dafür. Er wusste auch nicht, wo er hätte anfangen sollen. Seine Gedanken waren wie in Watte verpackt. Er hätte sich gern einen Moment hingesetzt.

Frank, der neue Mann von Andrea, stand auf, räusperte sich und sagte:

Lieba juta Weihnachtsmann,
schau ma' nich so böse an.
Mach keene Menkenke,
her mit die Jeschenke.

Andrea haute ihrem Freund auf den Hintern. Ihre Mutter schüttelte den Kopf. Ihr Vater, der Straßenbahnfahrer Schlottke, lächelte sein Philosophenlächeln. Peter Schreier sang »O du fröhliche«. Tom stand jetzt mitten im Raum, der Junge hatte jede Angst vor diesem Weihnachtsmann verloren, jeden Respekt.

Franky hatte das Gedicht vorgetragen, als mache er sich über sich selbst lustig, dachte Friedrich. Über die Runde, seine Schwiegereltern, alle. Er distanzierte sich von sich selbst. Das war das Prinzip, in dem sie überlebten. Allen voran Karin Schlottke. Franky hatte Jeans, die an den Gesäßtaschen bestickt waren, und ein Hemd, das er »für gut« im Schrank hatte. So viel stand fest, Frank war nicht der Schwiegersohn, den sich die Schlottkes für ihre Tochter erträumt hatten, aber sie kamen mit ihm zurecht. In schwachen Momenten ärgerte sich Karin Schlottke darüber, dass sie so zufrieden mit dem Mann war, der ihren Ansprüchen nicht genügte. Franky, Luky und die anderen.

Jo Friedrich musste plötzlich lachen. Er fragte sich, wie das klang mit seinem Stimmverzerrer. Wie der Joker?

Hahahaha. Hohohoho. Why so serious?

»Santa?«, sagte Finn und sah ihn an.

Friedrich hatte das Gefühl, ein wenig über dem Fußboden zu schweben. Er versuchte sich daran zu erinnern, warum ihm die Aufgabe noch heute Morgen so einfach erschienen war. Er war ja ein guter Redner, er sprach ohne Angst auf großen Konferenzen, vor Autobauern, Unternehmern, Aktionären. Er fürchtete nicht das Publikum, es war so, dass er keine Geschichte hatte. Keine Moral. Er hätte natürlich einfach den Sack öffnen und die Geschenke verteilen können. Aber er wollte es sich nicht so einfach machen. Nach all den Jahren wollte er irgendetwas sagen, etwas Bleibendes. Keine Ahnung, was das sein könnte. Leider hatte sich der interessante Gedanke über Frankys Selbstironisierung komplett in die Watte, die seinen Kopf auspolsterte, zurückgezogen.

Was also sollte er zurücklassen? Welche Spur legen?

Es tut mir leid?

Du siehst aus wie ein Stück Schwarzwälder Kirschtorte, Andrea?

Ihr hättet euch auch lange trennen sollen, Karin?

Camp David ist das Ferienhaus des amerikanischen Präsidenten und kein Zeltlager im Wilden Westen?

Ich liebe euch doch alle?

Er räusperte sich.

»Ich habe eine lange Reise hinter mir«, sagt er mit der geborgten Stimme.

»Aber jetze biste ja da«, sagte Luky.

»Genau«, sagte Friedrich, er hätte gern noch weitergeredet, allein um Luky, dem Schulhofbully, nicht das letzte Wort zu lassen. Aber es gab nichts, was er hätte entgegensetzen können. Seine Position in Indien. Sein Haus. Sein Koch, sein Zimmermädchen, sein Gärtner. Der Poolboy. Die Tatsache, dass er First Class fliegen konnte. Seine Freundin, die sieben Sprachen sprach und gerade bei ihren indischen Eltern in Connecticut war. Seinen Jahresverdienst. Seine handgenähten Schuhe. Alles Dinge, die ihn in diesem Wohnzimmer nicht weiterbrachten. Er dachte, dass Finns Joints vielleicht immer nur dazu da waren, ihn hilflos zu machen, wehrlos. Sie holten ihn auf die Erde. Zu ihnen. Das war ein schöner Gedanke, aber leider auch nicht auszusprechen. Friedrich öffnete den Sack.

Eine halbe Stunde später, als er fast alle Pakete verteilt hatte, klingelte es an der Tür.

Es war nicht Lisas Exfreund, es war Jo Friedrichs Mutter. Sie kam unangekündigt. Zumindest für ihn.

»Oma Hilde!«, rief Tom. Noch eine Oma. Die Familie seines Enkels wuchs immer weiter, seine dagegen schrumpfte nur noch.

»Guck mal, was du draußen verloren hast, lieber Weihnachtsmann«, sagte seine Mutter und gab ihm vier schmale Pakete, faltenfrei verpackt und mit kleinen weihnachtlichen Symbolen behängt. Sie sah ihn kurz an, erkannte ihn aber nicht.

»Danke, Oma Hilde«, sagt er.

Sie nickte und ging mit kleinen Schritten zur Familie. Seit sein Vater gestorben war, waren die Schlottkes alles, was sie noch hatte. Neben dem verlorenen Sohn in Indien, den man kaum mitzählen konnte. Finn lief zum Plattenspieler, um Peter Schreier noch einmal umzudrehen. Nur für sie. Als sie die Glocken der Dresdner Kreuzkirche von der Platte knistern hörte, nickte seine Mutter leicht mit dem Kopf. Anerkennend. Das war ihre legacy. Ihre Spur im Gestrüpp dieser Familie. Karin und Werner Schlottke erhoben sich zur Begrüßung aus der Sitzgruppe wie ein Königspaar. Andrea hielt seine Mutter lange im Arm, und sogar Franky bekam einen Kuss.

Friedrich verteilte die letzten Geschenke.

Die Jungen spielten mit den neuen Sachen, die Alten kämpften ihre alten Kämpfe. Weihnachten hatte begonnen.

»Was macht die Hüfte?«, fragte seine Mutter seine ehemalige Schwiegermutter.

»Wird«, sagte Karin. »Und das Heim?«

Nachdem sein Vater gestorben war, hatte seine Mutter beschlossen, ins Altersheim zu ziehen. Sie war geistig und körperlich fit. Er hatte versucht, sie abzuhalten, aber er war damals gerade dabei, von der Vertretung in Johannesburg, wo er vier Jahre lang gearbeitet hatte, seinen Vertrag für die Vertretung in Delhi auszuhandeln. Er hatte keine Zeit und keine Argumente gehabt. Seine Mutter hatte den Vater an einem späten Sonntagvormittag im Wohnzimmersessel gefunden. Er war bereits Stunden tot. Der Fernseher lief. ZDF-Fernsehgarten. Die Ärzte hatten später ausgerechnet, dass er wahrscheinlich zehn Stunden vorher, während des aktuellen Sportstudios, gestorben war. Friedrich hatte sich die Sendung in der Mediathek angesehen, um die letzten Bilder seines Vaters zu sehen. Ein Bundesligaspieltag, ein Radrennen und das Training für die Formel 1. Studiogast war irgendein smarter Manager der DFL gewesen, den sein Vater gehasst hätte. Beim Torwandschießen traf er dreimal, immer unten.

Seine Mutter hatte nie darüber geredet, aber Friedrich war sich sicher, dass sie ein schlechtes Gewissen hatte. Und auch Angst davor, allein zu sein. Am Ende. Das Heim war Strafe und Zuflucht.

»Morgen kommt mich ja der Jo besuchen«, sagte seine Mutter. Jetzt spürte Friedrich den Mantel der Unsichtbarkeit auf seinen Schultern. Er war erstaunlich schwer. Finn gab sich Mühe, nicht zu ihm zu schauen.

»Bringt er seine Inderin mit?«, fragte Karin.

»Die muss zu ihren Eltern nach Amerika, glaube ich«, sagte seine Mutter. »Wie immer.«

»Da willste ja nun och nich gerade sein, in Amiland«, sagte Luky.

»Warum?«, fragte Finn.

»Trump, die olle Pissnelke«, sagte Luky.

Finn rieb sich mit den Handflächen die Cordhosenbeine. Es war schwer, einen unsichtbaren Mann zu verteidigen, und Friedrich verstand das. Er hätte seinen Sohn gern in den Arm genommen. Aber dafür war es zu spät.

»Wie gehts Jo denn?«, fragte Kerstin. Sie umklammerte ihr Geschenk. Die DVD von »Eat. Pray. Love«, ein Film über die Selbstfindung einer Frau, den Friedrich vor vielen Jahren auf einem Nachtflug gesehen und bereits am nächsten Morgen vergessen hatte.

»Gut, glaube ich. Wie immer. Viel Arbeit. Wenig Zeit. Sie versetzen ihn vielleicht in die Zentrale. Nach Bayern. Dann sehen wir uns hoffentlich öfter«, sagte seine Mutter. »Er würde sich sicher freuen, zu sehen, wie gut es Finn geht«, sagte sie. »Euch allen.«

Sie machte eine papsthafte Geste, als wolle sie ihre Welt segnen.

»Das bezweifle ich«, sagte Andrea. Die Lippen schmal,

die Hände zu Fäusten geballt. Man sah, wie sich die Handknöchel weiß färbten. Franky legte ihr eine Hand aufs Knie. Eine große Hand. Er war ein guter Mann, dachte Friedrich. Besser, als er je gewesen war.

Kerstin weinte.

»All das Rumgerenne, und am Ende sitzt du in Bayern«, sagte Karin Schlottke. Ihr Mann lächelte. Seine Mutter nickte. Damit war Jo Friedrich als Thema beendet.

Sein Leben konnte man in einem Satz abhandeln. Friedrich begriff, dass er die Unsichtbarkeit überbewertet hatte. Er fühlte sich, als sei er Gast auf seiner eigenen Beerdigung. Es wird ein Haufen Unsinn über einen erzählt, aber man kann nichts mehr korrigieren. Seine Mutter hatte ihn ständig angetrieben, und jetzt beklagte sie, dass er keine Zeit hatte. Sein Vater hatte ihn lange belächelt, dann hatte er ihn kurz bewundert, am Ende hatte er ihm vorgeworfen, dass er die Sorgen der einfachen Leute nicht mehr begreife. Der klassische Dreisprung.

Der Junge ist zu schwach.

Das hätte ich ihm gar nicht zugetraut.

Er hat abgehoben.

Friedrich sprach fließend Polnisch und Englisch, er würde vielleicht irgendwann die Spitze eines Weltkonzerns leiten, aber sie erwarteten, dass er auf die Knie fiel, weil ihr hochbegabter Sohn in einer Cateringfirma untergekommen war. Als Kellner oder Koch oder Buchhalter oder was immer er da machte. Er hatte seine Mutter mindestens fünfmal nach Delhi eingeladen, damit sie Ikra kennenlernt. Er hatte ein großes Haus mit

Gästezimmern, einen Koch, ein Zimmermädchen, einen Gärtner. Sie aber erwartete, dass seine Freundin, die zwölf Stunden am Tag arbeitete, ihren Antrittsbesuch in einem Feierabendheim im Allende-Viertel in Köpenick machte. Er spürte, wie die beruhigende Wirkung des Joints nachließ und Kälte in sein Herz kroch.

Er dachte an die Schlussszene von »La La Land«, über die er vor wenigen Stunden Tränen vergossen hatte.

Ein anderes Leben. Er hätte hier sitzen können. Auf Frankys Platz. Einer von ihnen. Er hätte nur stehen bleiben müssen, das Seil loslassen, an dem er herausgeklettert war, aus ihrer Höhle. Die Frage war, ob er etwas vermisst hätte. Wahrscheinlich. Er hätte nur nicht genau gewusst, was.

Es war der Moment, um sichtbar zu werden. Er könnte seine Rolle verlassen wie Tootsie oder Mrs. Doubtfire. Es war die Chance, ihr Leben zu erschüttern. Aber er verpasste sie. Er musste sie verpassen, um nicht zu einem Monster zu werden.

Peter Schreier sang »Stille Nacht«.

»Wusstet ihr eigentlich, dass das die erfolgreichste Langspielplatte in der Geschichte der DDR war?«, sagte seine Mutter.

»Welche?«, fragte Luky.

»Die gerade läuft«, sagte Franky. Wahrscheinlich war er schon länger dabei, als Friedrich wusste.

Andrea streichelte seine große Hand auf ihrem Knie.

»Peter Schreier singt Weihnachtslieder«, sagte seine Mutter. »1,4 Millionen Mal verkauft.«

Finn brachte ihn noch zur Tür. Aus dem Wohnzimmer hörte er ein Lachen, wahrscheinlich hatte Luky einen Witz auf seine Kosten gemacht. *Na, der war ja aus der jeschützten Weihnachtsmannwerkstatt jewesen, wa?*

»Beim nächsten Mal hab ich schon mehr Übung«, sagte Jo Friedrich.

»Ich fand dich sehr überzeugend«, sagte Finn.

Er holte sich von seinem Sohn, der mehr oder weniger durch sein Leben stolperte, Bestätigung. Weil es dem Jungen guttat. Er spielte immer weiter. Aus dem Flur kam Lisa. Die Augen riesig. Sie zog ihn am Mantel und gab ihm einen Kuss in den Bart.

»Danke«, sagte sie.

Finn zuckte mit den Schultern.

»Ist doch mein Job«, sagte Jo Friedrich.

Dann stapfte er die Treppen nach unten. Er dachte daran, ein Taxi zu rufen, wartete aber noch. Er wollte ein bisschen durch Pankow laufen. Er war froh, allein zu sein. Und traurig auch. Beides. Vom Ende der Straße näherte sich ein Mann mit einem großen Paket. Wahrscheinlich Lisas Exfreund, Annas Vater. Er kam zu spät, und man sah ihm an, dass er es wusste. Er würde es nicht aufholen. Nie mehr. Das allerdings wusste er noch nicht. Jo Friedrich war nicht der Mann, der ihm die Nachricht überbringen würde.

Er war der Weihnachtsmann.

Als der junge Mann auf seiner Höhe war, blieb er kurz stehen, sah ihn an und lächelte. Vielleicht roch er Lisas Parfum aus seinem Bart. Er war sehr hübsch, aber das half am Ende nichts. Gleich würde er atemlos und zu spät in einem Raum voller Fremder stehen, Leute, die das Leben bevölkerten, das einmal seins gewesen war.

»Ich bin ein bisschen spät dran«, sagte der Mann.

»Sie haben nichts verpasst«, sagte Friedrich.

Eine Lüge und dann auch wieder nicht.

Er lief weiter in die Heilige Nacht. Vielleicht hatte ja eine Kneipe offen, oder die Rentiere kamen, um ihn abzuholen. Die Maske behielt er erstmal auf.